STEFAN SCHWARZ

# OBERKANTE UNTERLIPPE

ROMAN    ROWOHLT · BERLIN

Originalausgabe
1. Auflage August 2016
Copyright © 2016 by Rowohlt · Berlin Verlag GmbH, Berlin
Satz aus der Dolly, InDesign
Gesamtherstellung CPI books GmbH, Leck, Germany
ISBN 978 3 87134 759 7

Für Jonathan

Make me your Aphrodite
Make me your one and only
But don't make me your enemy

*Katy Perry, Dark Horse*

## DER SOMMERSPROSSENATLAS

Wir alle lieben magische Momente. Ich würde sogar behaupten, dass sie für die meisten Menschen der eigentliche Sinn des Lebens sind. Sie wissen, was ich meine. Alles für diesen Moment: Sonnenuntergang. Meeresbrise. Jungsein, Grünflaschenbiertrinken. An einem weißen Strand. Sand, der von der Haut rieselt. Wir alle wollen hingerissen und überwältigt werden von der Liebe auf den ersten Blick. Von einer Liebe, die uns den Verstand raubt. Wir sind versessen auf diesen Augenblick, in dem unser Herz pocht und wir keinen klaren Gedanken mehr fassen können. Wir sind Moment-Junkies.

Warum eigentlich? Vielleicht sollten wir etwas vorsichtiger sein mit magischen Momenten, denn sie sind oft nicht so unschuldig und belebend, wie sie sich anfühlen. Ich werde Ihnen jetzt eine Geschichte erzählen, die mit einem magischen Moment beginnt. Aber wenn Ihnen im Verlaufe dieser Geschichte nicht nach und nach die Erkenntnis dämmert, dass magische Momente des Teufels sind, dann ist Ihnen auch nicht mehr zu helfen. Dann suchen und seufzen Sie von mir aus weiter nach magischen Momenten, nach der Liebe auf den ersten Blick.

Ich bin jedenfalls raus.

Mein magischer Moment ereignete sich im Sommer 1998. Zu dieser Zeit arbeitete ich als Nachrichtensprecher für ein privates Radio in Berlin. Es war nur ein Job. Eigentlich bin ich von Beruf Schauspieler, aber ich stand erst im dritten Berufsjahr, und meine Engagements waren noch etwas dürftig. Nachrichten sprechen zahlte meine Miete. Es war die große Zeit des Talksradios, und auch der Sender, für den ich arbeitete, hatte eine Talk-Sendung. Donnerstagnacht. Sie hieß «Nightlights» und wurde von Benno moderiert. Benno war ein glatzköpfiger Kumpeltyp, der sich für eine Art Rundfunkrebell hielt, weil er nicht nur die Hits der Achtziger und Neunziger, sondern auch welche aus den Sechzigern und Siebzigern spielte. In «Nightlights», im Redaktionsjargon auch «Leidnights» genannt, durften sich Leute mit Liebeskummer Lieder wünschen und dann mit Benno über ihren Schmerz sprechen. Der Trick bestand in dieser Reihenfolge.

Nach einer Überdosis «I Will Always Love You» mussten die Anrufer meistens von Benno mühsam per Telefon reanimiert werden. «Sabine, bist du noch da? Sabine? Möchtest mit mir sprechen? Sabine? An wen hast du gerade gedacht, als du dieses Lied gehört hast?» Sabine, die ihr Gesicht schon beim ersten Refrain in ein Sofakissen gestürzt hatte, schnappte dann meistens hörbar nach Luft, um den Namen «Uwe» hervorzustoßen. Benno, den Kopfhörer nur auf dem rechten Ohr, sortierte währenddessen am Mischpult irgendwelche Jingles, um schließlich mit einem unnachahmlichen Gespür für Kunstpausen und einer wirklich authentisch wirkenden Herzenswärme in der Stimme zu fragen: «Was war mit Uwe?»

Wenn man Benno so hörte mit seiner Country-&-Western-Stimme, dann wurde selbst ein Behelfsname wie Uwe – für gewöhnlich Ausdruck völligen elterlichen Desinteresses bei der Benennung des Kindes, eher ein Laut des Unwillens als ein wirklicher Name – plötzlich zu einem Zeichen des Heils. Wiewohl des verlorenen Heils. Eine gewisse, für alle fühlbare Uwe-Losigkeit schwang durch den Äther.

Ich mochte «Nightlights» trotzdem nicht. Wenn Benno mit Stimmbändern wie aus Rauleder im Herzschmerz schrecklich vereinsamter Berliner Bürokauffrauen herumpuhlte («Und du hast dir nichts gedacht, als er diese Kollegin nach deiner Geburtstagsfeier noch mit deinem Auto nach Hause brachte?»), um zu prüfen, ob sich nicht doch noch ein kleiner Weinkrampf aus Sabine herauskitzeln ließ, wurde mir unbequem, und ich drehte den Sender weg. Üblicherweise endete meine Schicht als Nachrichtensprecher zu den 22-Uhr-Nachrichten, also genau dann, wenn Benno mit seiner Sendung begann. Ich las die News, das Wetter und den Verkehr, während sich Benno vor mir im Studio in einem etwas befremdlichen Ritual den Unterkiefer geschmeidig kaute, dann grüßten wir uns, und ich fuhr nach Hause.

Aber an jenem Abend war es anders. Es war schwül gewesen in der Stadt, und als ich am Nachmittag vor Schichtbeginn mein auf der Straße parkendes Auto aufschloss, um zum Sender zu fahren, atmete es dermaßen aus, dass sich Passanten mit Brechreiz in den Gesichtern nach uns umdrehten. Ich muss wohl erwähnen, dass ich damals noch nicht über die Fähigkeit verfügte, leere Flaschen, alte Zeitungen, Wischlappen, Verpackungsreste und allerlei An- und Abgebissenes aus einem Auto zu entfernen, und dass der Fiat Panda den halben Tag in der Sonne gestanden hatte. An den Scheiben hatte sich Feuchtigkeit abgesetzt, ein Hinweis, dass bereits eine Art Gärung oder Verrottung in Wageninneren eingesetzt hatte. Ich zwängte mich mit angehaltenem Atem auf den glühenden Sitz, kurbelte die Fenster herunter und stemmte sogar das Schiebedach auf, was ich selten tat, da es klemmte. Dann fuhr ich mit meiner kochenden Mülltonne zur Arbeit.

Der Sender hatte ein paar Plätze auf dem obersten, offenen Parkdeck des Bürokomplexes reserviert, so hatten es Mitarbeiter wie ich nicht so weit und konnten, wie zum Beispiel an diesem Abend, auch schneller erkennen, wenn sie einen schweren Fehler gemacht hatten. Denn als ich nach der Schicht zurück auf das Parkdeck über dem nächtlichen Berlin trat, wurde mir klar, dass ich das vermaledeite Schiebedach nicht nur sehr selten geöffnet, sondern auch genau einmal zu wenig wieder geschlossen hatte. Es goss in Strömen. Wenig überraschend eigentlich: Im Laufe des Abends konnte es aufgrund der schwülen Witterung zu Wärmegewittern, Schauern und Starkregen kommen. Hatte ich selbst vorgelesen, eine Viertelstunde zuvor. Aber wenn man in einem fensterlosen Studio sitzt, dann sind Wetterumschwung und Wolkenbruch bloße Vokabeln. Ich ging fassungslos durch das Geprassel auf mein Auto zu, klatschnass nach drei Sekunden, und warf einen bangen Blick durch das offene Schiebedach. Ein halbes, zugegeben schon etwas pelziges Thunfischsandwich und ein braun-krumpeliger Apfelgriebsch schwammen auf sich lose wellenden Zeitungen inmitten von zerdrückten Coladosen über dem Fahrersitz herum. Ich überlegte einen Augenblick, ob ich das Auto komplett vollregnen lassen solle, in der Hoffnung, diese Gerümpeljauche schließlich durch eine gewaltige Ausspülung loszuwerden, öffnete dann aber die Tür und machte mich daran, den pappnassen Kehricht von Sitzen und Bodenblech zu raufen. Dazu rief ich die Worte «Verfickte Scheiße!» und «Scheißdreckskrempel!» sowie «Blöde Scheißkarre mit verschissenem, verficktem Scheißschiebedach!».

Ich war also ein klein bisschen außer mir. Ich muss das so zurückhaltend formulieren, um mir Möglichkeiten zur Steigerung offenzuhalten. Denn es kam zu einer Steigerung. Nach der halbstündigen Säuberung weigerte sich das Auto anzuspringen. Vermutlich die Elektrik. Nach einem halben hundert erfolgloser Zündschlüsseldrehungen, auf dem sumpfigen Fahrersitz hockend, brüllte ich mir erst mal Regenwurmadern in die Schläfen, krallte meine Hände ums Lenkrad und machte Anstalten, es durchzubeißen. Es gelang mir nicht. Ich stieg aus, warf die Fahrertür mit einem derartigen Hass zu, dass der Fiat eigentlich hätte umkippen müssen, und trollte mich.

Nass und unschön war ich anzusehen, und alle Taxis fuhren an mir vorbei. Niemand wollte das erste Opfer eines sich offensichtlich anbahnenden Amoklaufes werden. Kurz vor Mitternacht war ich daheim.

Ich stieg aus dem nassen Zeug und trocknete mich ab. Fraß mürrisch eine Handvoll Cashewkerne, gluckerte ein Bier herunter und stieg ins Bett. Ich lag noch nicht richtig, als Toni Braxton von nebenan «Un-Break My Heart» losjammerte. Ich schlug mir das Kissen um die Ohren, aber Toni Braxton bestand, zwar dumpf, aber doch hörbar darauf, dass ich sage, dass ich sie wieder lieben und dass ich den Schmerz tilgen solle, den ich verursacht habe. Ich riss mir wütend das Kissen herunter und knautschte es im Nacken einer Kopfstütze. L. A. Langpapp! Mein einziger Nachbar auf dieser Etage. Mir noch persönlich unbekannt. Wohnte seit ungefähr vier Wochen hier. War bis jetzt noch nicht unangenehm aufgefallen. Einmal hatte der Wasserkessel etwas länger gepfiffen, aber sonst … eher ruhig. Ich hatte schon neben Leuten gewohnt, die zur Nacht auf Bassgitarren dilettierten. Toni Braxton verlangte jetzt in bedeutender melodischer Schwingung, ich solle ihre Tränen verunweinen, ihr Herz verunbrechen. Was ein Schwachsinn! Ich sprang hoch, klopfte an die Wand und rief: «Un-pump the volume!» Nichts geschah. Ich hätte rübergehen und bei L. A. Langpapp klingeln können. Spießig, aber möglich. Aber dazu hätte ich mich anziehen und vorher auch noch durch den Kleiderschrank wühlen müssen, denn außer den nassen Sachen lag nichts rum. «Martina?», fragte es da plötzlich in der Nachbarwohnung mit einer vertrauten Stimme. «Martina? Was empfindest du bei diesem Lied?» Es war eine Stimme wie ein von Gott berufener Lastkraftwagenfahrer – Benno! Im engeren Frequenzband eines Telefonanrufs hörte ich jetzt ein ersticktes: «Ich verstehe es einfach immer noch nicht!» Ich warf mich quer übers Bett und schnappte mir das Telefon und wählte. Martina erzählte derweil Benno, mir und schätzungsweise dreißigtausend anderen Hörern mit vernehmbarer Erschütterung, dass Thorsten nur die Sachen von seiner Ex hatte holen wollen, nur die Sachen holen, und das könne doch nicht sein, so könne doch kein Mensch sein, sie hätte sich am Morgen noch lieb gehabt und am Nachmittag hätten sie in eine Ausstellung gehen wollen, in eine Ausstellung mit Bildern von der Reichstagsverhüllung (das schien mir fad und durchaus geeignet, die Flamme einer jungen Liebe zum Erlöschen zu bringen), sie könne das nicht glauben, so schnell könne man sich doch nicht ... In meinem Telefon klingelte es lange. Endlich ging Jens, der Redakteur, ran ...

**U**nd so kam es, dass Benno, Moderator von «Nightlights», in jener regnerischen Sommernacht, klar und deutlich zu vernehmen in der Nachbarwohnung, mit seinem ureigenen Gefühl für Schleim und Timing, die Anruferin Martina nach ein paar salbungsvollen Worten verabschiedete und wieder allein vor dem eisigen Abgrund männlichen Wankelmuts erschaudern ließ, und zwar mit Celine Dion und «My Heart will Go On». Doch nach nur einer halben Minute zog er die Musik wieder herunter, das Lied verstummte.

«Ich weiß», sagte Benno, «dass viele Menschen da draußen sind, die nicht schlafen können, weil ihr Herz schwer ist vor Sehnsucht oder vor Kummer. Aber es gibt auch Menschen da draußen, die nicht schlafen können, weil ihr Nachbar das Radio zu laut hat. Und deswegen geht jetzt meine Bitte an L. A. Langpapp in der Cotheniusstraße 17 in Berlin-Friedrichshain: Machen Sie Ihr Radio ein bisschen leiser! Ihr Nachbar hat den ganzen Tag schwer gearbeitet und sich die Nachtruhe verdient.»

Den Schock, den diese Ansage in der Nebenwohnung auslöste, konnte man quasi durch die Wand spüren. Sofort verstummte das Radio. Ich rutschte zufrieden mein zusammengeknautschtes Kopfkissen herunter. Tja, L. A. Langpapp! Jetzt ist erst mal Dunkeltuten, Herzchen! Wenn man vom eigenen Radio gebeten wird, es leiser zu machen, um Mitternacht, mitten in Berlin, dat jibt Risse im Jemüt. Nach ein paar Sekunden klappte im Flur eine Wohnungstür, und dann klingelte es an meiner. Ich wickelte mir das Handtuch, mit dem ich mich eben noch abgetrocknet hatte, um die Lenden, ging und öffnete. Und dann machte plötzlich alles Sinn: die Hitze, das Auto, der Regen, meine Wut, die Sendung, mein Job, mein Einfall.

Wahrscheinlich sprach sie irgendwas Entschuldigendes, wahrscheinlich wechselte sie vom Siezen ins Duzen, als sie mich sah, wahrscheinlich versuchte sie sich an einer halb verlegenen, halb putzigen Erklärung des Geschehens, aber das änderte nichts daran, dass sie von einer derartigen visuellen Präsenz und Erscheinung war, dass ich es nicht vermochte, auch noch etwas zu hören. Es stand mein Mund – und zwar offen. Die Lungenflügel starrten gespreizt. Das Bier in meinem Magen – ein spiegelnder See. Wahrscheinlich ruhte sogar meine Darmperistaltik. Ich stand da – ein einziges Monument der Begeisterung. Sie hatte blaugrüne Augen wie eine Nixe und so viele Sommersprossen, als wären Pippi Langstrumpf und das Sams ihre Eltern. Ihr rotblondes Haar trug sie am Hinterkopf mit einem Bleistift zusammengesteckt wie ein Versprechen, es bei passender Gelegenheit sogleich wieder auseinanderfallen zu lassen, und sie steckte in nichts als einem XXL-T-Shirt, in dem es bei ihrer gestenreichen Rede fröhlich zuging.

«Ich bin jedenfalls Larissa», sagte Larissa Adelheid Langpapp endlich halbwegs hörbar durch das weiße Rauschen in meinen Ohren und streckte mir ihre ebenfalls sommersprossige Hand hin. Ich kurbelte meine schockstarre Rechte mühsam nach vorne, und beinahe hätte ich gesagt: «Scheiße, bist du schön!»

Wenn ich mich nicht mit Gewalt davon hätte abhalten müssen, so etwas Dämliches zu sagen, wüsste ich das wahrscheinlich alles nicht mehr. Peinliches bleibt einem länger erhalten. Aber diese Erschrockenheit im Angesicht des Schönen … das gibt es nur beim ersten Mal. Nur wusste ich das damals noch nicht. Ich war völlig benommen von der Perfektion des Moments. Und das ist ja wohl ein Moment von filmreifer Güte, wenn man eines Nachts in der Großstadt die Tür öffnet, und es steht der helle Tag draußen, ein fuchsfarbenes, gesprenkeltes Mädchen, dem eine nackte Schulter keck aus dem T-Shirt hängt. Noch dazu ein Mädchen von einer so zitronenfrischen Zugereistheit, dass einem ganz Single wird. Und das war ich. Mehr oder weniger. Hin und wieder gab es noch Inez, eine Schauspielkollegin, aber das war ja in diesem Moment quasi schon vorbei.

«Ich heiße Jannek», sagte ich.

Larissa bewegte ihre Nixenaugen in Richtung Klingel-
schild.

«Jannek ... Blume?», fügte sie zusammen und hob belustigt
die Augenbrauen. Ich zuckte verlegen mit den Schultern.

«Ich hätte gerne einen heldischen Nachnamen, aber Frau
Blume, meine Mutter, blieb lieber unbemannt.»

Larissa zog das getüpfelte Näschen kraus und machte einen
Schmollmund.

«Kann ich das wiedergutmachen?»

«Das mit meiner Mutter? Denke, nicht.»

«Nein, du Doofer», sie stupste mich kokett vor die Brust,
«die Ruhestörung.»

Also, bevor mir das alles zu viel wurde, fasste ich mal
schnell zusammen: Ich habe eine Nachbarin! Sie ist von einer
gewissen, ich würde sogar sagen beträchtlichen, jedenfalls
gar nicht zu verleugnenden Wunderschönheit! Sie heißt Larissa, und sie hat eben unaufgefordert meinen Brustmuskel
berührt! Und: Sie möchte mir etwas Gutes tun! Es ist nicht so,
dass ich da nicht gleich einige Vorschläge gehabt hätte, aber
ich fing erst mal hiermit an.

«Mmmh», brummte ich, so mürrisch ich konnte, «Spaghetti vongole und ein Weißwein aus dem Piemont? Bei dir?»

Larissa schien nicht überfordert.

«Jaaa!», sagte sie begeistert. «Genau! Morgen Abend?»

Ich nickte ein Okay, trat einen Schritt zurück, winkte kurz
und schloss die Tür. Dann tippte ich vorsichtshalber das Licht
im kleinen Flur aus und spähte durch den Türspion. Draußen
stand immer noch Larissa mit offenem Mund, rollte ihre blau-
grünen Augen beeindruckt und wedelte ihre gespreizte Rechte aus dem Handgelenk, als hätte sie sich verbrannt, so wie es
Schwedinnen tun, wenn sie über «den snygge man» tuscheln.

17

Ich drehte mich um, riss das Gesicht zum Jubel auf und rammte stumm einen Siegerellenbogen in die Luft.

**W**ahrscheinlich ist dies der Zeitpunkt, an dem ich etwas über mich sagen muss.

Ich bin ein gutaussehender Mann. Einen Meter fünfundachtzig und schlank, ohne dass ich was dafür tun müsste. Bier und Pommes sind kein Problem. Ich verbrenne einfach gut. Hohe Stirn, aber volles, dunkles, leicht welliges Haar. Gerade, weiße Zähne. Ich finde, ich habe etwas große Ohren und strichhafte Augenbrauen, die sich auf meiner Stirn bewegen wie aufgeklebte Balken, aber das scheint außer mir niemanden zu stören. Ich gestikuliere gerne, mir wurde schon gesagt, dass ich für einen deutschen Mann sehr viel mit den Händen rede. Wenn mir etwas sehr wichtig ist, hebe ich den Zeigefinger, was manchmal etwas dozierend rüberkommt. Wenn ich Nachrichten spreche, geht zuweilen mein schauspielerisches Naturell mit mir durch, und ich lese die Verkehrsinformationen so, als wäre die Sperrung der Rudolf-Wissel-Brücke der Anfang vom Ende aller Tage. Frauen finden, dass ich schöne, glänzende Augen habe.

Eigentlich müsste ich keine Probleme haben, eine Partnerin zu finden, aber trotzdem war ich jetzt seit anderthalb Jahren Single, wenn man von den Ausflügen zu Inez mal absah.

Ich übernahm Dienste an Weihnachten und Silvester, weil niemand auf mich wartete. Ich war wie Hunderttausende andere Singles ermüdet und verblödet vom Alleinsein in Berlin. Unter diesen Umständen war das hier der Perfect Match. Ich war einfach nicht imstande, zu sehen, dass ich mit meinem Anruf im Sender selbst eine Situation provoziert hatte, die ich jetzt als romantisch überinterpretierte. Natürlich ist eine vom Radio aufgeschreckte, wunderschöne junge Frau vor einer mitternächtlich offenen Tür besser als ein Schwerkrimineller, der gerade vergessen hat, dass er auf Bewährung draußen ist, aber trotzdem: So sollte man keine Frau kennenlernen. Durch diesen Umstand fühlte es sich nämlich an, als hätte uns das Schicksal auserwählt und zusammengeführt. Aber es war nur ein Zufall, der sich als Schicksal verkleidet hatte. Und der nahm jetzt seinen Lauf.

Bevor ich aber dazu komme, will ich jetzt doch noch mit ein paar Worten auf mein Vorleben eingehen. Meine Ab-und-zu-Freundin Inez hatte, wie ihr Name schon andeutet, spanische Eltern und war etwas älter als ich. Wir waren 1996 zusammen in einem Stück im Theater am Park. Es war Fußball-Europameisterschaft, und alles Volk, was nicht auf der Bühne gebraucht wurde, saß in der Kantine und glotzte die Spiele im Fernseher. Es ist ja bekannt, dass Schauspieler durchaus imstande sind, jenseits der Bühne einander feind zu sein, dann aufs professionellste umzuschalten und nebeneinanderher als traute Freunde, nette Worte wechselnd, ins Rampenlicht zu spazieren. Bei Inez war es noch mal was anderes. Sie fieberte bis zur letzten Sekunde mit den Fußballspielen mit, wartete Freistöße und Eckbälle ab, während die Inspizientin schon gereizt «Frau Artegas-Ruiz! Bitte sofort auf die Bühne!» durch den Lautsprecher schnarrte, und flitzte dann die Treppe hoch zur Bühne, um punktgelandet, als hätte sie seit Stunden nichts anderes im Kopf, versonnen eine Kunstmargerite abzupflücken oder rechtzeitig tot im Bett zu liegen, den Arm vom Bettkasten hängend. Nicht mal ihre flache Brust atmete heftiger.

Das Problem lag darin, dass Inez eine Frau war, mit der man so richtig abgackern konnte. Das hört sich erst mal seltsam an, denn es wird ja immer behauptet, dass die Qualität einer Beziehung daran abzulesen sei, wie viel man miteinander lache. Das mag sein. Wir lachten einfach zu viel. Anders gesagt: Ich kam nicht richtig an sie ran. Schuld daran war sicher auch, dass Inez über den Tag verteilt kleinere Mengen Alkohol, sogenannte «Shots», zu sich nahm, obwohl sie sonst keine Anzeichen einer Trinkerin zeigte. Eher noch war sie von Lippenstiften abhängig. Immer und in jedem Fall aber war sie auf Ulk getrimmt. Sie rief dem Taxifahrer zu, der uns nach der Vorstellung zu ihr brachte, er möge den Rückspiegel verhängen, es könne im Fond zu Ausschweifungen kommen. Sie wechselte die Rollen von dröhnender Intendantin – «Ich muss Sie leider entlassen, Herr Blume! Ich habe meine Prinzipien! No fucking in the company!» – zur Piepsstimme – «Was ist das denn hier unten? Darf ich das mal anfassen?» –, sie lachte, staunte, grollte, schnaufte. Sie fiel mit ausgebreiteten Armen aufs Bett, wobei sie merkte, dass ihre Achseln nicht ausreichend rasiert waren, klemmte dann die Arme an den Leib wie ein Meldegänger und rief: «Heute geht's a mal ohne Umarmung ins Bett, mei Bübele!» Das war witzig, aber ihre Art, auch die intimsten Situationen noch mit Sprüchen zu versehen, mich überdies mit allen möglichen Titeln wie «Bübele» oder «mein lieber Freund und Kupferstecher» zu bedenken, traf nicht unbedingt meine Erwartung von heiliger Leidenschaft. Wenn ich mich endlich in Stimmung und Stellung gebracht hatte, riss Inez Augen und Schenkel auf und rief: «Oh, oh! Himmelsakrament! Jetzt wird's ernst!» Außerdem konnte sie sich nie verkneifen, mir irgendwann während des Aktes mit flachen Händen auf den Hintern zu klatschen und «Nun mach aber mal ein bisschen Galopp hier!» zu rufen. Die Sache unter diesen Umständen zu genießen war fast unmöglich. Und so begann ich, mich nach wahrer, warmer, schicksalhafter Liebe zu sehnen.

Was für ein Fehler!

Vor Inez war ich zwei Jahre lang mit Charlotte liiert, welche allgemein Charly genannt wurde und das ganze Gegenteil von Inez gewesen war. Still, verträumt vielleicht, jedenfalls anspruchslos, unentschieden in beinahe allen Dingen, dafür aber mit einer rätselhaften Leidenschaft für Hunde ausgestattet, und als wäre das nicht schon schlimm genug, insbesondere für Schäferhunde und ganz speziell für Sixton, den ihren. Sixton war eine gestörte Kreatur, die unter Albträumen litt und nachts im Schlaf winselte und schnappte, dass man das Herzkollern kriegte. Unnötig zu sagen, dass er seinen Schlafplatz im Bett zu unseren Füßen hatte. Hinzu kam, dass Charly, die als Kellnerin arbeitete, nur ungern ausging und Sixton abends so lange an der Wohnzimmertür kratzte und jaulte, bis er hereindurfte, um das Fernsehprogramm zu bestimmen, das dann leider ausschließlich aus Städteporträts und Naturfilmen bestand. Alles andere war seiner Hundeseele nämlich abträglich. Ich gucke gerne Sport, aber es stellte sich schnell heraus, dass Sixton es überhaupt nicht vertrug, wenn ich mitfieberte, anfeuerte oder Freudentänze aufführte. Er bekam Panik, er sprang hektisch im Zimmer umher, im schlimmsten Fall griff er mich an. Charly hatte mir ein Dutzend Mal erklärt, dass es ganz natürlich sei, wenn Hunde Menschen beißen, die erst minutenlang völlig still und fingernägelknabbernd auf dem Polsterrand kauern, um dann plötzlich wie irre auf die Couch zu springen und herumzubrüllen. Nun macht es aber keinen Spaß, mit erzwungener Ruhe Fußball zu gucken, nach neunzig Minuten betont langsam aufzustehen und nach einem leisen Räuspern «Soso, also Pokalsieger!» zu sagen. Also wickelte ich mir zum Pokalfinale 1995, als Charly kellnern war, ein Kissen und eine alte Decke um den Arm und ließ Sixton sich bei jedem Tor in meinen linken Arm verbeißen, bis er völlig fertig war. Leider kam Charly an dem Abend unerwartet früh zurück und entschied, dass sie nicht länger mit einem Tierquäler zusammen sein könne. Ich litt nur unwesentlich. Charly war so brav gewesen, dass mir Inez danach wie ein Springquell des Lebens vorkam. Jetzt wiederum erschien mir die temperamentvolle Inez plötzlich als überlustig. Mit etwas Innehalten wäre mir vielleicht aufgefallen, dass meiner Partnerwahl eine bloße Suche nach ständigen Kontrastprogrammen zugrunde lag.

Aber ich war schon im Banne des Schicksals, als Larissa dann am nächsten Abend mit offenem rotgoldenem und grandios vernachlässigtem Haar, einem hinreißenden Bed Head, vor mir in ihrer Küche hin und her lief. Wir hatten erst eine halbe Flasche Wein im Stehen getrunken, Umzugs- und Wohnungs- und Berlin-so-im-Allgemeinen-Zeug gequatscht und den Fall des Radioanrufs erörtert. Ich hatte bedeutend am Küchenbord gelehnt, bis Larissa meine bewusst zurückhaltende Nachbarschaftlichkeit mit einem Löffel Muschelsud durcheinanderbrachte. Sie pustete, kostete und hielt ihn mir dann vor den Mund.

«Hier, probier mal auch! Ist okay so?»

Mir sank langsam der Unterkiefer, wie bei einem Kind, das Hustensaft kriegen soll. Was war denn das? Das war ja wie Küssen über Bande! Wir kannten uns doch gerade erst zwanzig Minuten! Beinahe hätte ich sie vor Glück an der Taille gefasst, als sie mir den Löffel in den Mund schob.

«Gekauft», sagte ich etwas holzklotzig.

Dann setzten wir uns an den schmalen Tisch vor dem Fenster. Larissa hatte eine feine, präzise Art, die Spaghetti mit der

Gabel auf den Löffel zu drehen und dann in den Mund zu befördern; wie jemand Spaghetti isst, der als Kind schon Kleider anhatte, die man unter keinen Umständen bekleckern darf.

«Jannek Blume», entschied sich Larissa zielstrebig für das für sie spannendste Thema, «du hast gesagt, dass deine Mutter unbemannt blieb. Was war denn mit deinem Vater?»

«Keine Ahnung», erwiderte ich. «Ich kenne ihn nicht.»

«Hast du deine Mutter nie nach ihm gefragt?»

«Doch, aber sie hat gesagt, sie könne es mir nicht sagen. Und vor allem: Sie wolle es mir nicht sagen.»

«Und das hast du akzeptiert? Jeder Mensch will doch wissen, von wem er abstammt!»

«Ich nicht. Ich hab's mir abgewöhnt.»

«Glaube ich nicht.»

«Larissa, meine Mutter ist eins fünfzig im Quadrat, hat eine dicke Brille und war Köchin. Sie war fast vierzig, als ich sie mich bekam. Wer immer mein Vater war, ich will es nicht wissen. Ich liebe meine Mutter, aber ich habe einen Spiegel.»

Larissa betrachtete mich und lachte einmal laut auf. Es klang, als müsse sie ihr Lachen einfangen, sobald es den Mund verlassen hatte.

«Ist es dir peinlich, dass deine Mutter womöglich mit einem stattlichen Mannsbild im Bett war?»

«Mir ist nur peinlich, dass es den beiden offenbar peinlich war.»

«Du solltest deinem Vater dankbar sein für dein Spiegelbild.»

Ich sagte: «Ja, danke auch!», und stach drei Muscheln auf die Gabel. Wer immer dieser eins fünfundachtzig Meter große, dunkle Typ mit dem markanten Kinn gewesen sein mochte, dem ich wie aus dem Gesicht geschnitten war, wo immer er meine Mutter getroffen hatte, es konnte sich nur um eine

Geschichte handeln, deren Details mir auch nicht helfen würden, um es ganz vorsichtig auszudrücken. Ich kam lieber aus dem Nichts als aus dem Chaos.

«Nachrichtensprecher bist du also.»

«Ich bin kein richtiger Nachrichtensprecher. Ich bin eigentlich Schauspieler. Nachrichten spreche ich nur nebenbei.»

«Schauspieler, oho! Kann man dich irgendwo sehen? Im Fernsehen? Im Kino oder so?»

Ich überlegte, ob ich Larissa den Besuch einer Vorstellung im Theater am Park anbieten sollte, aber die nächsten Vorstellungen waren alle am Vormittag, und inmitten von krakeelenden Schülern wollte ich diese Frau eher nicht sitzen haben. Also tat ich, als hätte ich derzeit kein Engagement.

«Schwerer als Moderieren ist es jedenfalls. Wenn man nicht aufpasst, verspricht man sich. Aber wenn man zu sehr aufpasst, verspricht man sich auch. Es ist ein bisschen paradox.»

«Was war dein schlimmster Versprecher?»

«Bahnhofshuren. Die Bahnhofshuren werden pünktlich umgestellt.»

Larissa hielt sich prustend den Mund zu wie jemand, der gar nicht wusste, wie es ist, keine exzellenten Tischmanieren zu haben. Weil das so hübsch aussah, erzählte ich ihr gleich noch, wie ich beim Sprechen der Verkehrsmeldungen einmal bei «Hultschiner Damm» Reste eines gerade gegessenen Nussriegels in den Hals bekommen und dann auch noch die rettende «Räuspertaste» verfehlt und stattdessen auf die Regietaste gedrückt hatte, sodass nicht nur die Regie, sondern ganz Berlin mein halbminütiges Gekrächze und Geröchel in voller Lautstärke mitbekam.

Larissa studierte an der Hochschule der Künste Musiktherapie. Zum Beispiel Schmerzpatienten Linderung verschaffen, etwa mit Musik aus Klangschalen.

«So was funktioniert?», fragte ich.

«Aber ja doch. Klangmassagen können noch viel mehr. Dich energetisieren, die Chakren öffnen und deine Meridiane reinigen.»

«Ich habe dreckige Meridiane?»

Es sollte ein Witz sein, aber Larissa nickte überzeugt.

Dann funkelte sie mich mit schmalen Nixenaugen an, überlegte, ob ich jemand sein könne, der für eine spontane Klangreise empfänglich wäre, hieß mich schließlich aufstehen und mit ihr ins Zimmer gehen. Ich musste mich rücklings auf ihr Futonbett legen, das auf glänzenden Wurzelholzkugeln stand und irritierend nach herben Kokosfasern und zitronenfrischer Sommersprossenhaut gleichermaßen roch. Dann sank Larissa zwischen bergkristallenen Klangschalen in den Lotussitz, legte sich das Fuchshaar hinter die Ohren und begann, mit zwei Filzklöppeln langsam in den Schalen herumzustreichen. Noch ehe ich überhaupt etwas hörte, spürte ich es: Irgendwas rieselte in feinen Bahnen durch meinen Körper. Dann erst vernahm ich leises Singen, das den Schalen entströmte und begann, sich im Zimmer selbständig zu machen. Das kristallene Singen löste sich von seinem Ursprung, nahm die Form einer gewaltigen Ellipse an, wimmerte um mich herum und durch mich hindurch. Ich fühlte Blut und Lymphe gefälliger fließen, und die Nieren wurden mir irgendwie weit.

Und dann geschah es. Meine Blase füllte sich. Wo immer der piemontesische Weißwein sich bis zu dieser Minute in meinem Körper aufgehalten hatte, jetzt sammelte er sich sturzbachmäßig in meiner Blase. Larissa strich ein paar tiefere Töne, und der Harndrang nahm umgehend fordernde Ausmaße an. Ich krallte meine Hände in das Laken und sorgte mich, dass Larissa mit ihren Filzklöppeln Töne anstreichen könnte, die die quantenenergetische Entsprechung von «Wasser marsch!» enthielten. Die großen, geräumigen Klangschalen wurden für mich plötzlich mehr Schale als Klang: In meiner Phantasie rührte Larissa jetzt in zwei riesigen Kloschüsseln herum, die zu nichts anderem als rauschender Füllung verlockten. Nach ein paar Minuten völliger Versunkenheit ins Spiel hob Larissa ihren Kopf, um mich friedlich und freundlich anzulächeln, und erschrak. Sie hatte mich steif gerührt. Ich lag da, starr und geschockt von der Erkenntnis, dass jemand mit einem Musikinstrument die Kontrolle über meine Blasenfunktion übernehmen konnte.

«Du musst aber auch mal loslassen!», sagte Larissa.

«Auf keinen Fall!», presste ich hervor.

Dann war Schluss. Larissa legte ihre Klöppel beiseite und setzte sich zu mir auf das Futon. Sie verschränkte die Arme vor der Brust und zog kritisch die Augenbrauen zusammen.

«Na ja», sagte sie. «Das war wohl eher nichts.»

«Es tut mir so leid, aber ich muss pinkeln.»

Larissa war kurioserweise nicht überrascht. Ihr Blick wurde mild.

«Das sind die ungeweinten Tränen, die sich da in deiner Blase gesammelt haben», sagte sie mit gespenstischer Ruhe. «Ich glaube, ich habe eben etwas in dir gelöst, was dich schon lange blockierte.»

Sie strich mit den Fingerspitzen ihrer rechten Hand frivol über meine Brust, meinen Bauch, bis zu meinem Gürtel, wo sie stoppte und kurz mit einem Finger auf meinen prallen Unterleib tippte.

«Vielleicht hat uns da etwas zusammengeführt, etwas, das wollte, dass ich dich heile …»

Ich hatte noch nie mit einer Frau zu tun gehabt, die mich heilen wollte.

«Darf ich vorher deine Toilette benutzen?»

Der zumindest in meinem Körper ausschließlich harntreibende Effekt ihrer Klangschalenspielerei sollte sich als dauerhaft erweisen. Was immer sie in unserem späteren gemeinsamen Leben an Tönen aus den Schüsseln hervorlockte, es war stets wie ein Befehl für mich, zu gehen und Wasser abzuschlagen. Darüber war ich, wie Sie sich denken können, nicht gerade froh. Ich wollte, dass die zauberhafte Aura, die Larissa in meinen Augen umgab, sich auch auf all ihr Tun erstreckte. Alles, was sie berührte, sollte doch fortan mit Glück und Segen behaftet sein. Everything little thing she did was magic. Bis auf dies.

Aber ich sah es noch nicht als den feinen Riss, der es tatsächlich war. Ich war verliebt. Ich sah nicht, dass es Larissa, wie alle Helfer und Heiler, gar nicht leiden konnte, wenn sich der zur Heilung Erkorene der Hilfe und Heilung verweigerte.

Bei unserem zweiten Essen, der zwingend logischen Gegeneinladung, die drei Tage später in meiner Wohnung stattfand, gab es Rehrücken mit Pumpernickelsauce. (Klingt nach Haute Cuisine, hat aber eigentlich nur drei Zutaten und geht so schnell, dass ein Betrunkener länger braucht, ein Brot zu belegen. Und es kostet, das nur nebenbei, weniger als zwei Big Macs, weil der Rehrücken von Aldi war, was ja aber wohl egal ist, es gibt schließlich keine Massenrehhaltung.) Sowie als Dessert heiße Birnen mit süßem Zimtfrischkäse im Orangendip. Hey, ich bin der Sohn einer Köchin und habe mit sechs Jahren schon Mehlschwitzen gerührt. Ich kann kochen, aber ich mache kein großes Gewese drum.

Wir redeten stundenlang und bestanden beide nur aus Zustimmung und Ergänzung. Irgendwann war es halb drei, und Larissa täuschte Abschiedsvorbereitungen an. Die Langsamkeit ihres Aufstehens, die gedehnten Bekundungen, wie schön der Abend gewesen wäre, richtig schön und nicht nur nett, das Abwenden und Zurückdrehen, das plötzlich aufreißende, verlegene Lächeln – das alles war ein Countdown, den ich herzklopfend mitzählte. Kurz vor der Küchentür, zu der wir uns fünf Minuten lang hingezögert hatten, sagte Larissa, fast schon zitternd vor Aufregung:

«Also, Jannek Blume, dann mach's mal gut!»

Dann knutschten wir los. Es geschah derart abrupt, dass es von außen ausgesehen haben muss, als wären an dieser Stelle des Films ein paar Bilder herausgeschnitten worden. Wir knutschten uns begeistert in mein Zimmer, und in jeder anderen Zeit der Weltgeschichte hätte ich Larissa auf mein Bett geworfen, um dort weiterzumachen. Aber hier und jetzt hätte ich ein paar Leute rausklingeln müssen, die beim Werfen mit anfassen. Denn wir sprechen vom Berlin der neunziger Jahre. Und deswegen stand in meinem Zimmer kein Bett, auf das wir fallen konnten, sondern mein selbstgebautes, zweieinhalb Meter hohes Hochbett auf den selbst abgeschliffenen Dielen aus Kiefernholz. Auf dieses Hochbett führte eine ebenso selbstgebaute Leiter, die herausfordernd senkrecht dastand. Ich brauchte nur einen Blick durch Larissas flimmernd rotes Haar, um zu erkennen, dass es keine Möglichkeit gab, in dieses Bett zu kommen, ohne einen kompletten Zusammenbruch der Romantik herbeizuführen.

In keinem der Menschheit bekannten Szenario spontanen Liebesrausches zählte Leiterklettern zum Vorspiel. Egal, wer voranstieg. Oben angekommen, würde, was als keuchendes Begehren unten begonnen hatte, nur noch das Keuchen der Erschöpfung sein. Zumal die dritte Sprosse von unten schon mal aus der Halterung gerissen und von mir aus Faulheit nur notdürftig wieder eingesteckt worden war, seitdem hatte ich sie immer mit einem Riesenschwung überstiegen. Die Vorstellung, dass Larissa auf dieser Sprosse durchbrechen könnte, sich womöglich das Kinn aufschlagen oder auf die Zunge beißen würde, machte unseren erotischen Pfad von der Küche ins Zimmer endgültig zur Sackgasse. Ich löste mich von Larissa und sagte lächelnd:

«Ähem! Mein Bett ist gerade nicht so vorzeigbar ... Wollen wir nicht lieber zu dir gehen?»

Der Plan erwies sich leider als genauso interruptiv wie Leiterklettern, denn im Hausflur begegneten wir Herrn Göllner, der bei einer Reinigungsfirma arbeitete und um diese späte Stunde zur Schicht ging. Jemanden zu treffen, der arbeiten gehen muss, während man selber gerade Spaß zu haben beabsichtigt, nimmt einem dann doch die Unbeschwertheit. Hinzu kam, dass Herr Göllner uns beiden auf ekelhafte Weise mit den Augenbrauen zuwinkte.

Es gehört zur Ironie der Geschichte, dass wir weder an diesem Tag noch an einem anderen je auf meinem Hochbett Sex hatten. Manchmal denke ich, dass das ganze Unglück damit begann, dass wir an diesem Abend nicht einfach auf ein Bett fallen konnten. Ich rate darum von Hochbetten ab.

Obwohl Larissa mich bei sich zu meiner großen Freude zielstrebig vom Flur ins Zimmer und dort aufs Bett zog, blieb meine Freude ausgesprochen kindlich. So groß meine große Freude, so klein blieb mein kleiner Freund. Umgekehrt wäre es natürlich besser gewesen: kleine Freude, großer Freund. Aber ich war nicht nur im Fluss der Leidenschaft unterbrochen und gestört worden. Ich war einfach zu überwältigt. Es mag paradox klingen: Aber um mit einer Frau schlafen zu können, muss man ein bisschen über das Stadium der Anbetung hinaus sein. Man muss eine Frau auf eine bestimmte, ergreifende, ich sage jetzt mal zweckdienliche Art anfassen können, um in Erregung zu kommen. Und das konnte ich nicht. Ich konnte sie berühren, aber nicht anfassen.

Als Larissa ihr Hemd aufhob und das ganze Ausmaß ihrer Sommersprossigkeit offenbarte, einen ganzen Sternenhimmel an Sommersprossen, begann ich mich dann doch zu fragen, ob sie etwas von mir erwartete. Etwas, das ich im Stande meiner Anbetung nicht liefern konnte. Ich konnte sie küssen, doch wenn ich dabei mit meiner Hand vorsichtig über ihre gesprenkelte Haut, ihren Bauch, ihr Gesäß, über ihr Schambein strich, beschlich mich die Furcht, den Gegendruck ihres Beckens zu spüren, das untrügliche Zeichen weiter gehenden Verlangens. Aber sie blieb weich und zärtlich. Ich streichelte und liebkoste sie, und ich weiß, dass sie in dieser Nacht zu der Auffassung gelangte, dass ich der einzig Richtige sei. Und zwar genau deswegen, weil ich nicht gleich was von ihr gewollt hatte.

In der dritten Nacht ohne Verkehr war sich Larissa dann nicht mehr so sicher, dass ich der Richtige sei. Wir hatten uns wundgeknutscht. Dann aber löste Larissa sich und stellte ihr Kinn auf die Handfläche.

«Sag mal, ist es was Religiöses?»

«Was bitte?»

«Dass du nicht mit mir schläfst.»

«Nein.»

«Was Organisches?»

«Um Himmels willen. Wo denkst du hin?»

«Also, was ist?»

«Nichts», wiegelte ich ab. «Ich dachte, du magst es, gestreichelt zu werden.»

Larissa drehte ihren Sommersprossenatlas gelangweilt einmal hin und einmal her auf dem Laken.

«Ja, aber irgendwann ist ja auch mal gut mit Streicheln. Wir sind hier ja nicht im Streichelzoo.»

Ich erklärte, dass ich sie lieben würde, wie ich noch nie eine

Frau geliebt hätte, aber dass genau dies das Problem sei. Ich hätte das Gefühl, Sex sei etwas, das man mit gewöhnlichen Frauen mache. Sie sei aber eine außergewöhnliche. Ja, und deshalb wäre ich derzeit unvermögend. Aber aus Liebe.

Larissa schüttelte den Kopf.

«Das klingt total süß, stimmt aber nicht. Liebe ist Potenz. Wahre Liebe jedenfalls. Es ist die stärkste Potenz überhaupt. Ich habe was weiß ich wie viele Seminare dazu gehabt.»

Sie warf einen kurzen, prüfenden Blick auf mein Glied, das so leblos auf meinem Oberschenkel lag wie etwas, das vor kurzem von einem Hochhaus gesprungen war. Als wolle sie sich diesen Eindruck bestätigen, nahm Larissa es zwischen Daumen und Zeigefinger, hob es kurz an und ließ es wieder fallen. Dann drehte sie sich auf den Bauch und schlenkerte mit ihren Füßen durch die Luft.

«Bleibt das jetzt immer so?»

«Bitte keinen Druck ausüben!», sagte ich. «Aggression hilft nicht bei Erektionsproblemen.»

Ich sollte irren.

## WEISSMEHL IST IN ORDNUNG

Nichtsdestotrotz waren wir innerhalb einer Woche ein Paar geworden, schwer verliebt, und ich konnte nicht umhin, dies zu bekennen. Und zwar gegenüber der einzigen Person, die das etwas anging. Es war eine halbe Stunde vor Mitternacht im Theater am Park. Wir hatten «Krass! – Das Punk-Musical!» gespielt, das mich zu Tode langweilte, weil bei mir Punk in seiner seit dreißig Jahren immer gleichen Haarspray-Irokesen-Sicherheitsnadel-Lederjacken-Uniformität noch hinter bayrischer Trachten-und-Dirndl-Seligkeit rangierte. Das Stück war zwar nun eine Abendvorstellung, aber so grauenhaft in seiner Attitüde, dass ich es Larissa nicht antun wollte, sie dazu einzuladen. Obwohl das die elegantere Lösung gewesen wäre, den Kollegen meinen neuen Status zu demonstrieren. Der Kantinenmann stellte noch einen halben Kasten Bier und eine Kladde zum Eintragen raus, falls noch jemand was trinken wollte, und schloss die Rollläden an der Ausgabe. Zeit zu gehen. In diesem Moment kam Inez zu mir herüber. Sie stellte sich breitbeinig vor meinen Tisch, stemmte die Hände in die Hüften und schaute mich aus schlecht abgeschminkten, großen Drama-Augen an wie ein Kneipenschläger, der Streit sucht. Ich lächelte matt.

«Machsten noch?», fragte Inez.

«Nix.»

«Kommste noch mit? Ein bisschen runterkommen? So erst mit raufkommen und dann ein bisschen mit runterkommen?»

Sie machte eine frivole Wellenbewegung mit der Hand. Für einen kurzen Augenblick war ich geneigt. Wenn man aus Gründen schlimmer Verliebtheit unter Männlichkeitseinbußen leidet, ist die Versuchung groß, seine Potenz mit jemandem zu prüfen, für den man eher kollegiale Gefühle hegt. Aber nein! Das wäre Betrug am großen Gefühl. Ich presste mir ein verlegenes Grinsen ab.

«Ich habe jemanden kennengelernt.»

Inez verzog das Gesicht.

«Ich hoffe, es ist nichts Ernstes?»

«Doch. Sieht so aus.»

Inez sagte: «Aha!», und hob noch kess eine Augenbraue, aber die Ironie gelang ihr nicht recht. Sie warf einen Blick über die Schulter. Für den Fall, dass sie jetzt irgendetwas verletzen würde, wollte sie keine Zeugen.

«Jemand aus der Branche?», fragte sie.

«Ja, du kennst sie», antwortete ich mit einem Ton großen Bekenntnisses. «Es ist Cordula!» Ich wusste, dass Inez Cordula hasste. Cordula, eine Kollegin aus dem Viadukt-Theater, eine bleichsüchtige Wald-und-Wiesen-Schönheit, die, obwohl schauspielerisch am Rande der Uneignung, erfolgreich die Gunst berühmter Regisseure suchte und fand. Es war ein Scherz. Ich wollte Inez necken, um ihr das, was doch folgen musste, ein bisschen leichter zu machen.

«Quatsch!», sagte Inez, aber doch etwas verunsichert.

«Nein, es ist natürlich nicht Cordula», fuhr ich fort. «Jemand anders. Du kennst sie nicht. Sie heißt Larissa.»

«Larissa. Ja, das ist mal ein Name. Habt ihr schon zusammen Kaviar gefrühstückt?»

«Nein.»

«Ach, das heißt, du liebst sie, aber sie weiß noch nichts davon. So wie früher. Auf dem Schulhof.»

«Nein, sie kennt mich bereits. Larissa ist meine Nach-barin.»

«Wie praktisch. Plant ihr einen Wanddurchbruch?»

Ich wollte nicht, dass Inez ihr Spiel der kessen Antworten bis zum Verdruss spielte, und darum sagte ich fast etwas barsch, dass es eben Klick gemacht habe und gut.

«Was liebst du denn an ihr?»

«Alles!», antwortete ich verdutzt, weil mir die Frage so sinnlos vorkam.

«Alles? Du liebst alles an ihr? Ärmster! Was ist denn das für ein Scheiß? Wenn du alles an ihr liebst, liebst du gar nichts an ihr.»

«Wieso, kann man einen Menschen nicht rundum und gänzlich lieben?»

«Nein. Weil der Mensch nichts Ganzes ist.»

«Möglicherweise sind meine Gefühle philosophisch nicht korrekt, aber ich fühle sie trotzdem.»

Inez überging es.

«Das Ganze, das ist immer eine Projektion. Ein Reich, ein Führer, ein Herz. Lass dir das gesagt sein. Niemand ist nur gut oder rundum liebenswert. Jannek, wenn du glaubst, alles an dieser Dame zu lieben, liebst du einen frommen Glauben.»

«Nun mach mal langsam, ich kenne sie noch nicht so gut. Aber alles, was ich von ihr kenne, liebe ich.»

«Wart's nur ab, Henry Higgins. Jeder Mensch hat seine an-dere Seite, seine faulen Stellen. Ich zum Beispiel liebe Benedikt, den von den Bühnenleuten, das ist ein feiner Mann, der hat mir mal hinter der Bühne die Zehen massiert, als ich den ganzen Abend mit Plexiglas-Schühchen rumrennen musste. Er hat so selbstbewusste Hände, gerade das Richtige für nervöse Haut.» Ich gab ihr mit einem kurzen Blick zu verstehen, dass der Hin-weis auf meine sofortige Ersetzbarkeit angekommen war.

34

«Aber leider», fuhr Inez fort, «hat er auch einen ekligen Adamsapfel, einen Kanten, als ob er einen Bauklotz verschluckt hätte. Ich kriege Angst, wenn ich den sehe. Oder nimm Klaus van den Zween. Klaus ist ein eitler alter Sack, aber wenn ich seine Stimme höre, diese noch von ondulierten UFA-Sprechzuchtmeisterinnen ausgebildete Edelstimme, dann wird mir immer ganz Hans Albers zumute. Ich liebe diese Stimme einfach. Wenn ich Halsweh habe, telefoniere ich immer mit Klaus. Es ist wie Bonbons lutschen mit den Ohren. So ist der Mensch, jeder Mensch: Er besteht aus schönen und weniger schönen Stellen, ein bisschen zum Liebhaben, ein bisschen zum Davonlaufen.»

«Du sprichst nicht von lieben. Du sprichst von mögen.»

«Liebe ist was für Masochisten. Sehnsucht und der ganze Kram, wer will denn diesen Mist?» Sie blickte schmerzensreich gen Himmel und verknotete die Hände vor der Brust. «O Jannek, ich kann ohne dich nicht leben! Ich verschmachte!» Und schlüpfte wieder aus der Rolle: «Bullshit. Klar kann ich ohne dich leben! Jeder kann das. Gute Nacht!»

Drehte sich um und ging.

«Inez!», rief ich ihr hinterher. Sie blieb stehen, wandte aber nur kurz den Kopf zur Seite.

«Ja?»

«Ich mag deine Augen.»

Sie seufzte theatralisch, was ich angemessen fand, sprach: «Und meine Augen mögen deine.»

Und fort war sie. Ich versuchte, belustigt den Kopf zu schütteln, aber es belustigte leider nicht. Manchmal verteidigt man erfolgreich gegenüber einem anderen seine Position, nur um nach seinem Fortgehen festzustellen, dass es nichts als eitle Selbstbehauptung war. Was, wenn Inez mit dem grundsätzlich Partiellen, Selektierten der Liebe recht hatte? Was, wenn ich mich mit Larissa nicht erfolgreich vereinigen konnte, weil ich sie noch nicht in geile und weniger geile Teile aufgeteilt hatte? Ich versuchte, mir Larissas Hintern vorzustellen, aber es ging nicht. Larissa hing einfach immer mit dran. Einfach nur sommersprossig und wunderschön. Eine Persönlichkeit. Unmöglich, so was zu bekleckern.

Tatsächlich blieb es die Frage, ob meine rätselhafte Impotenz die wundervolle Verbindung von Larissa und mir nicht doch irgendwann beeinträchtigen würde. Glückliche Fügung, dass Larissa sich in unserer ersten Zeit dringend auf ein paar Prüfungen vorbereiten musste und ich von den Proben zu Samuel Marschaks «Tierhäuschen», wo ich als Hahn besetzt war, stark in Anspruch genommen war. So schliefen wir getrennt, trafen uns nur morgens zum Frühstück. Mehr Zeit füreinander war nicht. Und eigentlich genoss ich diese Phase unserer unschuldigen Frühstücksfreundschaft. Aber dann kam der Tag und der Abend der Premiere. Es erwies sich, dass die Entscheidung des Regisseurs, mich als Hahn zu besetzen (wörtlich hatte er in der ersten Besprechung gesagt: «Ich sehe hier eigentlich nur einen Gockel, und das ist Jannek!»), ausgesprochen glücklich war. Ich bekam reichlich und lauteren Applaus als der Rest der Mannschaft, was ich mit gespielter Demut entgegennahm. In Wirklichkeit schwoll mir der Kamm vor Stolz. Und da ging noch ein bisschen mehr. Ich betrat die anschließende Premierenfeier mit dem ruhigen Bewusstsein, dass hier und da noch eine paar Brisen höchsten Lobes auf mich einwedeln würden.

Ich aß eine Brezel, trank ein Bier, tauschte Frotzeleien mit ein paar Schauspielkollegen und hatte mich gerade glücklich in die Couch an der Ecke sacken lassen, als mein Handy klingelte. Es war Larissa.

Wäre ich jetzt aufgestanden und nach draußen gegangen, wie es eigentlich meine Art ist, wenn ich eher private Anrufe bekomme, wäre es mit Larissa und mir wahrscheinlich anders weitergegangen. Vielleicht hätten wir sogar in näherer Zukunft irgendeine Art von Geschlechtsverkehr gehabt. Sehr zärtlich, einfühlsam und halbschlaff. Vielleicht wären wir danach nolens volens irgend so eine Art Freunde geworden. Aber die Entspannung nach der Premiere, das Bier, die Zigarette hatten mich tief in den Sitz gedrückt, und deswegen nahm ich das Handy vor allen Leuten ans Ohr und sprach mit ihr. Der Lärm war beträchtlich, ich musste laut sprechen: Ja, ganz toll, zehn Vorhänge mindestens, na ja, ist eben ein Klassiker, außerdem ging ja bei der Generalprobe wirklich alles schief, da musste die Premiere ja klappen, nein, und ich bin diesmal auch nicht mit meinem Schwanz in der Tür hängen geblieben (großes Gejohle in der Kantine), Hahnenschwanz natürlich, hab ich ja erzählt, oder? Was? Was hast du vorbereitet? Für mich? Ja, toll, aber wie ... jetzt? Mmh.

Natürlich gab es gerade unter den älteren Kollegen ein paar im Laufe vieler Berufsjahre enorm versachlichte Typen, die nach der Vorstellung gleich nach Hause gingen. Mit kurzem Gruß wie Schichtarbeiter. Aber selbst die blieben doch bei einer Premierenfeier ein sozial akzeptables Stündchen. Und die Feier hatte gerade erst angefangen.

«Larissa!», sagte ich. «Ich komme, sobald ich kann. Aber hier ist große Party. Und wir müssen das noch ein bisschen zusammen begießen. Ich häng nicht ewig hier rum. Aber ein bisschen schon.» Larissa schmollte irgendwas Süßes und hatte es schon fast akzeptiert, als ich plötzlich Inez auf mich zufliegen sah, ein Sektchen in der Hand, sich auf meinen Schoß werfend, ihren Kopf mit dem kurzen braunen Fransenhaar zwischen mein Ohr und das Handy drängelnd und flötend: «Mit wem telefonierst du denn da so lange, Liebling?» Und auch wenn ich Inez sofort von mir fortschob, das Handy zurückeroberte und erklärte, das wäre eine Kollegin gewesen, die wären hier alle ein bisschen durchgedreht, ulkte Inez noch mal mit: «Huhu, ich bin nur die Kollegin!» Ich kämpfte sie vom Handy fort und erklärte, die machen alle so ihre Witze, Blödköppe, Schauspieler halt, hörst du, Larissa? Da ist nichts. Aber ich merkte, dass es plötzlich kalt wurde am anderen Ende. Ich hörte Larissa zweimal mit einigem Atem zu etwas Verbindlichem ansetzen, dann endlich aber ergriff etwas von ihr Besitz, das sie sagen ließ:

«Wenn du noch jemals irgendetwas von mir willst, dann solltest du jetzt nach Hause kommen!» Und klack. Weggedrückt.

Ihre Stimme hatte anders geklungen als bisher. Sehr scharf. Das «Jetzt» hatte mir geradezu das Trommelfell abrasiert, und nebenbei fand ich es irritierend, dass sie «nach Hause» gesagt hatte. Zu mir nach Hause oder zu ihr nach Hause? Oder gab es diesen Unterschied nicht mehr? Ich hatte während aller meiner Beziehungen immer eigene Wohnungen oder wenigstens doch ein Zimmer gehabt, und selbst in der Zeit mit Charly hatte ich meine Bude nur untervermietet, formlos und unter der Hand. Jederzeit zu widerrufen. Falls es unter Männern die fatale Neigung gab, sich einer Frau räumlich völlig auszuliefern, so hatte ich sie noch nicht besonders stark empfunden.

«Komm mal rüber, Jannek», rief Gottfried, der Intendant, der mit ein paar anderen am Tresen stand, «erzähl doch noch mal die Sache mit dem Hahnenschwanz.»

Ich konnte nicht.

Inez, die das plötzliche Ende des Gesprächs mit Larissa mitbekommen hatte, machte ein spitzes Mündchen und sagte: «Oh, oh, oh, ein Fräulein Leberwurst!»

Gottfried winkte mich herüber.

Nein. Ich durfte nicht.

Ich musste jetzt nach Hause kommen. Zehn Minuten nach Beginn der Premierenfeier musste ich schon wieder gehen. Mir waren gerade Prioritäten aufgezeigt worden, und ehrlich gesagt, das hatte es in meinem Leben noch nicht gegeben. Aber darum ging es ja schließlich. Wer wichtiger ist. Die Feier, die krakeelenden Leute in der Kantine, die auf blöden Jux erpichte Inez oder das feuerrote Wundermädchen Larissa. Irgendetwas in mir wehrte sich noch dagegen, dies gegeneinander aufzuwiegen, irgendetwas sagte mir, dass das doch keine sich ausschließenden Alternativen sein durften – aber zu spät. Der zähflüssige Sirup der Liebe zu Larissa hatte schon begonnen, die scharfen Konturen meines Verstandes zu verwischen.

Klar, da gibt es Frauen – begann ich herumzudenken –, die sagen würden: Okay, feier erst mal schön, aber komm nicht so spät, ich will ja auch noch mit dir anstoßen. Oder welche, die würden sagen: Ich sag dann schon mal gute Nacht, mach nicht so laut, wenn du heimkommst. Oder gleich: Ganz entspannt, Schatz, wir sehen uns zum Frühstück. Aber wer will solche Frauen?, fragte ich mich in irrer Rhetorik. Das hieße ja losgelassen werden, bevor man festgehalten wurde. Das wäre ja fast schon Desinteresse.

So vernünftelte ich mich in mein Unglück hinein, das Handy noch etwas benommen in beiden Händen auf dem Schoß.

Oder sagen wir mal lieber, so vernünftelte ein großer Teil von mir.

Der andere Teil, der kleine, im Verlauf der letzten Woche arg geschrumpfte Singleteil, der gerne in Unterhosen vorm Computer saß und so lange «Doom» zockte, bis die ganze Welt ein dunkles Labyrinth geworden war, der dabei Bier trank und sich die Gonaden kraulte, sofern es die virtuelle Bedrohungslage hergab, knurrte misstrauisch: Jeh nich, Blume, dat issn Test. Wennde jetzt nachjibst, kannste einpacken. Wennde se diesen Pflock einschlagen lässt, kannste dir aus dem öffentlichen Leben abmelden. Dann darfste nur noch in Begleitung raus. Dann biste ihr Wauwau.

Aber der größere Teil raunte: Was, wenn sie wirklich entschlossen war, Schluss zu machen? Das wäre in der Tat sehr misslich, denn dann würde ich für Larissa für immer nur der Mann bleiben, der ein halbes Dutzend Nächte unvermögend bei ihr gelegen hatte. Andere Männer würden kommen und bei ihr bleiben, und am nächsten Morgen würden wir uns vielleicht auf der Treppe begegnen, wenn sie beide zum Bäcker gingen, etwas abgekämpft von unaufhörlichem Beischlaf, und draußen auf der Straße würde Larissa ihrem neuen Liebhaber ins Ohr flüstern: «Ja, das war er! Sieht eigentlich ganz schnuckelig aus! Aber komplett tote Hose, das Schmusebärchen, kannste mir glauben!»

Also stand ich auf und ging. Inez, die nicht damit gerechnet hatte und jetzt wirklich Schuldgefühle bekam, sagte noch, dass es ihr leidtäte, und ich solle doch nicht gleich die Klappe fallen lassen. Beim Hinausgehen streifte ich Gottfried und erklärte, ich müsse jetzt, was Privates. Winkte mehreren Paar verwundert großen Augen zu und war draußen.

Dann, daheim, klingelte ich bei Larissa Adelheid Langpapp, aber sie öffnete nicht. Ich wollte gerade in meine Wohnung, als ich ihre Tür aufgehen hörte. Ich drehte mich um, und Larissa kam auch schon angetigert, im Gesicht sehr hübsch gemacht und auch schon wieder etwas verwischt, dabei in bestem Zwirn, einem dunkelblauen Rock und einer weißen Bluse – feierlich, wie ich begriff. Hinter ihr, in der Wohnung, leuchteten zwei schon etwas heruntergebrannte Kerzen auf dem Küchentisch. Mir wurde ganz warm ums Herz.

Allerdings nur kurz. Larissa fixierte mich schmalen Auges und stieß mir den rechten Zeigefinger derb in die Brust, sodass ich fast rückwärts in meine Wohnung stolperte.

«Jannek Blume, damit wir uns gleich verstehen. So fangen wir gar nicht erst an, mein lieber Freund. Ich sag es dir jetzt ein einziges Mal: Niemand macht sich am Telefon über mich lustig! Niemand!»

Eigentlich hätte ich nach diesen Worten verstört sein müssen, aber von Larissa verstört zu sein gehörte in der ersten Blüte unserer Beziehung noch nicht zu meinen Reaktionsmustern. Also seufzte ich etwas genervt, rollte mit den Augen und setzte an, etwas zu erklären. Ich begann mit «Baby, nun komm mal wieder run-», wurde aber mitten im Wort unterbrochen. Und zwar derart unterbrochen, dass nicht ganz klar war, ob ich jemals wieder unbefangen einen Satz wie diesen würde aussprechen können.

Denn in diesem Moment knallte mir Larissa eine.

Ich hatte noch nie in meinem Leben eine wirkliche Ohrfeige bekommen, aber mir war sofort klar, dass diese hier eine von etwaigen Rücksichten und Bedenken ungebremste, völlig verlustfrei durchgestellte Ohrfeige war. Großer Bogen des rechten Armes nach hinten, den Körper gedreht wie eine Speerwerferin, die Finger am Wendepunkt ausrollend wie eine Peitschenspitze. Rilke lag mir auf der schlackernden Zunge: «Und da war nichts an ihr, was nicht ohrfeigte …» Abrupt stand meine linke Wange in Flammen. Larissa aber fand wohl, dass mir einseitige Röte nicht gut zu Gesicht stand, pumpte zwei wütende Atemzüge in sich hinein und holte dann mit der Linken aus. Klavierspielerin seit dem fünften Lebensjahr. Sie hätte mich im Takt von Chatschaturjans «Säbeltanz» ohr-

41

feigen können, bis meine Hirnhälften Platz getauscht hätten. Doch dazu kam es nicht. Ich fing ihre Hand ab, es war reiner Reflex und deswegen wohl auch schmerzhaft fest. Ich erschrak selbst darüber, denn mit Absicht hätte ich sie niemals so angefasst. Aber mein vegetatives System war da nicht so. Larissa fauchte zornig auf. Rote Flecken färbten ihr Dekolleté. Ihre Lippen waren trocken vor Wut, beinahe rissig, obwohl sie zuckten, als sammele sie Speichel, um mich anzuspucken. So hatte ich sie noch nie gesehen. Und mit einem Mal zersplitterte Larissas Bild in meinem Kopf. Jenes Bild der Anbetung. Das war das Letzte, was sich in meinem Kopf tat.

Ab dann übernahm eine mir bis dato unbekannte Raserei alles Weitere, und es war nicht mehr zu unterscheiden, wer hier eigentlich wen und wie weit und wie wild. Ich habe mal gelesen, dass die Männchen der Gottesanbeterin auch dann noch weiter kopulieren, wenn ihnen beim Akt vom Weibchen bereits der Kopf abgerissen wurde. Damals hielt ich das für eine biologische Kuriosität, heute denke ich:

Das trifft es.

Ich möchte über das nun Folgende eigentlich nur sagen, dass im Verlauf der nächsten Viertelstunde die alte eiserne Flurgarderobe in meiner Wohnung aus der Wand gerissen wurde. Und dass wir hinterher das Gefühl hatten, etwas unglaublich Befriedigendes, aber zugleich auch sehr Ungesundes getan zu haben.

Aber es war wirklich auch alles etwas außer Kontrolle geraten.

Der Malermeister, der zwei Tage später in meinem schmalen Flur die Putz- und Mauerteile abklopfte, die noch an den Eisenhaken klumpten, sagte: «Wissen Sie, das ist ja noch Zeug von vor dem Krieg. Die Garderobe ist beim Bau des Hauses gleich mit im Mauerwerk verankert worden. Hat man damals gemacht. Die hatten ja schwere Mäntel seinerzeit. Das musste alles solide sein. Das kriegt ein Einzelner gar nicht aus der Wand. Schon gar nicht versehentlich.»

Ich hörte interessiert zu.

«Da geht nur mutwillig», versicherte der Maler, während Larissa aus meinem Schlafzimmer trat, mit einem süßen «Hallo» über die daliegende Garderobe und das Werkzeug am Boden stieg, um in ihre Wohnung zu gelangen. Der Malermeister sah ihr nach.

«Da müssen mindestens zwei Leute wie die Irren dran rumgerissen haben.»

Ich ertappte mich bei einem leisen Nicken. Dann sah er auf die zerkratzte Wand gegenüber der leeren Garderobenlöcher.

«Soll ich die Fußabdrücke da auch gleich wegmachen?»

«Ja, bitte.»

Was ich damit zum Ausdruck bringen will: Larissa und ich hatten ein ernsthaftes Problem. Wir konnten nur im Streit. Unser Verlangen nach Nähe brauchte Gewalt.

Zwei Wochen später bemerkte ich, dass Larissas Dekolleté deutlich barocker wurde. Überhaupt wirkte sie unschärfer, aufgeweichter. Noch mal zwei Wochen später kotzte sie im Kino unangemeldet in meinen Popcorneimer.

«Irgendwas vertrag ich nicht», sagte sie und ging zu einem ihrer Naturheilkundigen, um herauszufinden, worauf sie verzichten müsste. Wie viele Ärztekinder hatte Larissa einen Hang zur Fehlinterpretation körperlicher Vorgänge, dass es an Ahnungslosigkeit grenzte. Der Heiler war vielleicht kein Meister seines Faches, aber alt genug, um das Vage, das sich nunmehr in Larissa sommersprossiges Gesicht mischte, als das zu deuten, was es war. «Verzichten Sie auf Alkohol und Zigaretten», sagte der Naturheiler schlicht, «auch auf allzu heiße Bäder, und übertreiben Sie es nicht beim Trampolinspringen!»

«Und was ist mit Weißmehl?», fragte Larissa verwundert.

«Weißmehl ist okay. Sie sind schwanger.»

Bei ihrer Rückkehr blieb sie geistesabwesend in meiner Tür stehen und sagte: «Glückwunsch, Jannek Blume! Du wirst Vater!» Dass sie die dazugehörige Mutter wurde, sprach sie nicht aus. Vielleicht brauchte sie noch Zeit, um die gespenstische Wirklichkeit dieser körperlichen Verwandlung zu akzeptieren. Ich nahm sie in den Arm, und wir beschlossen, dass es ein Wunschkind sei. Schließlich hatten wir nichts getan, um es zu verhindern. Ich war in Fragen der Verhängnisverhütung immer sehr akkurat gewesen, und da ich es dieses eine Mal unterlassen hatte, musste es einen geheimen, wahrscheinlich wunderbaren Sinn geben. Selbst jetzt, wo ich Verhängnisverhütung statt Empfängnisverhütung geschrieben habe, scheint etwas in mir mehr zu wissen. Das Schicksal, oder was wir im Nachhinein dazu erklären, wollte, dass wir ein Kind zeugten, auf dass das Kind uns zeugte: Denn nichts, was ich heute bin, wäre ich geworden ohne dieses Kind.

«Ich muss es meinen Eltern sagen», seufzte Larissa an meiner Brust. «Dass ich mich gut eingelebt habe in Berlin, einen Freund habe und ein Kind bekomme. Also das, was ich ihnen sowieso im Lauf der nächsten zehn Jahre sagen wollte. Nur eben alles auf einmal.»

In diesem Moment fiel mir auf, dass ich meiner Mutter noch nie etwas zu «verkünden» gehabt hatte. Ich wusste gar nicht, wie man das macht.

Mutter würfelte gerne. Mit Frau Jatznick und Frau Roggentin spielte sie mittwochs und freitags Schummelmäxchen. Mutter hielt sich für ein völlig unlesbares Pokerface, und wenn sie ihrer Nachbarin, Frau Jatznick, den Lederbecher mit den beiden Würfeln hinschob und «Vierundfünfzig!» sagte, blitzten ihre Augen vor Vergnügen. Als ich die Treppe hochkam, waren die beiden Damen gerade am Gehen. Frau Roggentin hatte den «Kurier» unterm Arm, eine der Gazetten, die die drei seit ewig untereinander weitergaben. Frau Jatznick trug eine Flasche Eierlikör. Sie war einer milden Form des Altersalkoholismus verfallen, nach sechzehn Uhr brauchte sie etwas länger, um aus dem Fernsehsessel hochzukommen. Die beiden begrüßten mich mit einem kurzen Aufsprudeln ihrer Lebensgeister, denn ich war «so ein Hübscher», «ein schmucker Bursche» oder auch mal «ein fesches Mannsbild». Und sie wollten wissen, wie es mir ging und warum ich so strahlte.

Mutter stand in der Tür, die Krücken an der Seite – sie hatte einen leidlichen Hüftschaden vom langen Stehen auf harten Küchenböden –, und brummte gutmütig: «So, jetzt macht euch mal davon. Sonst holt ihr euch noch wat weg, hier uff der Treppe!»

Aber natürlich war sie stolz auf mich.

«Kannst mal raten, wer heute wieder jewonnen hat», sagte sie und schob mich vom Flur in die Küche.

Mutter hatte einen Topf mit Zyperngras in der Küche stehen, dessen Blätter sie regelmäßig beschnitt. Sie konnte es nicht leiden, wenn die Spitzen braun und trocken wurden – was schlicht der Lauf der Dinge war und in den Sumpflöchern Zyperns seit Millionen von Jahren widerstandslos hingenommen wurde –, und deswegen beschnitt sie die Spitzen mit dem unbefriedigenden Effekt, dass nun eben die Schnittränder trocken und gelb wurden und wiederum beschnitten werden mussten, bis nur noch Halme im Topf standen, mit einem Blätterquirl so kurz wie ein Cocktailmixer. Aber Zyperngras ist geduldig, und es schob immer wieder neue Stängel in die Höhe, sodass die immerwährende Einkürzung weitergehen konnte. Und eigentlich passte das derart getrimmte Zyperngras zu Mutters mausgrauer Kurzhaarfrisur. Die Küche, unsere Küche, wie ich immer noch sagte, obschon sie schon lange nicht mehr meine war, überzog ein mit keinem Reiniger mehr zu lösender Film aus Fett und Handschweiß. Türknöpfe, Schubladenecken, die Arbeitsfläche aus irgendeinem antiken Kunststoff fühlten sich klebrig an, ohne wirklich zu kleben. Dem Schließen und Öffnen von Türen und Schubläden haftete eine kleine, zähe Verzögerung an. Dabei war sichtbare Sauberkeit Mutters vornehmstes Anliegen, nur verwendete sie ihre Spüllappen so lange, bis man beim Ausdrücken das Gefühl hatte, man würde einem Lebewesen wehtun. Im bakterieller Hinsicht war unsere Küche eine eigenständige Kultur. Wohl eine ausgewogene. Lebensmittelvergiftungen hatte es nie gegeben.

Eine Viertelstunde später saß Mutter vor mir, kurz, breit wie ein Mann und kompakt, aber mit enormem Busen, nippte an ihrem Kaffeepott und sagte über meinen: «Is nicht mehr heiß! Kannste trinken!» Mutter kochte den Kaffee türkisch und goss reichlich Milch dazu. Die Maschinisierung des Kaffeekochens war komplett an ihr vorübergegangen. Kaffee trinken bei Mutter hieß Krümel auf der Lippe haben. Ich leckte sie mir weg und begann.

«Mutti! Du wirst Oma!»

Mutter sagte: «Huch!»

Ehrlich gesagt, war ich ein bisschen enttäuscht. Natürlich hatte ich nicht erwartet, dass sie «Das ist ja ganz wundervoll!» der «Mein lieber Junge! Mir fehlen die Worte!» losheulen würde, denn meine Mutter war ein herbes Stück Mensch aus dem alten Berlin. Aber einfach nur «Huch!»? Hatte sie damals, als sie mich empfangen hatte, auch bloß «Huch!» gesagt?

«Wann isset denn so weit?», fragte Mutter.

«In sieben Monaten.»

«Na, habta ja noch Zeit.»

Ich fragte mich, wozu wir noch Zeit haben sollten, aber meine Mutter beantwortete diese Frage schon mit ihrer nächsten.

«Willstet denn?»

«Mutti, was soll denn diese Frage? Natürlich will ich es.»

«Ick meen doch nur, obde dir dit richtich übalegt hast …»

«Mutti, Larissa und ich sind schon seit drei Monaten zusammen.»

«Drei minus zwei sind bei mir eins. Hastet dir also einen Monat lang übalegt, seit de mit ihr zusammen bist.»

«Manchmal muss man nicht lange überlegen. Manchmal macht es Zoom.»

Ich zog mein Portemonnaie aus der Hosentasche und zeigte ihr ein Bild.

«Das ist sie. Larissa. Wie gefällt sie dir?»

«Janz schön viele Sommersprossen. Rotet Haar, na ja. Hoffentlich wird's keen Junge. So'n Karottenkopp.»

«Es wird in jedem Falle dein Enkel.»

«Aber ick nehm ihn erst, wenn er hört.»

«Wenn er hört? Ab wann hört ein Kind?»

«Dit hängt von euch ab. Unerzogene Kinder nehm ick nich.»

Ihre Sachlichkeit zermürbte zuverlässig meine feierliche Aufregung. Ich kannte das ja, sogar von Weihnachten, wo sie allem Zeremoniellen irgendwie immer einen Beigeschmack von überflüssigem Budenzauber gegeben hatte. («Haste schön

jesungen, Jannekchen! So. Und hier sind die Jeschenke. Mach
ma uff, guck ma rein, haste dir ja jewünscht. Der bunte Teller
links ist deiner. Abba nich allet gleich uff eenmal, wa. Denn
komma und drück mir mal, meen Kleener! Ach, bist ja jar nich
mehr meen Kleener, bist ja meen Großer.») Aber ich räusperte
mich straff und hub an mit der Frage aller Fragen.

«Jetzt, wo ich selber Vater werde, muss ich es dich noch
mal fragen. Also, du weißt, was ich dich fragen will. Die Frage
nämlich ...»

Mutter schüttelte statt einer Antwort langsam den Kopf
wie ein trotziges Mädchen. Ich blieb beharrlich.

«Es ist mir egal, Mutti, ob du seinen Namen nicht kennst,
oder ob es dunkel war oder was weiß ich. Sag mir irgendwas
über ihn!»

Mutter legte die Hände neben den Kaffeepott auf den Tisch
und lehnte sich im Stuhl zurück.

«Jannek, du kennst meene Antwort.»

«Nein, jetzt ist es mal gut damit. Ich will nicht Vater werden, ohne zu wissen, wer mein Vater ist!»

Mutter beugte sich wieder vor, reichte mit ihrer kurzen dicken Rechten über den Tisch und legte sie fest auf meine.

«Jannek, det macht dich nur kirre. Jeh deinen Weg und
kümmer dich nicht drum. Wat haste denn davon, wenn det
weest? Nischt, sage ick dir!»

«Du schämst dich für ihn, oder? War er ein Trinker?»

«Ick fraje mich wirklich, watte von mir denkst! Siehste aus
wie ein Sprittikind? Mit so Fusselhaar hinten und immer zap-
pelich. Nee, also weeste!»

«Na denn, umso besser! War es ein Kollege? War es dein
Chef? War es Notzucht?»

«Wie, wat? Wat für Notzucht?»

«Na, gegen deinen Willen.»

Mutter lachte auf, griff meine Hand und presste sie zusammen, bis ich schmerzverzerrt das Gesicht verzog.

«Dit musste deiner alten Mutta glauben, dassde mit meinem Willen jeschehen bist.»

Mutter stand auf und holte eine Tüte Bonbons aus dem oberen Fach des Küchenschranks. Sie nahm einen Bonbon heraus und gab ihn mir. Ich wickelte ihn widerwillig aus und steckte ihn mir in den Mund. Eukalyptus. Schoko-Sahne wäre mir lieber gewesen.

«Ick sach dir dit nich», sagte Mutter. «Und ick hab een Grund. Ick will nich, dassde beeinflusst würst. Ick kenn dich. Du bist beeinflussbar. Du würdst dich von so wat beeinflussen lassen. Nu ma ehrlich: Een Vater macht een doch nur fertich. Entweder isses ne miese Type, denn willste immer nur anders sein als der. Ich kenn Leute, die haben sich dat janze Leben mit Anderssein versaut. Oder er isson Held, denn frachste dich dauernd, warum du son Saftsack bist und warum du nicht so viel Jeld oder so viel Orden hast. Nee, Jannek, ohne Vater biste mir lieber. Da weeß ick, du bist du selbst.»

Ich lutschte ungehalten auf dem Bonbon herum.

«Nu guck nich so. Die Jatznick hat den letzten Schoko-Sahne jelutscht. Wennde dit nächste Mal kommst, hab ick wieda welche da. Kannste ja denn mal deine neue Freundin mitbringen.»

«Sie heißt Larissa.»

«Jaa. Lern ick noch. Muss ich mir ooch erst ma dran jewöhnen.»

Larissas Eltern reagierten auf die Nachricht von der Schwangerschaft formvollendet. Mit einer Einladung an mich nach Hamburg. Handschriftlich auf einer Karte. Ich fasste Hoffnung, dass wenigstens auf Larissas Seite jemand die Begeisterung über unsere romantische Blitzbeziehung und das daraus entstandene Kind teilte.

Larissas Vater, Professor Doktor Erhard Langpapp war Herzchirurg und eine internationale Kapazität. Er hatte zittrigen Frühchen das Tor zum Leben geöffnet und fetten afrikanischen Potentaten eine sechste Amtszeit geschenkt. Er war ein schlanker Mann von Ende fünfzig mit grauem, welligem Haar, das er zurückgekämmt trug, wohl auch, weil es über dem Scheitel schon ein wenig dünn wurde. Sein Gang, mit dem er durch den Flur seines Hauses an der Elbchaussee auf uns zukam, war leicht und rhythmisch federnd. Er trug ein Poloshirt und eine marineblaue Hose. Obwohl er nur wenige Zentimeter größer war als ich, bewahrte er eine so aufrechte Haltung, dass ich meinte, zu ihm aufblicken zu müssen. Er nahm Larissa an seine Brust, nannte sie «meine Liebe» und küsste sie aufs Haar, dann reichte er mir schließlich seine Hand, eine warme, weiche, sichere Hand, und sprach: «Sie wären dann also der Herr Blume!» Es klang wie eine vorläufige Verabredung, als wäre ich erst einmal provisorisch zum Herrn Blume bestimmt worden, müsse aber damit rechnen, unter veränderten Umständen auch sehr schnell nicht mehr der Herr Blume zu sein.

«O Gott, Kind!», Dorothea Langpapp umfasste die Hüften ihrer Tochter. «Man sieht ja wirklich schon was!»

«Ja», registrierte es auch der Professor, nicht gerade beglückt, «das ging ja dann mal schnell.»

«Tja», lachte ich herzlich, «wo die Liebe hinfällt.»

Professor Erhard Langpapp lachte nicht mit. Er lachte so sehr nicht mit, dass ich das Gefühl hatte, in ganz Hamburg würde jetzt auf der Stelle jedes Lachen eingestellt. Larissas Mutter erkundigte sich bei ihrer Tochter nach morgendlicher Übelkeit, und als diese bejahte und von spontan vollgekotzten S-Bahn-Müllkübeln berichtete, verlangte der Professor, «informiert» zu werden, wenn sich das zu einer «Hyperemesis» entwickle. Im Übrigen würde er ihr «was aufschreiben».

Larissas Mutter wandte sich endlich zu mir und sagte, sie habe ja schon diese tolldreiste Geschichte gehört, wie ich Larissa übers Radio zum Radioleisermachen aufgefordert habe, weil ich ja wohl Nachrichtensprecher oder so etwas sei.

«Nur Wetter und Verkehr», gab ich bescheiden zu, «und auch nur manchmal. So aushilfsweise.»

Erhard Langpapp warf einen Blick nach draußen auf die Straße, wo mein schäbiger Fiat Panda stand, der in dieser noblen Gegend gar nicht wie ein Auto wirkte, sondern wie die provokante Installation eines Schrottkünstlers. Offenbar hatte das heruntergekommene Gefährt eine Frage in ihm aufkommen lassen. Er erkundigte sich also in gemessenen Worten, wovon ich denn nun hauptsächlich meinen Lebensunterhalt bestreite. Ich eröffnete ihm, dass ich als Schauspieler hin und wieder an einem Kinder-und-Jugend-Theater auftrete. Als Nächstes wollte er wissen, wie es um meine Perspektiven stünde. Ich verstand die Frage zunächst nicht. Dorothea Langpapp trat zu ihrem Mann und tat etwas, was sie in solchen Situationen wohl immer tat: Sie erläuterte mir die Frage. Viele Frauen kommentieren ja gerne ihre Männer, oft, weil sie sich ihrer Männer schämen, ganz generell unzufrieden mit jeder Äußerung derselben sind und schnellstens das entstandene Bild zu korrigieren suchen, aber hier war es einmal anders. Erhard Langpapp hätte die Frage nämlich nicht wiederholt oder gar in einfacheren Worten formuliert. Das wäre für ihn eine Zumutung gewesen. Langpapp war von Menschen umgeben, die ihn entweder sofort verstanden oder ihn andernfalls schnell nicht mehr umgaben. Ihr Mann wolle wissen, klärte mich Dorothea Langpapp also gütig auf, wie und auf welchem Gebiet ich mich beruflich und finanziell zu entwickeln gedenke. Ach Gottchen, keine Ahnung, eierte ich ein bisschen rum, mal gucken, was so kommt. Das war wohl nicht die richtige Antwort. Erhard Langpapp hob nämlich die Stirn zu Falten und meinte nur: «Ah ja, na ja!»

Frau Langpapp versuchte, die reservierte Stimmung zu lösen, indem sie mich leicht am Ellenbogen nahm und in Richtung Wohnzimmer geleitete, vor welchem sie mich bat, eine Art Überstrümpfe über meine Schuhe zu ziehen, da ein japanischer Seidenteppich ausgelegt sei, der besonderer Schonung bedürfte. Ich wunderte mich ein bisschen, dass meine gereinigten Turnschuhe diese Schonung nicht schon hergaben, aber wahrscheinlich wollte Frau Langpapp ganz grundsätzlich nichts mit den Straßen zu tun haben, auf denen ich gegangen war. Vielleicht brachte das Leben in klinisch sauberen Operationsräumen es mit sich, dass sich der Herr der Herzen auch daheim nur in keimarmer Umgebung wohl fühlte.

Wir setzten uns auf royal anmutende Stühle, die mit Damaststoffen bezogen und aus einer Sorte Holz waren, deren Namen ich nicht kannte, und selbst wenn, vermutlich nicht richtig hätte aussprechen können.

«Ich hörte, Sie trinken Kaffee», Frau Langpapp goss mir ein und ergänzte, «wir hier im Norden bevorzugen ja Tee.» Dann forderte sie mich auf, einen Keks zu nehmen, denn sie hätte nur für mich diese – dem Vernehmen nach exzellenten – Mürbeteigkekse bei einem Bäcker erworben. Sie selbst und die Familie zögen Madeleines zum Tee vor. Ich begriff beim ersten Biss in den Keks, warum Madeleines die bessere Wahl waren. Das Mürbeteiggebäck zerbrach unter lautem Krachen, als wäre es nicht zerbissen, sondern in meinem Mund gesprengt worden. Poröse Keksstücke sprangen nach allen Seiten, auf den Teller, auf die Tischdecke und sogar auf den japanischen Seidenteppich. Und damit war es noch nicht zu Ende. Das Kauen des karstigen Gebäcks verursachte einen Lärm im Inneren meines Schädels, dass ich dem Gespräch nicht weiter folgen konnte. Ich hatte sogar den Eindruck, dass Larissa und ihre Eltern etwas kräftiger als gewohnt sprechen mussten, um das Mahlgeräusch meiner Kiefern zu übertönen. Hin und wieder hielt ich im krachenden Kauvorgang inne, hörte Worte wie «Autofahrt» und «Raststätte», aber die Frage, die Professor Langpapp nun an mich richtete, verpasste ich. Ich sah ihn mich anreden, während Geräusche eines Bergsturzes meine Ohren füllten. Gerne hätte ich das Keksgeröll hinuntergeschluckt, aber es war einfach nicht einzuspeicheln. Es fühlte sich an, als hätte ich in einen Spielzeugkeks aus geschäumtem Gips gebissen. Und so musste ich, nachdem Frau Langpapp zum zweiten Mal die Frage ihres Gatten für mich in Deutsch als Fremdsprache übersetzte, zur Serviette greifen und unter dem Vorwand der Mundwinkelreinigung alles hineinspucken.

«Sind sie auch am Theater tätig oder schon pensioniert?», hörte ich noch den letzten Teil der Frage und begriff, dass es wohl um meine Eltern ging.

«Meine Mutter hat als Köchin in einer Werksküche gearbeitet, ist aber schon paar Jahre auf Rente», antwortete ich, bevor ich mir den Mund mit Kaffee spülte.

«Und Ihr Vater?» Da war es, das Unvermeidliche. Larissa legte ihre Hand auf meine und sah mich wieder mit diesem von Mitleid beglänzten Blick an, den sie schon das erste Mal aufgesetzt hatte, als die Rede auf meine Herkunft gekommen war.

«Gibt kein Vater», sagte ich knapp. «Meine Mutter hat mich allein großgezogen.»

Larissa neigte sich etwas zu mir und sprach für mich weiter.

«Jannek spricht nicht so gern darüber.»

Ich bedeutete ihr, dass es schon gut sei und ich das jetzt hinter mich bringen würde.

«Kurz und gut, ich kenne meinen Vater nicht. Meine Mutter redet nicht darüber. Keine Ahnung, warum. Ich habe schon mal einen Antrag beim Amt gestellt, als ich achtzehn wurde, aber die konnten mir auch nicht helfen. Es ist einfach kein Vater eingetragen, und das war's.»

Dorothea Langpapp nickte sinnend über ihrer Teetasse.

«Ihre Mutter wird ihre Gründe haben», sagte sie in säuerlicher Feinheit. «In Werksküchen soll ja immer viel los sein.»

Offenbar nahm sie an, dass meine Mutter beim Sauerkrautschöpfen aus einem tiefen Holzfass von einer im Nachhinein nicht mehr einzugrenzenden Anzahl von Kollegen, die eigentlich bloß ans Graupensäckchen oder Senfglas über ihr im Regal wollten, ungewollt begattet worden war. Larissa drückte meine Hand jetzt fest zusammen. Sollte heißen, Mama meint es nur gut.

«Na, das sind ja einigermaßen unübersichtliche Verhältnisse», resümierte Professor Langpapp ohne den geringsten Anflug von Humor. Ihm passte das alles offensichtlich überhaupt nicht. Seine schöne Tochter, die er nur widerwillig nach Berlin zum Studium hatte gehen lassen, bekam er jetzt quasi postwendend wieder, schwanger von einem Typen, dem man in seinen Kreisen noch nicht mal als Gärtner angestellt hätte. Vielversprechendste Jungärzte hatte er seiner Tochter angedient. Und die ließ sich mit dem Nachbarn ein, der ein Schauspieler und ein Bastard war. Aber der Professor wäre nicht der

Professor gewesen und eine internationale Kapazität, wenn er vor einem solchen Problem zurückgescheut hätte. Er wusste noch nicht, was er tun würde, um die Angelegenheit wieder ins Reine zu bringen, aber wenn, dann würde er es tun.

Der Nachmittag blieb also frostig. Nach dem Tee spielte Larissa auf Wunsch ihrer Mutter zwei Stücke auf dem Klavier, was mich ungemein verblüffte. Zunächst, weil ich nicht wusste, dass sie das konnte, und dann, weil ihr beim zweiten Stück das Notenheft vom Halter fiel und sie noch in derselben Note aufhörte. Sie spielte vom Blatt wie ein mechanisches Klavier von der Lochkarte.

Ich hatte eigentlich erwartet, zur Nacht ein Lager im Heizungskeller gemacht zu bekommen, durfte dann aber doch mit der Frau, die mein Kind erwartete, in ihrem ehemaligen Mädchenzimmer im Erdgeschoss schlafen. Dort gab es ein Gästebad, in das mir Larissas Mutter drei verschiedene Handtücher legte. Nur zwei waren mir in der Handhabung vertraut.

«Das hier», erklärte Frau Langpapp das dritte, kleine und aus synthetischem Gewebe bestehende Handtuch, «ist für die Dusche. Wenn Sie nach dem Duschen die Kabinenwände mit dem Fensterputzer abgezogen haben, wischen Sie bitte noch mit dem kleinen Tuch die Armaturen und die Ränder trocken. Sie möchten doch bestimmt vor dem Schlafengehen noch duschen, oder?», fragte sie mit einem Nachdruck, der die Frage zum Befehl machte.

Sie hatte wohl Angst um ihre Bettwäsche. Ich fragte mich dennoch kurz, ob ich heute Nacht ermordet werden und deswegen keine Spuren im Haus hinterlassen sollte.

«Und was mache ich danach mit dem Handtuch? Verbrennen?», fragte ich und zwinkerte, aber Dorothea Langpapps verständnisloses Gesicht machte mir klar, warum Reinheit und Ironie noch nie zusammenpassten. Ironie war der Staub des Geistes. Reine Gemüter duldeten so etwas nicht in ihrem Kopf. Dafür aber lernte ich, dass es sehr dysfunktional ist, noch nackt und nass und tropfenspritzend zu versuchen, eine Duschkabine um sich herum trocken zu putzen. Larissa schlummerte schon, als ich endlich zu ihr ins Bett kroch. Da mir beim vergeblichen Nacktputzen die Füße kalt geworden waren, musste ich nach einer halben Stunde im Bett noch mal auf die Toilette und schlich auf den Flur hinaus.

Im Elternbadezimmer im Obergeschoss war noch Betrieb.

«Ich verstehe deinen Groll», sagte Dorothea Langpapp. «Aber du musst zugeben, er ist ein hübscher Junge. Ich verstehe auch Larissa.» Sie war eine jener älteren, vermögenden Damen, die sich große Mengen Verständnis leisten können. Wahrscheinlich hätte sie sogar mich verstanden.

Keine Antwort. Stattdessen so laute Zahnputzgeräusche, als würde der Professor mit beiden Händen am Bürstenstiel in seinem Gebiss herumfuhrwerken. Dann spuckte er es aus.

«Ich habe ihn genau angesehen, Doro.» Schluck. Gurgel. Spuck! «Er hat was Lateinisches. Iberischer Typus. Dieser flockige Dreitagebart. Die dunklen Augen. Weißt du, was ich denke: Sein Vater war ein Ausländer.» Es war nicht herauszuhören, ob er das bedenklich fand oder nicht. Ich schlich wieder schnell ins Bett zu Larissa, die süß maulte ob der Störung. Das Seltsame war: Ich hatte noch nie an diese Möglichkeit gedacht, daran, dass mein Vater kein Deutscher gewesen sein könnte. Unwillkürlich fasste ich in mein Gesicht. Für einen Augenblick fühlte es sich ausländisch an.

**D**as unmittelbare Ergebnis dieses Besuchs in Hamburg war, dass Larissas Eltern darauf drangen, dass wir uns eine neue Wohnung suchten. Für eine Studentin mochte das Berliner Zimmer mit Blick in einen engen, dunklen Hinterhof angehen, für ein Paar mit einem Kind war es unzumutbar. Etwas Größeres, Moderneres musste her, und so setzte ich ein paar Wochen später meinen Namen unter einen Mietvertrag für eine Dreizimmerwohnung in einem aufwendig sanierten Altbau in Pankow, mit dem ich versprach, jeden Monat die Hälfte meines Einkommens an einen Herrn in Bad Honnef zu überweisen. Damals hatte ich nur das Gefühl, zu einer schönen Frau gehöre auch eine schöne Wohnung. Heute weiß ich: Um arm zu werden, reicht es oft schon, in eine teure Gegend zu ziehen. Der Sinn für Zahlungsströme entwickelt sich beim Menschen erst sehr spät.

Zum Einzug schenkte ich Larissa ein Regal für ihre Klangschalen. Mit Nussbaumfurnier. Ich ließ sogar meinen Dispo dafür tieferlegen. Larissa schenkte mir dafür einen Termin beim Standesamt. Es war ein Mittwoch, aber wir waren trotzdem das dekorativste Paar des Jahres, da wir vorher durch den Fundus gestöbert waren und uns à la «My Fair Lady» eingekleidet hatten. Ich trug einen grauen Cutaway mit Zylinder und Larissa ein weißes hochgeschlossenes Rüschenkragenkleid mit Riesenhut, wie es Miss Dolittle auf der Rennbahn in Ascot trug. Die Standesbeamtin bekam vor lauter Amüsement ihre Standardansprache gar nicht richtig hin.

«Sie dürfen mich nun endlich küssen, Mr. Blume!», sagte Larissa gnädig, und ich antwortete: «Das Vergnügen ist ganz auf meiner Seite, Mrs. Langpapp.» Wir behielten unsere Namen, aber verbanden unsere Leben. Ein Foto, wie wir im Kostüm vorm Standesamt stehen und unsere Ringe zeigen, schickten wir Larissas Eltern. Eins brachten wir meiner Mutter.

«Ach, ihr seid ja närrisch», sagte sie. Rückte aber den Eierlikör raus.

Dorothea Langpapp hingegen meinte nur am Telefon:

«Das wäre nicht nötig gewesen.» Es blieb unklar, ob sie das
Foto oder die Eheschließung meinte.

## KÜHLSCHRÄNKE EUROPAS I – III

Acht Wochen vor dem Termin kamen der Professor und seine Frau nach Berlin. Sie nahmen Logis im Kempinski, wo Erhard Langpapp schon seit Jahren ein gerngesehener Gast war. Auf ein Teetrinken in unserer neuen Wohnung ließen sie sich wenigstens ein, auch wenn ihnen das Zusammensitzen am Klapptisch in der Küche nicht sehr behagte. Wir sprachen über die bevorstehende Niederkunft. Ursprünglich hatte Larissa in einem Geburtshaus in Prenzlauer Berg entbinden wollen, nur unterstützt von der Hebamme und mir sowie akustisch begleitet von Solveig, einer Obertonsängerin, die sie bei einer Klangschalensession kennengelernt hatte. Ich hatte Solveig schon gehört und fand sie gut, bis auf die Tatsache, dass ich danach keine Worte mit m sprechen konnte, ohne dass mein Zäpfchen mich von ganz allein in den Wahnsinn vibrierte. Was immer das Kind in Larissa festhielt: Wenn Solveig anfinge, zu singen wie ein Brummtopf, würde es rauspurzeln. Das war der Plan. Aber der Professor war dagegen.

Er wisse, dass solche Hausgeburten jetzt gerade Mode seien, doch er kenne das Risiko. Und falls Komplikationen einträten, wäre das Entsetzen groß. «Nicht zuletzt, liebe Larissa: Du bist ja insgesamt sehr nach deiner Mutter geraten, und die hat sich seinerzeit schwergetan mit dir.»

Erhard Langpapp neigte, wie alle Ärzte, zur Untertreibung. Wahrscheinlich war es eine einzige Katastrophe gewesen. Ach, deswegen Einzelkind, dachte ich.

«Ich möchte, dass ein Facharzt in der Nähe ist, wenn mein Enkel auf die Welt kommt. Und zwar nicht irgendeiner, sondern einer, den ich kenne.»

Larissa solle sich rechtzeitig nach Hamburg verfügen und dort in ihrem Elternhaus die Wehen erwarten. Ich könne dann gern zur Geburt nachkommen, wenn es so weit sei, eine Erstgebärende würde kaum innerhalb von drei Stunden niederkommen.

Ich spielte hier keine Rolle. Es ging um das Kind seiner Tochter. Um nichts sonst.

«Habt ihr schon einen Namen?», fragte Dorothea Langpapp.

«Wenzel», sagte ich, «Wenzel Blume.»

«Das klingt sehr botanisch», meinte Larissas Mutter.

«Wir haben irgendwas halb Deutsches, halb Slawisches gesucht, etwas, das zu Jannek passt», erklärte Larissa.

«Aber der Junge wird doch nicht Blume heißen», meinte der Professor, «dafür gibt es doch überhaupt keinen Grund.»

Das war zu viel. Ich stand auf. Ich sei kein anonymer Samenspender, sondern der Lebensgefährte ihrer Tochter, erklärte ich, in diesem Kind würden sich zwei Leben verbinden. Und wenn der Herr Professor meine, dass sein großartiger Name die Jahrhunderte überdauern müsse, dann hätte er besser nicht alles auf eine Karte gesetzt, dachte ich noch dazu.

Ich hatte erwartet, Eindruck zu machen, Betroffenheit auszulösen, vielleicht sogar ein bisschen Männlichkeit demonstriert zu haben. Ich wurde enttäuscht. Der Professor erhob sich und redete mich derart scharf an, dass es mir in die Ohren schnitt: Was ich mir erlaube. Ich sei ein Nichts, das seiner Tochter ein Kind gemacht habe, ohne die geringste Voraussetzung für eine Familiengründung zu besitzen. Ich hätte kein

Recht auf den Nachnamen des Kindes, solange ich nicht in der Lage sei, für Larissa und das Kind zu sorgen.

«Ich bin ein freischaffender Schauspieler!», erregte ich mich. «Ich verdiene mein eigenes Geld.»

Professor Langpapp fuchtelte meine Worte davon und erklärte, er habe sich über mich informiert, ich sei ein freischaffender Hanswurst. Mein Einkommen sei der Rede nicht wert. Ich halte mich mit Gelegenheitsrollen über Wasser, weil ich entweder zu faul oder zu dumm wäre, Stütze zu beantragen.

«Paps, sei bitte nicht grob! Das kann doch noch werden!», warf Larissa ein.

Ja, es könne werden, auch wenn er persönlich seine Zweifel habe, was aus einem Prinzendarsteller im Kindertheater noch werden solle. Aber das mit dem Kind hätte auch noch warten können. Er jedenfalls habe mit dem Nachwuchs gewartet, bis er seinem Kind ein auskömmliches Dasein gesichert hatte.

Dorothea Langpapp suchte ihren Mann zu beschwichtigen, aber er wehrte alles ab mit einem beherzten «Nein, Doro! Es muss einmal gesagt werden! Dieser Junge lebt in einer Welt der Illusionen, und ich nehme das nicht länger hin».

Larissa und ich, wir würden uns doch überhaupt nicht kennen. Was wäre denn, wenn sich dieser Bund als zu schnell geschlossen herausstellte? Wer wäre der Leidtragende? Das Kind. Ein Kind habe aber ein Recht darauf, dass seine Eltern sich ausreichend prüften, um den Bund fürs Leben zu bestehen, um dann allezeit gemeinsam für das Kind da zu sein, so wie seine Frau und er immer für Larissa da seien und gewesen wären.

Irgendwie war ich plötzlich froh, dass meine Mutter nur Köchin – und keineswegs eine «erfolgreiche» Köchin – gewesen war und mir nicht mit ihrem «gelungenen Leben» auf den Sack gehen konnte.

«Gut», sagte ich beleidigt, «wenn ich so einen unwürdigen Namen trage, heißt er eben Langpapp. Aber dann heißt er Wenzel Langpapp. Braucht er nämlich nicht umbenannt werden, wenn unser kleiner Flirt hier in die Brüche geht.»

Larissa fand das auch eine gute Lösung. Doch der Professor war bei meinen letzten Worten still geworden und hatte sich einer schnellen Wahrscheinlichkeitsberechnung befleißigt. Mit dem Tempo eines Mannes, der innerhalb von Sekunden zu entscheiden gewohnt ist, sagte er:

«Sie kennen jetzt meine Meinung. Die wird sich nicht ändern. Aber ich respektiere meine Tochter. Soll er also Blume heißen. Doch nicht Wenzel. Larissa sollte besser ihrer beiden Großväter gedenken, die sie sehr liebten und die uns zu früh verlassen haben.»

Larissa sprach die Namen erst lautlos vor sich hin und fragte dann: «Timotheus Nepomuk?»

Und ich dachte: Da gibt's aufs Maul in der Schulpause. So viel ist mal klar.


Timotheus Nepomuk Blume erblickte am 18. Juni 1999 das Licht eines Operationssaals. Larissa hatte sich beinahe anderthalb Tage in Wehen gequält, ohne dass es zum entscheidenden Fortschritt gekommen wäre. Am Ende intervenierte der Professor erfolgreich, und sein Enkel wurde von einem Chirurgen seines Vertrauens und in seiner großväterlichen Gegenwart und Supervision per Kaiserschnitt entbunden, ein wohlgenährtes Kind von über acht Pfund, das offenbar keine Lust gehabt hatte, seinen Dickschädel durch den Geburtskanal zu schieben. Die Krankenschwester klatschte. Larissa schluchzte glücklich. Ich wartete draußen, wie es mir der Professor befohlen hatte, bis mich die Schwester reinholte. Doch das Glücksgefühl, das ich empfand, als ich diesen Wonneproppen das erste Mal im Arm hielt, sollte für lange Zeit das letzte sein. Denn in dem Moment fing Timmi an zu schreien. Ich hatte erste Babyschreie immer als Quäken und Wimmern in Erinnerung. Das hier klang anders. Timmis Schreien war große Oper, ungewöhnlich laut und kräftig. Es ging mir durch Mark und Bein. Die Schwestern lachten ein beeindrucktes «Na holla, was für ein Organ!». Ich lachte ein bisschen mit, aber nicht lange. Timmi war ein Schreikind. Er war DAS Schreikind. Niemand wusste, warum, und ich weiß es bis heute nicht.

**W**ir wollten es schön haben mit unserem Baby. Aber unser Baby wollte es nicht schön haben mit uns. Urplötzlich waren wir in einem Horrorfilm, in dem jemand unser Baby quälte, ohne dass wir was dagegen tun konnten. Ich wusste gar nicht, was schuld ist, bevor Timmi in diesem OP-Saal anfing zu schreien. Ich dachte, schuld wäre irgendwas, was nach einem Unfall diskutiert wird. Aber das Weinen eines Säuglings tritt in den Eltern apokalyptische Schuldgefühle los. Larissa verzweifelte schon bald, als sie wieder zu Hause war. Sie heulte mindestens dreimal am Tag, und ich bekam nach einer Woche vor lauter Ohnmacht und Nervenzerrüttung so furchtbare Aggressionen, dass ich mich manchmal bewusst von Timmi fernhielt. Denn ich hatte schlimme Geschichten gelesen, was Väter ihren schreienden Kindern antun. Gegen das Schreien des eigenen Kindes stumpft man nicht ab. Larissa versuchte alles. Sie stillte, sie schaukelte, sie strich ihre Klangschalen – umsonst. Manchmal erlöste ich sie kurz und ging mit dem entsetzlich schreienden Kinderwagen um den Block. Leute traten besorgt ans Fenster, wenn ich den brüllenden Timmi vorbeischob. Er war fürs Schreien geboren. Andere hätten davon schon drei Nabelbrüche bekommen.

Unnötig zu sagen, dass unser soziales Leben sofort erstarb. Ich hatte junge Mütter erlebt, die selig mit vollen Brüsten in Partyecken saßen, ihr Kind pappsatt stillten, es danach ins Körbchen legten und drei, vier Stunden ungestört tanzten, tranken, lachten. Wir hingegen saßen gefangen in unserer Wohnung und ließen uns von den Schreien unseres Kindes foltern. Hinzu war schon nach ein paar Tagen die Müdigkeit gekommen. Bleierne, epische Müdigkeit.

An dem Abend, der mein Einkommen halbieren sollte, war es besonders schlimm. Ich musste ins Theater und fand kaum das Schlüsselloch an der Fahrertür meines Fiat. Und dann noch Rot an jeder zweiten Ampel. Dabei war jede Form von Pause und Untätigkeit lebensgefährlich. Ich wusste, wenn ich jetzt die Hände vom Lenkrad sinken ließe, würde ich einschlafen. Für Tage unaufweckbar einschlafen. Tausend Hupen wären nichts als meine Spieluhr, die mich in den süßesten aller Schlafe gleiten lassen würden. Die wütend aufgerissene Fahrertür wäre meine Erlösung und der Rinnstein, in den ich fiele, mein Kuschelbett. Das bloße Nicht-Schreien war mein Zuhause, das dröhnende, hupende, schimpfende Nicht-Schreien auf den Berliner Straßen war mein Frieden.

Irgendwie schaffte ich es bis zum Theater. Zog mich um, ließ mich schminken, wobei mir Gott sei Dank etwas ins Auge kam, sodass ich es rot heulte und vor Wut und Wahnsinn wieder munter wurde. Des Weiteren halfen die schmerzhaften Klammern, die meine Perücke am Haar befestigten, mich in einer Art Wachtrance zu halten. Aber ich musste dauernd in den Spiegel sehen, um mich daran zu erinnern, was wir heute Abend spielten. Prinz. Irgendwas mit Prinz. Der kleine Prinz.

Nee, dazu war ich zu groß. Und der hatte auch keinen Säbel an der Seite hängen. Wo wurde denn noch mal gesäbelt? Ach ja. Dornröschen. Wach küssen. Wach. Ach. Ich möchte auch mal wach geküsst werden. So richtig wach. Knallwach. Betrunken vor Müdigkeit eierte ich über die Treppen. Im engen Gang zur Bühne rempelte ich den Apfel und die Birne an, zwei junge Kollegen in schweißtreibenden Obstkostümen, die zwischen den Szenen irgendwelche faden Fragen an die Kinder im Zuschauerraum stellen mussten und die bei jeder richtigen Antwort zum Vergnügen der Kleinen mit den riesigen Schaumstoffbäuchen zusammenstießen. Während es den Apfel durch meine Unachtsamkeit nur an die Wand drückte, kam die Birne völlig aus dem Lot und fiel in die Kochnische zwischen dem Abfalleimer und die Getränkekisten. Die Birne fluchte und hätte mir wohl nachgesetzt, aber sie kam nicht von allein hoch, und der Apfel musste ihr aufhelfen, wobei er selber beinahe umgekippt wäre.

Die Dreiviertelstunde bis zu meinem Auftritt lief ich auf und ab wie ein Drogensüchtiger auf Entzug. Mit den Armen rudernd, fröstelnd, mich kratzend, Grimassen schneidend. Dann, in den ersten Minuten auf der Bühne, hatte ich noch das Gefühl, als könnte mir das Scheinwerferlicht etwas Energie spenden. Ich hörte mich auf der Szene sprechen: ein «Dorfmarkt», lauter «ei der Daus!» und «Das will ich wohl meinen». Und dann rief ich: «Eine gar wunderschöne Prinzessin schlummert dorten, meinet ihr?», auch wenn ich kaum sah, wer um mich herum spielte. Doch schon bei meinem zweiten Auftritt war alles vorbei.

Die Kammerszene. Ich hing. Klaus van den Zween, ein beleibter Mittsechziger, der den Geheimen Rat spielte, sah mich kurz an und wiederholte: «Mein Prinz, das ist ein gefährlich Abenteuer! Nie kam jemand je zurück aus diesem Dornenhaag!» Nach einer sehr lange Weile setzte er noch ein sehr, sehr auffforderndes «Nie, mein Prinz! Es sind ganz fürchterliche … Dornen!» hinterher. Ich sah in sein gepudertes Gesicht mit dem albernen Schönheitsfleck und war raus. Was sollte ich jetzt sagen? Mir war irgendwie nach: «Na gut, dann eben nicht! Scheiß aufs Dornröschen! Ich hau mich jetzt aufs Ohr!» Aber das war natürlich nicht das, was die Kinder da unten erwarteten. «Text!», befahl ich Klaus sehr laut und sehr schroff ins Gesicht, aber natürlich meinte ich die Souffleuse, die ich schließlich mit vor Müdigkeit weit aufgerissenen Augen in ihrem Kasten ansah. Die Pause war schon viel zu lang, um noch irgendwie in ein Spiel eingebaut werden zu können.

Die Souffleuse schob sich ihre Lesebrille eine Sekunde zu lang auf der Nase herum. Die Stille auf der Bühne wurde monströs. «Text, verdammt noch mal!», rief ich. Dann geschah es. Die Souffleuse klappte das Textbuch zu. Ich traute meinen Augen nicht. «Jetzt reicht es», zischte sie, «so lasse ich nicht mit mir umspringen!» Ein weißer Blitz zuckte durch mein Gehirn. Ich sprach plötzlich in einer mir selber fremden Stimme: «Ach ja? In der Tat? Ist dem so?», und dann sah ich Klaus van den Zweens Augen sich vor mir angstvoll weiten und seine Hand nach mir langen. Sie erwischte mich jedoch nicht mehr.

Wir wollen die verbleibenden drei Zehntelsekunden nutzen, um es noch einmal festzuhalten: Ich bin eine Seele von Mensch, wenn sich alle an die Spielregeln halten. Ich bin aller Welt Freund, wenn ein wenig Rücksicht genommen wird. Ich bin von Güte durchwebt, ich würde sogar sagen: Ein besserer Mitmensch hat niemals gelebt – aber man darf mich auch nicht reizen. Nicht bis aufs Blut reizen. Niemand darf den völlig übermüdeten Vater eines Schreikindes so behandeln!

Eigentlich ist es in diesem Theater nicht möglich, eine Person durch den sehr schmalen Souffleurkasten zu zerren. Aber irgendwie schaffte ich es, die Souffleuse wenigstens zur Hälfte, also bis zur Hüfte, aus der Versenkung zu holen. Dabei benannte ich sie mit einer Reihe von unschönen Attributen und Schimpfnamen und informierte sie darüber, dass sie mir den Text zu geben habe, wenn ich danach verlangte. Es sei schließlich mein Text, und ich müsse hier draußen meinen Allerwertesten hinhalten, während sie den ihren dort unten im Verschlag breitzusitzen beliebe. Natürlich sprach ich nicht in so stilsicheren Sätzen, ich rief eher oder schrie möglicherweise, vielleicht brüllte ich auch, während Klaus, die Inspizientin und der Feuerwehrmann meine Hände vom Hals der röchelnden Mittfünfzigerin zu lösen versuchten, der die Lesebrille nunmehr fast von der Nase fiel. Im Zuschauerraum kreischten die Kinder. Sie hatten natürlich nicht damit gerechnet, dass ich aus einer unscheinbaren Kiste auf der Bühne plötzlich eine Frau hervorziehen würde. In ihrer Not hatte die Souffleuse das Textbuch auf die Bühne fallen lassen, und es war am Lesezeichen aufgeklappt. Mein Text war mit grünem Marker eingefärbt. «Wer die Rose liebt, darf die Dornen nicht fürchten», las ich, und als wäre dieser Satz der Zugangscode zu meinem Erinnerungsvermögen, war der Text wieder da. Glücklich ließ ich die Souffleuse los, Klaus und die Inspizientin fingen sie auf.

«Wer die Rose liebt, darf die Dornen nicht fürchten, Ihro Gnaden», presste ich meine Sätze hervor, während ich im Griff des Feuerwehrmanns noch ein, zwei Meter Richtung Bühnenrand zurückgezerrt wurde, bevor er mich, als er keinen Widerstand mehr spürte, losließ. Ich sagte also schwer atmend meinen Text weiter und gewann wieder etwas Orientierung. Kurioserweise war mittlerweile die halbe Besetzung zur Rettung der Einbläserin auf die Szene gerannt. Inez, die das Dornröschen gab, Oliver, der den Koch spielte, und sogar Gisela Hahn, die vor geschätzten fünfundfünfzig Jahren von ihren Eltern Giselle getauft worden war, aber nie so heißen wollte, und die hier die böse Fee gab, sie alle lauerten im Halbkreis um mich herum.

An dieser kritischen Stelle, an der Tumult, Abbruch, Polizei, ja einfach alles möglich gewesen wäre und gleich um die Ecke schien, entschloss sich Seniormime Klaus van den Zween, die Führung zu übernehmen. Er übernahm sie mit der ganzen Wucht des verdienten Volksschauspielers.

«So zieht denn hin in euer Unglück, Prinz!», rief er mit seiner wohltönenden Stimme in den Zuschauerraum, «Soll'n die Dornen euch lehren, welch Narretei die Liebe ist!» Er gab den anderen einen wahrhaft hochmögenden Wink, sich zu entfernen, was sie taten. Und wir spielten weiter. Langsam kehrte im Zuschauerraum wieder Ruhe ein. Nur in der ersten Reihe übergab sich ein Mädchen. Zierlich, beinahe anmutig erbrach sie sich noch ein bisschen in ihr Taschentuch. Vor dem Souffleurkasten lag ein Stückchen Spitzenkragen, wohl vom Kleid der Souffleuse abgerissen, als sie mein Wutsturm aus dem Verschlag gesaugt hatte.

Am Ende gab es Beifall, aber nur einmal und nicht sehr lange. Die Zuschauerreihen lichteten sich schon gleich nach dem Vorhang, nur ein paar Jungs blieben stehen, um zu klatschen, weil sie gewettet hatten, wer von ihnen länger klatschen könnte. Schließlich holte eine Erzieherin die Knaben aus der Reihe, und einer fragte hörbar: «Fräulein Buttgereit, hat der Prinz wirklich Fotze gesagt?»

Oberflächlich abgeschminkt und mit nassen Haaren kam ich nach dem Stück in die Kantine, in der sich alle Kollegen von den Bühnenarbeitern bis zum Intendanten versammelt hatten. Ich holte mir, als ob nichts wäre, eine Cola aus dem Automaten und eine Brezel vom Brezelbaum auf der Theke und setzte mich trotzig an einen kleinen Tisch bei der Tür. Ich lächelte Inez, die hinter dem Intendanten, Gottfried, stand, etwas gezwungen an, aber sie schüttelte nur traurig den Kopf. Dann trat Gottfried vor die Belegschaft und legte die gespreizten Finger seiner Hände in Höhe des Schambeins gegeneinander. Geste der höchsten Ernsthaftigkeit.

«Kollege Blume», verlangte Gottfried meine ungeteilte Aufmerksamkeit, «Frau Margot Kilz, die es nach dem Vorfall von eben vorzog, ihre Schürfwunden einem Notarzt vorzustellen, ist seit fünfunddreißig Jahren an diesem Theater als Souffleuse tätig, und es hat in all dieser Zeit nie die geringste Kritik an ihrer Arbeit gegeben. Im Gegenteil, immer konnten sich die Darsteller auf sie verlassen. Ungezählt sind die Momente, in denen sie mit rechtzeitig soufflierten Einsätzen den reibungslosen Spielablauf überhaupt erst möglich ...»

Für die anderen sah es jetzt so aus, als wenn ich heftig nickte, in Wirklichkeit wäre ich beinahe eingeschlafen. Noch zwei allgemeine Sätze zum Lebenswerk der Souffleuse, und ich würde mit platter Wange auf dem Tisch liegen und schnarchen.

«Sag es endlich», unterbrach ich Gottfried etwas herber als gewollt, «ich muss nach Hause!»

«Bedank dich bei dieser herzensguten Frau, die du heute angegriffen hast, dass du nicht mit einer Anzeige wegen Körperverletzung rechnen musst. Aber wir hier müssen und werden handeln: Jannek Blume, du wirst mit sofortiger Wirkung aus allen Hauptrollen gestrichen! Im konkreten Fall bedeutet das, dass im ‹Dornröschen› schon übermorgen deine Rolle von Manuel gespielt wird und du im Gegenzug dafür seine übernimmst.»

«Manuel?», fragte ich bedröppelt. Ich kannte keinen Schauspieler dieses Namens.

«Manuel Ammer ist seit der letzten Spielzeit bei uns. Er studiert zwar noch an der Hochschule, aber wir sind mit seiner Leistung sehr zufrieden», sagte Gottfried und wies mit der Hand auf ein hohlwangiges Jüngelchen zu seiner Rechten, das ich möglicherweise schon mal gesehen hatte. Möglicherweise.

Meine Augenlider flimmerten schwach über den Augäpfeln.

«Hilf mir mal, Gottfried! Ich kenn den nicht. Welche Leistung?»

«Schlimm, dass du das nicht weißt.»

Gottfried holte achtunggebietend Luft.

«Die Birne!»

Manuel zog seine Rechte aus der Hosentasche und zeigte mir einen Stinkefinger. Ich verfinsterte.

«Ich spiel kein Obst!»

Gottfried zuckte mit den Schultern.

«Für die Hälfte des Geldes soll ich in so einer stinkenden Schaumstoffkugel herumlaufen? Das kannst du aber so was von vergessen!», spuckte ich ihm entgegen.

«Du hast einen Vertrag für diese Spielzeit. Aber als was du besetzt wirst, entscheidet das Haus. Bei Nichterfüllung … weißt du, wo es rausgeht.»

Ich sagte, das wüsste ich, und ging. Ich hörte Stimmengebrummel und Inez halblaut Einwände vorbringen, und ich hörte Gottfried zu guter Letzt sagen: «Der kommt wieder. Wo soll er denn hin?»

Als ich nach Hause kam, schrie Timmi immer noch oder schon wieder. Niemand kann sich vorstellen, wie es ist, wenn man nach einem solchen Tag nach Hause kommt und das markerschütternde, unglückselige Geschrei des eigenen Kindes hört. An einem Tag, an dem ich als Prinz aus dem Haus ging und als Birne wiederkam. Larissa hatte Timmi aus dem Bettchen in den Kinderwagen gelegt, saß daneben auf dem Sofa und schaukelte ihn mechanisch. Sie sah verwüstet aus, als hätte man sie mehrfach zusammengeschlagen. Manchmal schlief Timmi ein, aber wenn sie ihn, müde, wie sie war, für ein paar Sekunden etwas weniger oder nicht ganz im Rhythmus schaukelte, wachte er wieder auf, schluckte, schnappte und fing wieder an zu schreien. Ich setzte mich zu ihr, sagte müde: «Hallo», ein einziges Wort nur, und wir lehnten irgendwie an den Schultern zusammen. Auch für Zärtlichkeiten braucht man Kraft. Wir saßen nur da, krumm und halb verrottet vor Schlaflosigkeit. Eine Minute Schaukeln später wurde Timmi ruhig. Betörende Stille breitete sich aus. Da rutschte Larissas Kopf sachte meine Brust herunter in meinen Schoß, sie seufzte noch einmal und schlief auch schon. Ihre Hand fiel vom Griff des Kinderwagens und hing schlaff da. Der ungeschaukelte Timmi schmatzte, schnappte, holte gefährlich Luft und wollte schon loskrakeelen, aber ich nahm den Griff und schaukelte weiter. Doch ich wusste, dass ich dazu aufstehen musste, wenn ich nicht unseren Sohn mit Schaukelaussetzern in ein Brüllknäuel verwandeln wollte. Ich nahm ein Kissen, bettete Larissas Kopf darauf und erhob mich. Nur erwies sich das bloße Stehen als nicht ausreichend schlafverhindernd. Es war ein Teufelskreis: Wachbleiben, um gleichmäßig schaukeln zu können, und die monotone, betäubende, in die Horizontale ziehende Handbewegung am Kinderwagen schienen sich auszuschließen. Also nahm ich

den Kinderwagenkorb mit dem unwillig vor sich hin schno-
bernden Timmi vom Fahrgestell ab und ging schaukelnd damit durch die Wohnung.

Leichte Halluzinationen setzten ein. Möbelschatten machten sich selbständig. Verzerrtes Blickfeld. Wie wenn man
umgekehrt durch ein Fernrohr schaute. Ich hatte doch nur
ein Kind gewollt, keine Langzeitexperimente mit Schlafent-
zug. Bei der NASA bekam man Geld für so was. Hätten sie sich
sparen können. Einfach mal bei Schreikinder-Eltern anrufen.
Aber als ich das zehnte oder elfte Mal an der Küche vorbeikam,
war es vorbei. Das Blut sickerte aus meinem Kopf, hinterließ
nichts als hohles Summen, und ich begriff, dass ich unweigerlich gleich umkippen würde. In einer letzten Bewegung stellte
ich Timmi auf den Kühlschrank. Dann lockerten sich meine
Gelenke auf magische Weise, und ich fiel zusammen wie eines
dieser gedrechselten Spielzeugtiere, die von Gummis straff
auf dem Podest gehalten werden, bis man von unten drückt.

Ich schlief sechs Stunden. Larissa schlief sechs Stunden.
Aber das eigentliche Wunder war, dass auch Timmi sechs
Stunden schlief.

Ich erwachte in der Helligkeit eines sonnigen Vormittags,
der in die Küche leuchtete. Es war fünf Uhr früh. Mein rechter
Arm war in der Nacht gestorben. Er war für mich gestorben.
Ich hatte drauf gelegen. Ich rollte etwas hilflos auf die Schultern und krümmte mich, sodass ich auf die Knie kam. Mehr
war noch nicht drin. Dann kniete ich vor dem Kühlschrank,
den toten Arm an meiner Seite baumelnd, und starrte erst
ungläubig, bald angstvoll auf den Kinderwagenkorb, der vor
meinen Augen auf dem Kühlschrank stand.

Nichts. Doch. Da. Timmi seufzte kurz und schmatzte. Ich
hielt den Atem an. Dann geschah es. Der Kompressor des
Kühlschranks sprang an. Wie ein Notfallaggregat. Wie ein

Schlummerbrummerkasten. Ein Schlafbescherer. Timmi säuselte wieder ein. Ich konnte es nicht fassen. Brumm, brumm, brumm, Kühlschrank brumm herum! Ich umfasste das weiß lackierte Möbel wie eine russische Ikone und küsste es.

«Was machst du da?», hörte ich Larrissa hinter mir sagen. Sie lehnte in der Tür, das rote Haar völlig verpumuckelt, geschwollene Augen, die gesprenkelte Haut käsig und stumpf. Ich stand auf, hob den Zeigefinger der noch lebendigen linken Hand, auf dass sie gut achtgäbe, nahm damit Timmi vom Kühlschrank und hielt ihn zehn Sekunden starr, bis er anfing zu protestieren. Und dann setzte ich ihn mit großem «Trara!» auf den Kühlschrank, wo er sofort stillgebrummt wurde.

Larissa machte große Augen und sagte: «Okaaaay», dieses merkwürdige, gedehnte Okay, das damals gerade in Mode kam und dazu gemacht war, um widerstrebendes Anerkennen und Überzeugtsein auszudrücken.

Bis zu diesem Morgen, an dem wir entdeckten, dass jede Form vom motorischer, hydraulischer oder elektromechanischer Monotonie unser Kind zur Ruhe brachte. Kein Wiegen auf dem Arm war für ihn so einschläfernd wie das Rütteln des Kühlschranks, kein Gesang senkte ihm die Augenlider so wie das Lied der Waschmaschine, und insbesondere der Refrain des Schleuderganges. Besonders schlimm für Larissa war: Was ein Dutzend Klangschalen jeglicher Größe nicht vermocht hatten, brachte ein schnöder alter Ventilator zustande. Timmi schlummerte.

Ich konnte es nie so ganz nachempfinden, aber für Larissa brach mit ihrem eigenen Kind eine ganze Welt der Klangtherapie zusammen. Sie wehrte sich, doch sie wehrte sich nicht lange. Timmi schrie einfach immer, aber sobald sie ihn auf den Kühlschrank stellte, hörte er auf. Vielleicht hätte es andere Möglichkeiten gegeben. Vielleicht wären wir nach einem

Dutzend Kinderärzten und weisen Frauen auf eine ebenso wirksame Methode aus der Naturmedizin gestoßen. Aber wir hatten die Kraft nicht. Und der Kühlschrank war einfach näher. Als wäre dies nicht schon demütigend genug gewesen, brauchte es später nicht einmal mehr einen Kühlschrank, um Timmi zur Ruhe zu bringen. Einer Eingebung folgend, fand ich den Tonträgerverlag «Tech-Soundz», der CDs mit allen möglichen technischen Geräuschen herausgab. Unter ihnen war auch Timmis Favorit, «Kühlschränke Europas I – III».

Larissa tat scheinbar alles wie immer. Sie machte sich Kümmel- und Anistee, stillte Timmi auf einem raschelnden Kirschkernkissen, aber ich hatte immer mehr den Eindruck, dass etwas nicht stimmte. Und dieses Etwas war es, das Timmi schreien ließ. Es war die Art, wie sie ihn ansah. Sie sah ihn an, als hätte sie ihn zur Aufbewahrung bekommen. Als ich ein paar Wochen später eine Freundin ihr Baby wickeln sah, wurde mir klar, was fehlte. Die Freundin war geradezu vernarrt in ihr Kind, roch unentwegt an ihm, neigte sich zu ihm, pustete und schmatzte ihm beim Wickeln auf das rosa Bäuchlein, ließ seine kleine Beine Fahrrad fahren und konnte gar nicht lassen von dem zahnlos keckernden und glucksenden Baby. Larissa dagegen wickelte Timmi schnell und sachlich, wie mit Blick auf die Uhr, manchmal mit einem grimmigen Humor, wenn ihr der kleine Drehbolzen zu entschlüpfen drohte: «Bleib hier, du kleine Arschgranate!»

Eines Tages, als Larissa mit ihm gerade zur U5 wollte und sich das lauteste aller Babys schon in seinem behenkelten Kindersitz heftig gegen den Gurt bäumte und schrie und ich sah, wie sie sich genervt die Haare im Haargummi stramm zog, verstand ich. Timmi passte ihr nicht ins Konzept. In ihr Konzept von sich selbst. Er hatte ihr irgendwas versaut. Larissa sah sich als Mädchenfrau mit sommersprossigen Wunderhänden, die heilende Klänge hervorzauberten. Eine feine, aber wichtige Distanz zwischen sich und den Beschallten lassend. Sie wollte berühren, aber nicht berührt werden. Das Leben sollte sie mit Blütenschnee umwehen, aber ihr nicht auf den Pullover kotzen. Sie nahm Timmi irgendwie übel, dass er sich in ihr Leben gedrängt hatte. Laut, fordernd, rücksichtslos. Und wahrscheinlich nahm sie es auch mir übel.

Denn als ich zwei Monate später die Mahnung des Vermieters auf dem Tisch liegen hatte, musste ich es Larissa gestehen: dass ich kein Prinz mehr war, sondern eine Birne.

«Kannst du dir Geld von deinen Eltern leihen?», fragte ich sie.

«Kann ich», sagte sie. Sie sagte es geradeheraus. Zu geradeheraus. Ohne eine Spur von Schonung oder Mitgefühl.

Niemand mag es, wenn die Eltern recht behalten. Auch Larissa nicht. Eine perfekte Welt wäre die, wo Eltern sich in allem irren.

Ein paar Tage später war das Geld auf dem Konto. Zugleich erhielt ich einen Brief, in dem Erhard Langpapp mir ankündigte, dass er Larissa und Timmi in den Sommerurlaub nach Sardinien mitnehmen werde und dass er von mir erwarte, dass ich die Zeit ohne Frau und Kind dazu nutze, mein mangelhaftes Einkommen aufzubessern.

Von da an ging es bergab.

Es wäre müßig, all die kleinen Streits und heftigen Wortwechsel zwischen Larissa und mir wiederzugeben. Manchmal vergaß ich, Rechnungen zu bezahlen. Es gab Post vom Vermieter, der mit Räumung drohte. Wir stritten uns wegen Timmi, weil Larissa ihm alles nachgab, weil sie keinen Stress haben wollte und er mit jeder Marotte durchkam. Larissa wiederum tobte vor Eifersucht, weil ich mit Inez eine Bettszene spielen musste, und sie behauptete, dass wir es unter der Bettdecke tatsächlich vor allen Leuten getrieben hätten. Ich hingegen war sauer auf sie, weil sie, ohne mich zu fragen, bei Gottfried, dem Intendanten, vorstellig geworden war, um ihm ein Konzept für «Klangmeditationen mit Kindern» vorzustellen, was mich für Wochen zum Gespött der Kollegen gemacht hatte. Larissa lehnte schließlich sogar Geschenke von mir ab, weil ich mir «keine Mühe» damit gegeben hätte, und ich behauptete wohl nicht zu Unrecht, dass sie nur deswegen Quinoa zu fast jedem Essen kochte, weil ich es hasste.

Seltsamerweise dachten wir lange, dass dieses endlose Gestreite normal wäre, weil es uns alle paar Tage zuverlässig heftigen Sex bescherte. Doch dann ließ auch das nach.

In meinen Träumen hatte ich mir eine richtige Familie früher immer vorgestellt wie ein Schiff, auf dem man durch das Meer des Lebens fährt. Ich wusste damals nicht, dass sogar die stolzesten aller Schiffe noch im Hafen Schlagseite bekommen und untergehen können. Wenn Sie es nicht glauben, fahren Sie mal nach Stockholm und schauen Sie sich das «Vasa»-Museum an.

FÜNF JAHRE SPÄTER

## DER KLOPFER

Halten Sie mal das Schild mit Ihrer Nummer hoch, und sagen Sie Ihren Namen und Ihr Alter!» Castingaufnahmen haben ja immer etwas von Polizeirevier und Erkennungsdienst. Nur, dass man kein Zentimetermaß am Hinterhaupt hat. Ich war die Nummer vierundzwanzig. Viel zu viele waren schon vor mir auf dieser Bühne.

«Ich heiße Jannek Blume, und ich bin zweiunddreißig Jahre alt.»

«Warum sprechen Sie so komisch?»

«Ich spreche komisch?»

«Ja, so überartikuliert. So, als wären Sie Ihr eigener Synchronsprecher.»

«Ich mache halt viel für Kinder. Da muss man schon durch die vierte Wand.»

Ich hoffte, der Theaterslang würde beeindrucken, aber der Regisseur, ein Kerl mit dem speckigen halblangen Haar der Vielbeschäftigten, nickte nur, flüsterte seinem Assistenten etwas zu, klopfte ihm auf die Schulter und ging. Klarer kann man seine nicht vorhandenen Chancen nicht gezeigt bekommen. Der hatte seine Wahl schon getroffen. Direkt vor mir war Manni Gronauer drin. Eine monströse Fresse mit Glubschaugen und Vorderzähnen wie ein Kamel. Der konnte Stricke als Zahnseide nehmen. Sah aus wie Hurvinek, die tschechische Marionette. Und nuschelte, als hätte er Vokalverbot. Aber genau so was suchten sie. Eine Type. Eine Visage.

Der Assistent hielt sich mit beiden Händen an seinem Bleistift fest.

«Spielen Sie ... hauptberuflich?»

«Ja, was denken Sie denn? Ich spiele am Theater am Park.»

«Was für Stücke zum Beispiel?»

«‹Kasperle macht Radau.›»

«Klingt nach Vormittagsvorstellung. Was war Ihre Rolle?»

Ich zögerte.

«Der Prinz.»

Der Assistent überlegte ein paar Sekunden, ob er wenigstens zum Schein ein paar Notizen machen sollte. Seine Einkaufsliste für nachher oder so. Er konnte mich unmöglich nach diesen drei Fragen wieder rausschicken.

«Noch andere Stücke? Was für Erwachsene vielleicht?»

«Also, für mittleres Schulalter. ‹Rosendorn›. Auch am Theater am Park. Eine Dornröschen-Adaption. Aber mit mehr Psychologie. Der Stich an der Spindel als Symbol für die erste Blutung oder Entjungferung, ich weiß es nicht mehr so genau ...»

«Ihre Rolle?»

Ich resignierte.

«Erst der Prinz. Dann eine Birne.»

«Sie haben eine Birne gespielt?»

«Ich kann alles spielen. Ich habe mich gut vorbereitet und vorher eine Weile unter Birnen gelebt», sagte ich, sarkastisch ob dieses Verhörs.

Die Praktikantin hinter der kleinen Kamera musste jetzt grinsen, und der Assistent guckte unter den Tisch und biss auf seiner Lippe herum.

O Leute, dachte ich, hört mal auf damit, ich kann doch nichts dafür. Ich sehe nun mal aus, wie ich aussehe. Volles Haar. Markantes Kinn. Tiefdunkle Augen. Muss ich mir erst einen Schmiss duellieren, damit ich endlich mal irgendeine winzige Fernsehrolle bekomme? Ich kenne alle eure Sprüche. Ich habe sie hundertmal gehört. Zu glatt. Wirkt oberflächlich. Kein Charisma. Und am schlimmsten: unauthentisch. Ich bin aber so unauthentisch auf die Welt gekommen. Wahrscheinlich hielten die Hebammen schon meinen ersten Schrei für unecht. Und wenn ich als Kind beim Rollerfahren hinfiel und mir das Knie aufschrammte, meinte meine Mutter nur: «Du Schauspieler!» Und das war ich nun.

Als ich am nächsten Vormittag den Automaten in der Kantine meinen Kaffee zusammenröcheln ließ, kam Klaus van den Zween herein, legte seinen Mantel – wie immer sorgfältig zusammengefaltet – über die Stuhllehne und gesellte sich zu mir, um mich nach dem Tatort-Casting zu fragen.

«Ich geh nicht mehr zu Castings», sagte ich. «Es ist sinnlos. Ich bin zu schön.»

In jeder anderen Situation und jedem anderen Menschen gegenüber hätte dieser Satz wie ein Witz geklungen. Aber Klaus van den Zween, der silbergraue Seniormime mit der UFA-Stimme, nickte ernst.

Er meinte, das sei ihm als junger Mensch auch so gegangen. Immer nur Musical und Operette. Furchtbar sei es gewesen. Und wenn er mal eine Rolle im Regietheater bekommen hätte, dann sei er wegen seines guten Aussehens immer nur «ironisch» besetzt worden. Im Grunde müsste es bei tiefschichtigen Charakteren eine Quotenregelung für schöne Männer geben. Wo bei gleicher Eignung Dandys bevorzugt würden. Dandys mit Krebs. Dandys im Todestrakt. Dandys mit geistiger Behinderung. Jetzt, wo er Mitte sechzig sei, gehe es langsam aufwärts mit den Rollen. Schöne Männer müssten eben erst alt werden, um ernst genommen zu werden. Ob ich seine Prostanox-Werbung gesehen hätte? Wo er sich zufrieden lächelnd umdreht und weiterschläft, während alle anderen Männer aufs Klo müssen?

«Jetzt verdiene ich mein Geld im Schlaf!», lachte Klaus.

Ich sagte, so lange könne ich nicht warten. Meine Frau wäre schon länger ungehalten wegen meiner geringen Gagen und ich würde ernsthaft überlegen, die Schauspielerei aufzugeben und, was weiß ich, Straßenbahnfahrer zu werden.

«Ach, Unsinn», rüffelte mich Klaus, «kaprizier dich nicht so aufs Filmen. Mach Werbung! Du hast was Südländisches. Du kannst doch alles bewerben. Espresso, Käsebaguette, Vino tinto.»

Ich zögerte. Wenn man ernsthafte Ambitionen im Schauspiel hatte, wirkt Werbung immer ein bisschen wie ein Eingeständnis, dass man es nicht draufhat, wie eine Kapitulation. Klaus wusste das und stieß kurz mit seiner Schulter an meine. Er würde seinem Agenten mal meine Nummer geben. Schöne Männer müssten zusammenhalten.

Ich hatte Klaus' Vorschlag schon fast vergessen, als sich ein Vierteljahr später ein Mann namens Oliver Bügel von Metro Faces meldete – einer Castingagentur. Herr van den Zween hätte mich empfohlen, sagte er. Er suche Gesichter für eine Kampagne im «Bereich Food», und zwar mit ausgesprochener «Food-Attitude», gern auch ein bisschen «over the top», und ich schien ihm tatsächlich ein solches Gesicht zu sein, soweit er das auf der Webseite des Theaters am Park erkennen könne. Natürlich war es nicht das Schmeichelhafteste auf der Welt, ein Nahrungsmittelgesicht zu haben, geschweige denn ein übertriebenes. Aber ich ließ mich drauf ein, am Freitag derselben Woche nach Hamburg zu fahren, um dort den Marketingmenschen einer Schokoladenfirma was vorzukauen.

Zu Hause saß Larissa vor ihrem Computer und las eine Mail. Gut, das ist vielleicht ein wenig zu knapp ausgedrückt. Larissa las nie einfach nur so eine Mail: Sie veranstaltete eine Lesung der Mail. Sie runzelte die Stirn, während sie las, sprach «Aha!», schmunzelte, lachte, las stirnrunzelnd weiter, rief dann: «Ach so?», und schnalzte am Ende mit der Zunge, was nichts weniger als «Na, sieh mal einer an!» bedeuten sollte. Niemand, ich sage absolut niemand, konnte im selben Raum, in dem Larissa las, etwas anderes tun, als ihr Publikum zu sein. Sie las eigentlich nur, um gefragt zu werden, was sie da lese.

«Was liest du da?»

«Ach», sagte Larissa. «HaP Tielicke hat mir geschrieben.»

Ja, richtig gehört, Jannek Blume! Der Name, der schon seit Wochen und Monaten durch die Erzählungen von Larissa geisterte. HaP Tielicke, *der* HaP Tielicke, mit kleinem Ha und großem P! Der Autor von «Heilen mit der Kraft der Urworte», dem Megabestseller. Der mit den vitalisierenden Basallauten, dank deren Lahme wieder sehen und Blinde wieder gehen können.

«HaP möchte, dass ich seine nächste Urworte-Tournee begleite. Als Ersatz für Undine, seine Harfenistin, die sich das Handgelenk angeknackst hat. Er kommt heute Abend vorbei.»

Das sagte sie so natürlich, dass ich mich nach einem Moment selbst darauf aufmerksam machen musste, dass HaP Tielicke überhaupt noch nie seit Bestehen des Universums abends vorbeigekommen war. Dass HaP Tielicke jemand war, denn ich erst einmal gesehen hatte, und zwar auf einem Plakat, das eine HaP-Tielicke-Veranstaltung in der Max-Schmeling-Halle angekündigt hatte. Ich wusste, dass Larissa schon auf mehreren seiner Massen-Energetisierungen gewesen war. In Berlin natürlich, aber auch in Bremen, in Hannover, zuletzt in Köln. Manchmal machte Larissa seine Übungen im Schlafzimmer. Ich nannte es immer «den röhrenden Hirsch, nur ohne Kommode». Ja, und sie hatte zu der letzten Veranstaltung in Köln drei ihrer harntreibendsten Klangschalen mitgenommen. (Die kleine 24,5-Zentimeter-Schale, «Mir wird so komisch untenrum», die etwas größere mit 40 Zentimetern, «Gibt es hier irgendwo eine Toilette?», und die große mit 55,5 Zentimetern, «Das tut mir leid, aber irgendwas war eben mit meinem Blasenschließmuskel».)

Jetzt begriff ich erst, dass sie HaP Tielicke damals etwas vorgespielt hatte. Oder ... auch nicht.

«Er braucht mich zur Einstimmung. Und für zwischendurch. Und zum Ausklang. Drei Monate USA, drei Monate Europa, und zwar Spanien, Ju Key, Frankreich und zum Abschluss Deutschland, ist ja klar», fuhr Larissa lässig fort.

«Wie, was, Tournee? Ein halbes Jahr?», fragte ich verdattert. «Das kannst du doch nicht einfach so allein entscheiden. Und was ist mit Timmi? Ich habe abends Vorstellungen.»

«Ja», sagte Larissa jetzt und drehte sich auf dem Stuhl zu mir, um mich besser unterrichten zu können, «du hast Vorstellungen, und ich habe jetzt eine Tournee. Du bekommst hundertfünfzig Mäuse für so eine Nummer, und ich werde zwanzigtausend Euro mit dieser Mugge verdienen und die halbe Welt sehen. Jeder, der demnächst eine Urlaute-Heim-Kur machen will, wird sich meine CD in den Player schieben. Siehst du den Unterschied?»

Ich sah den Unterschied. Sie würde mehr verdienen als ich. Sie würde überhaupt etwas verdienen, das erste Mal in ihrem Leben. Ich konnte sie unmöglich bitten, auf so etwas zu verzichten! Das ist ja das Problem der Frauen, dass die Gelegenheiten kommen, wenn die Kinder klein sind. Und wenn die Kinder groß sind, kommen die Gelegenheiten nicht mehr.

Trotzdem fand ich die Souveränität, mit der sie das entschied, frivol. Sie fragte nicht einmal. Schließlich hatte ich zwischendurch alles bezahlt. Mit Ach und Krach. Sehr viel Krach. Durfte man dafür nicht ein bisschen Respekt verlangen? Es musste ja nicht gleich Dankbarkeit sein.

Ich hatte in unserem gemeinsamen Leben ein einziges Mal gesagt, dass sie auch mal dankbar sein könne, dass ich die Miete bezahle. Larissa hatte geantwortet, dass man in einer Liebe nicht aufrechnet, dass man in einer Liebe freiwillig gibt. Dann hatte sie mich angesehen, als hätte sie mich gerade bei etwas Unsittlichem ertappt. Und gefragt, ob es mir denn etwas geben würde, wenn eine Frau nur aus Dankbarkeit mit mir zusammen sei. Ich fühlte mich gleich total pervers und mies und kam nie wieder darauf zu sprechen. Nur manchmal puckerte noch so ein altväterliches Gefühl in mir, dass ich vielleicht in dieser Beziehung in etwas einzahlte, das sich niemals auszahlen würde.

Am Nachmittag, eine Stunde bevor HaP Tielicke kommen würde, flocht sich Larissa vorm Flurspiegel lose Zöpfe. Oben breit und unten schmal. Eigentlich mochte ich das. Es hatte was Unbeschwertes. Vielleicht etwas zu betont Unbeschwertes. Eine Frau, die ein Mädchen spielt. Dazu trug sie ein Sommerblumenkleid. Perfekt. Dabei fiel mir zum ersten Mal auf, dass sie sich früher nie Zöpfe gemacht hatte, sondern erst seit ein paar Monaten, genauer gesagt, seit sie das erste Mal bei HaP Tielicke in der Arena gewesen war. Bei dem Gedanken, dass ich etwas an ihr mochte, das nicht für mich bestimmt war, wurde mir schlecht.

Ich überlegte, ob ich ausgehen solle, um die beiden in unserer Wohnung allein zu lassen, aber meine Neugier, wie dieser Typ sich vor Larissa aufführen würde, war stärker. Es stand allerdings zu befürchten, dass Neugier nicht mein einziges Gefühl an diesem Abend bleiben würde.

HaP Tielicke, ein Enddreißiger, trug einen offenen, dunkelgrünen Dufflecoat, als käme er von der Entenjagd. Sein Schädel war rasiert, um maskuline Sinnlichkeit auszustrahlen, sein Kopf ragte aus einem schwarzen Rollkragenpullover. Dazu hatte er eine braune Flanellhose mit schrägen Hosentaschen an, die als irritierendes Detail ein rotes Innenfutter zeigten. HaP Tielicke war schlank und agil. Er war ein Mann, der sich in seinem Körper wohl fühlte, und vermutlich nicht nur in seinem.

Er umarmte Larissa, dann umarmte er mich. Als ich ihm dabei auf den Rücken klopfte, löste sich HaP Tielicke sofort, schaute mich etwas verblüfft an und nahm mich – ich fasste es nicht – bei den Händen, als wolle er mit mir gleich «Ziehe durch, ziehe durch – durch die goldene Brücke» tanzen.

«Na, wen haben wir denn da?»

Na, wen hatten wir denn da? Ich wusste nicht, wen wir da hatten.

«Einen Klopfer!»

HaP drehte sich zu Larissa, die ihre großen Augen noch mal größer werden ließ und verwundert die Schultern hob.

«Er hat mir auf den Rücken geklopft. Dein Mann hat mir auf den Rücken geklopft.»

«Was war jetzt noch einmal falsch daran?», wollte ich wissen.

«Klopfen ist immer ein Zeichen der Unsicherheit, der Verlegenheit», sagte HaP. «Dein Mann hat bei mir angeklopft. Ob ich wohl da bin! Ob ich wirklich hier in mir drin bin.»

Larissa lachte wie jemand, der «von Herzen lachen» muss. Ich konnte auf einmal gar nicht mehr verstehen, was ich mal an ihrer Fröhlichkeit gefunden hatte. Aber Hans-Peter ermunterte dieses Lachen zu weiteren heiteren Ausführungen.

«Oder vielleicht wollte er mich auch verklopfen. Eine geheime Aggression?»

Er sah mir tief in die Augen.

«Oder ...», Hans-Peter ließ meine Hände, die er bis eben gehalten hatte, fallen, «Eifersucht?»

Er sprach «Eifersucht» in einer altmodischen Manier aus, wie ein Wort aus dem achtzehnten Jahrhundert. Mir fiel ein, dass man bei Menschen nicht nach dem suchen soll, was sie verschweigen, sondern darauf achten soll, worüber sie unbedingt sprechen wollen. Ich jedenfalls wäre erst mal überhaupt nicht auf Eifersucht gekommen. War Larissa nicht eben etwas aufgeflammt?

«Hätte ich Sie lieber feste drücken sollen, Herr Tielicke?»

«Dazu ist es nun zu spät. Sie haben sich verraten. Sie sind ein Klopfer!»

Er drohte mir neckisch mit dem Zeigefinger. Ich überlegte, ob ich den Finger fangen und brechen sollte.

«Jannek», sagte Larissa, «sei so gut und hol uns Radicchio aus dem Supermarkt. Ich mache uns gebackenen Ziegenkäse.»

«Gebackener Ziegenkäse. Au ja», rieb sich Hans-Peter Tielicke die Hände.

Wenn ein fremder Mann zu dir nach Hause kommt, dich noch im Flur lächerlich macht und sich dann an deinem Herd sein Lieblingsessen zubereiten lässt … Hat das was zu bedeuten? Und wenn ja, was? Dass er mit deiner Frau schlafen möchte? Nein, das glaube ich nicht.

Dann wäre er feinfühliger, vorsichtiger.

Es bedeutet, dass er mit deiner Frau geschlafen hat und dass er nur gekommen ist, um dich kennenzulernen, weil es für kultivierte Menschen unerträglich ist, die Frau eines völlig Unbekannten zu beschlafen.

Ich ging Radicchio holen. Finster und unschlüssig, wie ich dem argen Gast begegnen solle.

Als Larissa später als gewohnt zum Abendbrot rief – Timmi war schon vor einer Stunde abgefertigt worden –, stellte sich heraus, dass unsere übliche Sitzordnung ein delikates Statement provozierte. Normalerweise saßen Larissa und ich uns am Klapptisch gegenüber, und Timmi war in seinem Kinderstühlchen auf der kurzen Seite. Es wäre kein Problem gewesen, das Stühlchen wegzustellen und unseren Besuch dort Platz nehmen zu lassen, aber Larissa hatte anders entschieden und zwei Gedecke auf ihre Seite des Tisches gestellt. Und bevor ich auf diese Lage überhaupt reagieren konnte, setzte sich HaP Tielicke schon in vertrauensvolle Nähe neben Larissa, sodass mir nur mein angestammter Platz blieb, auf dem ich eher wie der Besuch wirkte.

Wir begannen, Tomatensüppchen zu schlürfen, brachen Baguette in Stücke, und HaP sah sich bemüßigt, uns mit Anekdoten zu unterhalten, in denen vom Burnout niedergeworfene Prominente ihn einfliegen ließen, auf dass er sie mit seinen Urlauten wieder auf Kurs brachte. Die Prominenten waren allesamt herrlich verrückt, bewohnten Villen mit un-

glaublichen Aussichten, und HaP streute in seine Therapiebe-
richte Details ein («Beim Angelus-Laut, der sein Sakralchakra
öffnen sollte, fällt er mir plötzlich kopfüber, und ich dachte
schon ...»), die nur Larissa deuten konnte. Das war Absicht:
Ich sollte fragen. Ich sollte um sein Wissen betteln.

Als Larissa den gebackenen Ziegenkäse auf Radicchio verteilt hatte, tat ich ihm denn auch den Gefallen.

«Herr Tielicke ...», ich spießte ein Salatblatt auf.

«Nennen Sie mich ruhig HaP», unterbrach mich HaP.

«... ehrlich gesagt, ist mir bis jetzt nicht ganz klargeworden, worauf Ihre Methode beruht. Kann man das erklären,
oder muss man das selbst erlebt haben?»

Larissa spürte die Ironie und zog den Mund etwas zusammen.

«Ich werde versuchen, es Ihnen so einfach wie möglich dar-
zulegen», antwortete HaP mit feiner, fieser Didaktik. «Sehen
Sie, die Ursprünge meiner Überzeugungen liegen im Denken
Wilhelm Reichs. Wilhelm Reich war ein Psychoanalytiker,
Gesellschaftsreformer und Naturforscher, der vor allem durch
seine ...»

«Ich kenne Wilhelm Reich», log ich genervt. Ich kannte ihn
nicht, aber es war egal. Ein Guru mehr oder weniger. Ich stopfte mir eine ganze Heugabel Radicchio in den Mund.

«Nun, dann wissen Sie ja auch, dass für ihn das, was wir als
Leben bezeichnen, nichts anderes ist als das Fließen der uni-
versellen Energie. Und Klang – das ist geformte Energie. Klang-
laute sind die Art und Weise, wie der Körper im Atem seine
Energie organisiert.»

Bei dieser grundlegenden These angekommen, begann
HaP, der die ganze Zeit seine Hände auf dem Tisch ineinan-
dergelegt gehalten hatte, ergreifend zu gestikulieren.

«Denken Sie nur das ekelerfüllte Zurückschrecken eines

ausgerufenen ‹I›, an das spontane Protestieren im ‹Ö› und insbesondere das ‹O› und das ‹U›, welche im geschlechtlichen Höhepunkt ihre markante Rolle spielen. Alle diese Laute, in den mannigfaltigsten Mischformen, stehen für die Energiemuster im Körper. Allerdings, und das ist der Dreh: Man kann diese Energiemuster auch selbst erzeugen. Und wie? Na, indem man diese Laute von sich gibt. Meine diesbezüglichen Forschungen haben ergeben, dass Laute, wie wir sie beim Erleben der höchsten Wonne ausstoßen ...» – ich hatte es für unmöglich gehalten, aber er blickte bei diesen Worten tatsächlich zu Larissa, und die senkte auch noch amüsiert-beschämt die Augen –, «... diese Energieströme im Körper wieder reorganisieren. Und ebendarum fühlen wir uns nach intensiven Lautbekundungen so erfrischt und belebt.»

HaP legte seine Hände wieder ineinander und machte eine erfrischende kleine Pause. Offenkundig hatte er diesen Text schon öfter auf der Bühne gesprochen, und die Pause gehörte vermutlich dazu.

«Das ist doch Quackolorus!», sagte ich kauend.

«Wie bitte?», erkundigte sich HaP.

«Das ist Quackolorus. Pippifax. Da können Sie noch so begeistert gucken. Es ist Pippifax. Bloß, weil hunderttausend hysterische Frauen Ihnen das glauben, wird es nicht gleich wahr.»

Larissa sah mich entsetzt an und schüttelte unmerklich den Kopf. Meine urberlinische Direktheit war das Letzte, was sie jetzt an diesem Tisch erleben wollte. Aber ich konnte ihr den Gefallen nicht tun.

«Lieber Herr Tielicke, ich sage Ihnen jetzt mal was!» Ich warf das Besteck hin. «Klangenergie, Urlaute, heilende Rufe – das ist alles Quackolorus. Sie wollen einfach Frauen stöhnen hören. Das ist Ihre Masche. Diesen ganzen Budenzauber veranstalten Sie nur, um Frauen auf besonders raffinierte Weise zum Stöhnen zu bringen. Frauen, die das sonst unter keinen Umständen für Sie tun würden. Kluge, kultivierte Frauen, denen Sie einreden, sie würden mit diesen Brunftlauten Zugang zu ihrem Inneren oder zum Universum bekommen. Feinfühlige Frauen, die sich sofort blockiert fühlen, wenn sie das Wort ‹blockiert› nur hören. Frauen mit uferlosen Erlösungsphantasien, die von Heilung und Ganzheit träumen, als wenn es das wirklich gäbe.»

«Aber gewiss gibt es Heilung», nutzte HaP die Gelegenheit zu einem Bekenntnis und sah mich mit einem tiefen Blick an, «wahrscheinlich sogar für Sie!»

Ich wischte seine Spitze mit einer Handbewegung davon.

«Ich kenne das nämlich von Regisseuren. Da kommt immer wieder mal einer und erzählt dir, er ist die neue Schule, und du musst jetzt nackt auf dem Tisch tanzen, weil das seine Interpretation von Tschechow wäre. Das ist natürlich Käse. Die Sache ist viel einfacher: Er will dich mal nackt auf dem Tisch tanzen sehen. Einfach, weil er die Macht dazu hat. Vielleicht, weil du so aussiehst wie einer, den er früher mal nicht leiden konnte. Und überhaupt, weil er der Regisseur ist und die Ansagen macht. Aber im Theater, das ist natürlich überhaupt keine Kunst. Es ist sogar irgendwie okay. Schauspieler sind Nutten, und wenn du sie bezahlst, tanzen sie eben nackt auf dem Tisch. Die wahre Kunst, Ihre Kunst, Herr Tielicke, ist, sich was auszudenken, das eine ganz normale Frau dazu bringt, wie ein Brüllaffe ihren Unterkiefer auszuklappen und irgendwelche schwachsinnigen Vokale zu röhren …»

«Tu mir den Gefallen und halt die Klappe», sagte Larissa jetzt sehr scharf. «Wenn man etwas nicht versteht, muss man es nicht gleich in den Dreck ziehen.»

Der böse Anwurf bewegte Hans-Peter zu betonter Gelassenheit. Wenn man ein paar hunderttausend Bücher verkauft hat und Stadthallen füllt, macht es vielleicht ja hin und wieder auch mal Freude, die nackte Wahrheit ins Gesicht geschleudert zu bekommen – und dann zu sehen, dass sie einem nichts mehr tun kann.

«Das tut mir leid, dass Sie als Schauspieler so schlechte Erfahrungen gemacht haben.»

Schon wie er das Wort «Schauspieler» aussprach, brachte mich in Stimmung.

«Sie haben keinen Grund», sagte ich, «die Nase so hoch zu tragen. Sie sind ein Scharlatan, und es ist mir egal, ob Sie damit eine Menge Geld machen und von einem Prominenten zum anderen düsen. Mir hängt dieser ganze esoterische Quatsch zum Hals raus. Es ist einfach nur Pippifax. Strahlen, Quanten, Energie! Sie klauen sich ein paar Begriffe aus der Physik, damit es schick und seriös klingt, und dann nebeln Sie andere Leute damit ein, indem Sie den Beweis durch irgendein Gefühl ersetzen. Fühlen Sie die kosmische Energie! Das Gefühl lässt sich manipulieren, der Beweis nicht.»

HaP blickte kurz zu Larissa, die nur hilflos die Schultern hob. «So ist er!» sollte das heißen. Aber ihre Geste enthielt wohl noch etwas anderes, eine Erlaubnis nämlich, denn HaP Tielicke ging jetzt zum Angriff über.

«Beweise! Nur Menschen, die in ihrem Gefühlsleben gestört sind, brauchen Beweise. Unsichere Menschen wie Sie trauen sich erst zu wissen, wenn man ihnen irgendwelche faden Evidenzen zeigt.»

Er wandte sich an Larissa als eine Seelenverwandte.

«Wie arm wäre unser Leben, wenn wir uns nur der Ratio anvertrauen dürften, nicht wahr?»

Larissa seufzte kurz. Er hatte ja so recht.

«Jannek will das nicht verstehen. Ich hab's dir ja gesagt.

Vielleicht liegt es daran, dass er immer pinkeln muss, wenn ich Klangschalen spiele.»

Ich blitzte sie an. Es war ja wohl das Übelste an Verrat, einem Fremden so ein intimes Geheimnis zu offenbaren. HaP, der wie Larissa für jede Gelegenheit dankbar war, in der er einem anderen Probleme unterstellen konnte, legte sein Stirn in Sorgenfalten.

«*Das* sollten Sie mal hinterfragen. Vielleicht weiß Ihre Blase mehr als Ihr Gehirn.»

Das war ein bisschen zu fett. Ich erhob mich.

«Mein Gehirn ist zurzeit das Einzige, was zwischen Ihnen und Ihrem nächsten Krankenhausaufenthalt steht. Sie sollten nicht so schlecht von ihm reden.»

HaP wollte auch aufstehen, aber Larissa hielt ihn zurück. Sie wusste, dass asymmetrisches Handeln mich am besten deeskalierte. Ich nahm den Teller und legte ihn unsanft in die Spüle.

«Wenn ich mal an die Macht komme, wird das übrigens alles verboten.»

Hans-Peter Tielicke fiel jetzt doch ein bisschen die Kinnlade herunter. Er sah skeptisch zu Larissa, die vor Scham, sich mit solch einem Ungeheuer gepaart zu haben, die Augen niederschlug, «um nie mehr zu sehen», wie Rilke gesagt hätte.

«Wenn Sie mal an die Macht kommen ...?», wiederholte HaP fassungslos.

«Du bist einfach krank», sagte Larissa jetzt, und HaP beeilte sich, ihr mit immer noch aufgerissenen Augen zu versichern, das schiene ihm aber auch so.

In diesem Moment erschien Timmi, ganz verschlafen, nur im Schlafanzugoberteil und unten einzig mit seiner Windel bekleidet in der Küchentür und erklärte gähnend, aber formvollendet: «Ich habe jetzt endlich in die Windel gemacht. Kann ich bitte eine neue Windel?»

Larissa wollte aufstehen, aber ich war schneller, schnappte mir Timmi und nahm ihn hoch. «Ich mach das!» Die Windel wölbte sich unangenehm um meinen Arm. Es roch außerordentlich unlieblich. Ich hatte eigentlich keine Lust, ihn sauber zu machen, aber es war die Gelegenheit, mich halbwegs anständig aus der Küche zu entfernen. Timmi machte mit fünf Jahren immer noch gepflegt in die Windel, anstatt wie alle anderen Kinder aufs Klo zu gehen. Er sagte, er hätte Angst vor dem Loch in der Toilette. Wir nahmen es zähneknirschend hin, weil er sonst ein Riesengeschrei machte, aber jetzt, im Angesicht dieses weltläufigen Besuchers, wirkte Timmis Defäkationskultur nur wie ein weiterer, grundloser Wahnsinn. Bevor ich Larissa kennenlernte, hatte ich mich für normal gehalten. Fünf Jahre Familie hatten mich zu einem Monster gemacht, das jetzt mit seinem Monsterbalg im Bad verschwand.

«Wenn du in die Schule gehst, musste du dir aber alleine die Windel wechseln», sagte ich grimmig, aber Timmi lehnte nur sein Lockenhaupt an meine Schulter, wie es auf den Arm genommene Kinder so machen.

Als wir im Flur waren, hörte ich HaP Tielicke leise einen Satz sagen, der mich restlos überzeugte, dass die beiden etwas miteinander hatten oder planten, es zu haben.

«Ihr seid hier nicht mehr sicher.»


HaP Tielicke («Lass uns morgen in Ruhe telefonieren, Lari!» – Wie konnte sie mit etwas Umgang pflegen, das sie «Lari» nannte?) machte Anstalten aufzubrechen, und ich beschloss, mich direkt von Timmis Kinderzimmer ins Wohnzimmer zu begeben und mich zu betrinken. Allerdings war nur Ouzu da. Egal. Es musste sein. Wie jeder Mann war auch ich der seltsamen Überzeugung, dass demonstratives Betrinken ein starkes Signal des Leidens sei und zärtliche Gefühle bei der eigenen Frau hervorrufen müsste.

Dem war allerdings nicht so. Larissa, die noch eine Weile leise mit HaP im Flur getuschelt hatte, kam, kaum dass sie die Tür hinter dem Heiler mit den Brunstlauten geschlossen hatte, zu mir ins Wohnzimmer und klatschte mir eine. So wie ich da auf der Couch lag. Sie war wirklich sauer. Wer ohrfeigt denn einen liegenden Mann, der sich gerade einige Schlückchen Ouzo genehmigt hat?

Noch vor ein paar Monaten hätten wir an dieser Stelle wundervollen Sex gehabt. Sex, bei dem nahezu alle Bücher aus dem großen Regal gefallen wären. Sogar die Bildbände, die ganz unten standen, wären wie Pinguine nach und nach aus ihrem Fach gewackelt gekommen. Am Ende, mitten im letzten Keuchen, wäre die «Illustrierte Kulturgeschichte Europas» umgefallen – wie ein Zeichen, das keiner je deuten kann. Aber ich blieb geschlagen in der Couch liegen, und Larissa erwartete auch gar nicht, dass von meiner Seite irgendein Aufriss veranstaltet wurde, sondern ging gleich wieder.

Ich drehte mich mit flammender Wange in die Couch, strampelte mich in die Decke und schlief missmutig ein. In der Nacht wurde ich mehrfach von meinem eigenen Atem geweckt. Der Ouzo. Wahrscheinlich trugen die Griechen deswegen alle Schnurrbärte.

**D**och als ich am nächsten Morgen noch Geld für die Fahrt nach Hamburg vom Automaten holen wollte, teilte der mir kurzerhand mit, dass mein Konto nicht gedeckt sei, und gab die Karte nicht wieder her. Ich wäre darüber gern in Wut geraten, aber dafür war leider keine Zeit. Wenn ich den Zug nach Hamburg noch kriegen wollte, musste ich jetzt sofort wieder nach Hause rennen und Larissa anpumpen. Das war nach meinem Auftritt vom gestrigen Abend zwar nicht die leichteste aller Übungen, aber es gab keine andere Möglichkeit. Das hier war ein Notfall.

Larissa stand in der Küche, noch bettwarm und zum Verlieben zerwühlt. Sie kippte den schlappen Salat in den Grünmüll und sah mich kalt an. Ich versuchte so zu tun, als wäre dies ein ganz normaler Morgen eines ganz normalen jungen Paares in Berlin Pankow.

«Du, Schatz, ich muss mir mal ein bisschen Geld von dir leihen. Stell dir vor, der Automat hat gerade meine Karte geschluckt.»

«Nein, Jannek», sagte Larissa mit stechender Pädagogik, «ich leihe dir heute nichts. Du musst endlich lernen, mit deinem Geld verantwortungsvoller umzugehen.»

Ich wusste noch nicht, dass dies das Ende war. Ich hatte nur so ein Ziehen in der Seele, den Schmerz, den Männer fühlen, wenn sie merken, dass die Liebe aus der Geliebten verschwunden ist und auch nicht wiederkommen wird. Larissa hatte immer schon etwas Pädagogisches an sich gehabt, aber das hatte ich in unseren frühen Tagen übersehen. Und später, als ich es sehen konnte, gab es schon kein Entrinnen mehr. Vielleicht hätten wir uns nach einem Jahr im Frieden getrennt. Larissa von mir, genervt von meiner Schlamperei und doch recht bescheidenen Karriere. Oder ich von ihr, genervt von ihrer esoterischen Besserwisserei und Bevormundung. Aber wir hatten Timmi gemacht und waren zusammengeblieben, weil einer allein dieses Kind nie schaffen würde. Mochte sein, dass wir nur noch ein Betreuungsunternehmen waren, ein schnöder wirtschaftlicher Zusammenhang, aber wenigstens das sollte es doch noch sein.

Der Zeiger der Küchenuhr sprang eine Minute weiter. Im Grunde genommen hatte ich keine Zeit mehr, zu bitten, zu betteln und zu erklären.

«Aber du darfst mich nicht hängenlassen. Ich muss zu diesem Termin. Es ist ein Vorsprechen.»

Larissa lachte müde.

«Das wievielte Vorsprechen ist das jetzt? Hat das jemals was gebracht? Du machst dir was vor, Jannek! Wach auf!»

«Ich dachte, du liebst mich», sagte ich so kläglich, dass ich Larissa sofort dafür zu hassen begann, dass sie mich so sprechen ließ. Das war nicht gut. Irgendein heftiger Puls baute sich in mir auf.

«Gerade wenn man einen Menschen liebt, muss man ihn dazu anhalten, mit seinem Geld klarzukommen», belehrte mich Larissa und schob sich gleichgültig an mir vorbei, um ins Bad zu gehen.

«Dein Oberlehrergetue kotzt mich an!», begann ich zu wüten. «In meiner Familie gab es nie viel Geld, und trotzdem hätte meine Mutter mir ihren letzten Pfennig gegeben.»

«Ich bin aber nicht deine Mutter», drehte sich Larissa scharf um, den ersten Hauptsatz aller Ehefrauen im Mund. «Und vielleicht denkst du mal darüber nach, warum es in deiner Familie nie viel Geld gab. Wer nichts hat und wer nichts kann, der steht stets um Hilfe an, hat mein Großvater immer gesagt!»

Das war zu viel. Eine Falltür im Dachboden meiner Seele öffnete sich, und alles, was mich hätte zurückhalten können, fiel ins Nichts. Ich weiß noch, dass Larissa mich aufhalten wollte, als ich zur Kommode langte, um mir ihre Tasche zu nehmen. Ich erklärte ihr dabei, dass ich das alles nicht für mich mache, sondern für die Familie, und dass ich deswegen das verdammte Recht hätte, von ihr dieses Geld zu bekommen. Na gut, «erklären» sollte hier nur als formaler Oberbegriff verstanden werden. Rein akustisch handelte es sich eher um eine Art Brüllen. Als ich das Portemonnaie aus der Tasche zog und mir einen Hunderter rausnahm, musste ich Larissa leider ein wenig wegschubsen, aber nur, weil sie mich an den Haaren ziehen wollte. Larissa stieß dabei beinahe gegen Timmi, der wegen des Lärms im Schlafanzug aus dem Kinderzimmer gekommen war. Ich hielt es darum für das Beste, mich diesem Tumult sofort zu entziehen, bevor sich noch wirklich jemand wehtat, und schlüpfte aus der Tür.

Ich war schon unten auf der Straße, als ich Larissa aus dem Fenster rufen hörte. «Komm zurück, Jannek, oder du kannst dich auf was gefasst machen.» Für eine Hanseatin edelsten Geblüts klang es fast schon nach Hinterhof und Heinrich Zille sein Milljöh. So hatte sie noch nie geschrien. Was Berlin mit den Menschen anrichtet, kann man sich in den besseren Gegenden Hamburgs gar nicht vorstellen.


Das Casting für die Schokoladenwerbung fand in einem kleinen Kino statt. Eigentlich unpraktisch, aber der Marketingmensch wollte es wohl mal originell und hatte deshalb dieses winzige Programmkino als «Location» gebucht. Schmale Bühne, ein dunkelroter Samtvorhang. Zwei Kameras waren aufgestellt.

«Gut, dann legen Sie mal los», sagte der Marketingmann leutselig, während er in einen Monitor neben sich starrte. «Beißen Sie herzhaft ab und sagen Sie: ‹Das ist knackig, das ist nussig, das ist Knakks Volle Nuss!›»

Ich biss ein Stück ab und sagte den Satz. Der Herr vom Marketing war noch nicht zufrieden.

«Etwas männlicher bitte! Das ist keine Schokolade für Muttersöhnchen. Beißen Sie mal richtig ab! Lassen Sie es ordentlich knacken.»

Zu meinem Unglück hatte ich den Eindruck, bei diesem Casting nicht völlig chancenlos zu sein. Das neue Gesicht von Knakks Volle Nuss zu werden war nicht ohne. Knakks war eine beliebte Marke. Vielleicht würde ich so was wie der Melitta-Mann werden oder Clementine bei Ariel. Und nicht zuletzt würde es mal richtig Geld einbringen. Und Geld würde Larissas Glauben an mich zurückbringen. Und dann meinen an sie. Wir würden einander verzeihen und fein essen gehen.

Deshalb schob ich verwegen und geradezu löwenhaft meinen Unterkiefer auf und biss so herzhaft von der Schokolade ab, dass es diesmal wirklich knackte.

«Dasz ist knackig, dasz ist nussig, dasz ist Knakksz Volle Nussz!», sagte ich, aber mein Sprechen fühlte sich luftiger an als gewohnt, und ich klang, als hätte ich einen schlimmen S-Fehler. Die Assistentin der Marketingabteilung hielt sich vor Schreck den Mund zu, als wäre es ihr Mund, den sie eben gesehen hatte. Der Herr verzog schmerzhaft das Gesicht.

«Ach du Scheiße! Ihre ...»

«Waaaasz?» sagte ich, dass es nur so zischte aus meinem Gebiss.

«Ihre Zähne! Sie haben sich ein Stück vom Vorderzahn rausgebrochen!»

Ich spuckte die Schokoladenbrocken aus und rief: «Dasz iszt jezst ein Szerz, oder?»

«O Gott, Frau Beuler», wandte sich der Marketingmann an seine Gehilfin. «Was machen wir denn jetzt?» Die Assistentin sagte leise, sie meine gesehen zu haben, dass ich die Schokolade nicht an der Bruchkerbe eingebissen hätte, sondern auf dem dicken Stück. Der Werber nickte, schon sehr viel weniger betroffen.

«Ja, genau, das wird es gewesen sein», gab er ihr erleichtert recht, wies mit dem Zeigefinger auf mich und erklärte lautstark: «Sie haben unsachgemäß abgebissen!»

«Aber Szie haben gesagt, ich szoll esz knaggen lassen!»

«Ich habe Ihnen doch nicht befohlen, dass Sie sich Ihre Zähne rausbrechen sollen!»

«Ihre Szeiss-Szokolade ist zu hart!»

«Ich muss Sie doch sehr bitten. Jedes Kind weiß, dass man eine Schokolade an der Bruchkerbe abbeißt. Die Frage scheint mir eher: Was haben Sie denn für Zähne, wenn die schon beim Schokoladeabbeißen kaputtgehen? Wahrscheinlich waren Ihre Zähne vorgeschädigt! Jawohl, vorgeschädigt! Notieren Sie das, Frau Beuler! Der kommt hierher mit seinen Pennerzähnen und will uns weismachen, dass unsere Schokolade schuld wäre. Also, das ist wirklich die Höhe. Ich denke, Ihre Vorstellung ist an dieser Stelle beendet, Herr Blume!»

Er bat mit der Hand um Abgang. Ich hatte, ehrlich gesagt, mit allem Möglichen gerechnet, mit einer Entschuldigung, vielleicht sogar einer Entschädigung. Nicht aber damit. Und deswegen geschah etwas sehr Seltsames. Nämlich nichts. Es war so unfassbar, dass ich nichts tat, außer dazustehen, mit meiner Zunge die Lücke zu befühlen und auf die Schokoladenstücke in meiner Hand zu starren.

Dann ging ich langsam und wie benommen von der kleinen Bühne herunter und die mit Leuchtkanten versehenen Stufen hinauf zum Ausgang, während die beiden Werbefuzzis mir gebannt mit ihren Blicken folgten. Offenbar wirkte ich so wehrlos, dass der Mann geradezu verwegen wurde.

«Hallo, junger Mann, die Schokolade bleibt aber hier ...»

Stimmte. In der Rechten hielt ich noch die angebissene Tafel, in der hohlen Linken die ausgespuckten Schokobrocken.

«Diese Schokolade ist Eigentum der Firma Knakks. Sie wurde Ihnen nur zu Demonstrationszwecken überlassen. Also bitte hier lassen!»

Er hatte es noch nicht ganz zu Ende gesprochen, als er sich schon vor meiner Bewegung wegduckte. Allerdings zu langsam. Die Tafel flog ihm ans Ohr, gefolgt von einem Schauer aus Schokoladenbrocken, der an seinen Kopf prasselte. Ein paar davon flogen der Assistentin in den Kragen, die von Ekel gepackt aufsprang.

Das war alles, was ich noch sah, dann war ich draußen.

Es gibt Tage im Leben, die sind so, dass einem niemand mehr was tun kann. Nicht an diesem Tag. Es gibt Niederlagen, die einen vollständig lahmlegen. Unfähig, sich einen höheren Sinn für all die Unbill auszudenken, irgendwas Tröstliches – dass Gott nur die Starken prüft oder dass all diese Sacktritte zusammen eine tolle Botschaft enthalten. Diese Geschichten, in denen Menschen erst in der Not erkennen, was zählt, und zu ihrer wahren Stärke finden. Es sind fromme Lügen. Auf jede dieser erbaulichen Geschichten kommen Tausende, in denen das Elend einfach nur so weitertropft, kein besonderes Ziel hat und jedem Misslingen einfach nur trister Alltag folgt. Etwas, was man noch nicht mal Vergeblichkeit nennen kann. Auf jede inspirierende Geschichte kommen Millionen Leben, die nichts erzählen. Leben, die stottern, den Faden verlieren und dann einfach für immer die Klappe halten.

Ich legte den Rückfahrschein neben mich hin, damit ihn sich der Zugschaffner selber nehmen konnte, und verkroch mich in meine Jacke. Draußen zog sinnlos flaches Land mit völlig bedeutungslosen Bauernhäusern vorbei. So bedeutungslos, dass ich meinte, die Bewohner derselben müssten dadrinnen dauernd vor Sinnlosigkeit ohnmächtig werden. Dann Felder, Wälder, Brachen. Ohne Belang. Mein Blick war vom Vorüberziehen der Landschaft so müde, dass mir nicht einmal mehr eine Rilke-Zeile dazu einfiel. Ich kann nicht sagen, dass ich während der Fahrt von Hamburg nach Berlin auch nur einmal irgendetwas Substanzielles gedacht hätte. Ich starrte einfach vor mich hin, verstummt an Hand und Hirn.

Als ich nach Hause kam, standen Larissa und Timmi im Flur. Neben Larissa stand ein Koffer, und sie hatte eine Umhängetasche um, in der, wie ersichtlich, ihre Krankenkassen- und Bankunterlagen verstaut waren. Timmi hatte seine Minijeansjacke an, in der er aussah wie ein geschrumpfter AC/DC-Fan, und seinen neongrünen Rucksack auf dem Rücken. Ich begriff, was dieses Bild bedeutete. Larissa sah auf ihre Uhr.

«Du hast gesagt, du wärest um drei wieder zurück. Wir warten seit einer halben Stunde.»

Ich sagte nichts. Es war doch wohl egal, ob ich pünktlich oder mit einer halben Stunde Verspätung verlassen werden würde.

«Jannek», sagte Larissa dann, «ich fahre jetzt mit Timmi nach Hamburg zu meinen Eltern. Er wird dort bleiben, solange ich mit Hans-Peter auf Tournee bin. Du hast also sechs Monate Zeit, dich nach einer neuen Wohnung umzusehen und mit deinem ganzen Zeug auszuziehen.»

Ich schwieg.

«Ich weiß, dass du dir jetzt vor Timmi Mühe gibst, nicht auszurasten, und ich schätze das. Aber leider hast du dich in der Vergangenheit oft anders verhalten. Jannek, du weißt, ich sage das nicht gerne, aber du brauchst Hilfe. Professionelle Hilfe. Mehr Hilfe, als ich dir anbieten kann.»

Ich blieb stumm.

«Ich hoffe sehr, dass du dir die Zeit nimmst, einmal zur Besinnung zu kommen. Ich glaube immer noch, dass du kein Vater sein kannst, solange du nicht weißt, was ein Vater ist. Ich weiß, dass du keinen hattest. Ich habe mit Timmi darüber gesprochen. Und darüber, dass du zurzeit große Probleme hast. Er hat es verstanden.»

Alles, was sie sagte, war eine einzige Lüge. Und in meinen Augen erblühte sie vor lauter Lügenhaftigkeit zu einer fatalen Wucherblüte vollendeter Erotik. Wie sie mit mir Schluss machte, wie sie die Scheidung aussprach, ohne es mit einem Wort zu erwähnen. Wie sie mich fertigmachte, wie sie Timmi krudes Zeug über mich erzählte – das alles machte sie so begehrenswert, dass ich vor Erregung zu zittern begann. Larissa deutete es falsch und ging, mich vorsichtig beäugend, zur Wohnungstür.

An der Tür drehte sich Timmi noch einmal um, und weil ich wusste, dass man seinem Kind immer ein gutes Gefühl geben sollte, lächelte ich. Lächelte, einen riesigen dunklen Spalt in meinen Vorderzähnen. Timmi riss entgeistert die Augen auf. Dann zog es ihn um die Ecke.

Nachts wachte ich auf. Ich hatte mindestens vier Stunden so bunkertief geschlafen, dass ich mich kurz fragen musste, ob dieser grauenvolle Tag und das Ende meiner Beziehung zu Larissa überhaupt stattgefunden hatten. Ein Zungenschlag gegen meine klaffende Zahnlücke reichte, um mich vom Gegenteil zu überzeugen.

Ich lag da, starrte an die Decke und erwartete, von einer dramatischen Trauer überwältigt zu werden. Aber ich wartete vergebens. Stattdessen fühlte ich eine gewisse angenehme Leere. Das war seltsam, denn ich hatte doch gerade alles verloren. Aber diese Leere fühlte sich leicht an, eher, als hätte ich eine Last abgeworfen, statt etwas zu verlieren. Das war nicht nur seltsam, es war geradezu befremdend.

Ich wollte dieses Gefühl nicht. Ich wollte traurig sein. Ich setzte mich krumm auf die Bettkante, ich schaltete die Nachttischlampe an, ich seufzte. Umsonst. Erleichterung, wo immer ich in meinem Körper hineinfühlte. Bis auf die Zahnlücke. Ich stand auf und ging durch die Wohnung, um von irgendeiner stillen Verlassenheit niedergeschlagen zu werden. Aber nichts da. Nach einer existenziellen Katastrophe in einem Zustand allgemeiner Erleichterung durch eine von Frau und Kind verlassene Wohnung zu gehen, grenzte an Wahnsinn. Wenn es Panikattacken gibt, dann war das hier so etwas wie eine Erleichterungsattacke. Ich betete um Trauer und Sehnen, aber sie wollten sich nicht einstellen. Dann endlich hatte ich es raus: Eben weil Larissa mit mir Schluss gemacht hatte, war alles gut. Ich musste mir nichts vorwerfen lassen. Wir kennen das doch: Männer lassen Frauen allein. Männer lassen Frauen zurück. Männliche Trennung ist immer Egoismus, die weibliche hingegen edelster Selbstschutz. Frauen ziehen die Notbremse. Ein qualvoller Prozess der Loslösung ist ihnen eingeboren. Freundinnen werden ins Vertrauen und zu Rate gezogen. Seelische Kraft und übermenschlicher Mut müssen aufgebracht werden, um sich von diesem Scheusal, dem Mann, in dem man sich so schrecklich geirrt hat, zu trennen. Die Trennung einer Frau von ihrem Mann ist Arbeit, ist eine Leistung, die unseren Respekt verdient.

Männer machen sich bloß aus dem Staub.

Das gilt noch viel mehr, wenn ein Kind mit im Spiel ist. Ein Mann, der sich trennt, lässt seine Frau mit dem Kind sitzen. Eine Frau, die geht, will sich und dem Kind weiteres Leid ersparen. Und das ist der Grund – so ging mir plötzlich auf –, warum Männer, statt Schluss zu machen, sich lieber gehenlassen, schlecht benehmen und überhaupt unbewusst alles unternehmen, um ihre Beziehung zu sabotieren: Sie wollen unschuldig sein. Sie wollen verlassen werden.

Ich stand in karierten Boxershorts und einem Snoopy-T-Shirt im Wohnzimmer und hatte keine Verpflichtungen mehr. Niemand erwartete etwas von mir, Erfolg oder Geld oder auch nur Zuverlässigkeit. Lässigkeit ohne Zuver-, das war es, was mich erwartete. Wenn ich wollte, konnte ich mir die Achselhaare wachsen lassen, in alle vier Himmelsrichtungen furzen oder Privatsender gucken, wo sich unsachgemäß geschminkte Frauen unter oder über Telefonnummern rekelten. Ich war wieder – frei. Und ich dachte, ich würde es mögen.


**A**ls ich am nächsten Vormittag vom Zahnarzt wiederkam, klingelte ein Kurier und begehrte, Larissas Klangschalen einzusammeln. Ich war zwar etwas überrascht, aber blieb äußerlich gelassen. Ich half ihm sogar noch beim Einpacken.

«Die Dinger sind teuer, was?», fragte der Kurier.

«Alles Bergkristall. Ist schon was Besonderes», erwiderte ich.

«Darf ich mal ausprobieren? Wie das klingt?»

«Um Gottes willen, nein. Das sind tibetanische Geheimwaffen. Wenn Sie die falsch herum anstreichen, verflüssigt sich Ihr Gehirn und läuft Ihnen zur Nase raus.»

«Alles klar», grinste der Kurier und wickelte weiter. Dann

schleppte er eine extra Kiste herbei, um Timmis Spielsachen einzupacken. Dabei mochte ich ihm nicht mehr helfen. Ich hörte nur, wie er die Strax-Carrera-Bahn auseinanderriss und in die Kiste warf. In diesem Moment fiel mir ein, dass ich ihm zum Geburtstag neue Teile dafür hatte kaufen wollen, weil Timmi und ich geplant hatten, eine Variante zu bauen, die höher war als er selber, sodass er unter einer Brücke hindurchgehen konnte. Ein paar Stücke fehlten uns noch, und es musste mit Strecken und Neigungen experimentiert werden, weil die batteriegetriebenen Autos nur einen bestimmten Anstieg schafften. Eine weitere Variante sollte Kurierfahrten zwischen Küche und Kinderzimmer ermöglichen, sodass Timmi nur noch einen Zettel mit aufgemaltem Popcorn auf die Reise schicken musste, um von mir das Gewünschte im Wagen zurückgeschickt zu bekommen. Das war unser Ding, denn andere Sachen mochte ich nicht mit Timmi spielen. Timmi war bei allen Spielen dominant und unflexibel wie ein nordkoreanischer Herrscher. («Nein, dein Saurier ist nicht verletzt. Dein Saurier ist jetzt tot, hörst du. Hör auf, den Saurier wegzuhumpeln. Leg den hin. Der ist tot. Ich habe den besiegt, Papa!») Dass wir das Bahnprojekt jetzt nicht mehr vorwärtsbringen konnten, war mies. Wozu hat man denn einen Sohn, wenn man nicht mehr das mit ihm spielen kann, was man selber immer schon spielen wollte? Herrgott, ich hatte als Kind eine kreisrunde Holzbahn vom VEB Holzspielzeug mit einem halben Meter Durchmesser. Die war so langweilig, dass ich meine Handpuppen auf die Gleise legte und sie unter selbsterzeugten Qualgeräuschen langsam überfuhr, um ein bisschen Action zu haben.

Ich hatte zwar ab jetzt meine alte Freiheit wieder, aber es war eben die alte. Die neue Freiheit war bis gestern noch die, mit Timmi kühne, von keines Menschen Auge je gesehene Bahnkonstruktionen zu erschaffen.

Ein furchtbares Gefühl überfiel mich. Ich musste handeln, noch war die Eisenbahn nicht weg. Ich musste meinen Sohn sprechen, sofort. Ich ging ins Wohnzimmer, wählte Dorothea und Erhard Langpapps Nummer (ich hatte seinerzeit hundertmal schwören müssen, sie niemandem weiterzugeben, so wichtig war der Professor), und als meine Noch-Schwiegermutter ranging, bat ich, Timmi an die Strippe zu bekommen.

«Ich gebe dir lieber erst mal Larissa», sagte Dorothea Langpapp.

«Larissa!», begrüßte ich sie knapp. «Gib mir mal Timmi. Der Kurier packt hier unsere Strax-Carrera-Bahn ein, und mein Sohn soll mal sagen, wo er die lieber haben möchte, bei mir oder bei dir.»

«Das ist jetzt kein guter Zeitpunkt.»

«Dauert nicht lange. Ich will ihm kein Ohr abkauen. Er soll nur mal sagen.»

«Timmi möchte nicht mit dir sprechen», sagte Larissa.

«Was bitte?»

«Timmi möchte nicht. Er ist noch verstört. Um genau zu sein: Er hat Angst vor dir.»

«Das soll er mir selber sagen.»

«Genau diese Worte zeigen mir, wie wenig du von der Seele eines Kindes verstehst. Natürlich würde er es dir nie selber sagen.»

«Egal. Ich habe das Recht, mit meinem Sohn zu telefonieren. Gib mir ihn ans Telefon.»

«Das werde ich ganz gewiss nicht tun.»

Das war neu. Eine Panikwelle überrollte mich.

«Gibt mir jetzt Timmi an den Apparat, verdammt noch mal!», schrie ich.

«Du bist erregt, Jannek», sagte Larissa mit kalter Zufriedenheit. «Ich glaube, es ist besser, wenn wir erst mal warten, bis du dich wieder eingekriegt hast. Und so lange kommt die Bahn zu mir.»

Ich war kein Idiot. Larissas Plan war klar: Solange sie entschied, wann ich mich beruhigt hätte, würde ich mich niemals beruhigen. Jetzt begriff ich, dass sie sich nicht von mir getrennt hatte, um mich loszuwerden. Larissa hatte sich von mir getrennt, um mich endlich an die Kette zu bekommen – so, wie sie mich wollte. Sie hatte etwas, was ich liebte und wonach ich mich sehnte. Sie hatte Timmi, und damit hatte sie etwas, womit sie mich nach ihrer Pfeife tanzen lassen konnte. Ich hatte mich jahrelang über ihre Bemühungen lustig gemacht, Menschen zu heilen und zu helfen. Jetzt würde ich erzogen werden. Sie würde mir Manieren beibringen. Mein Atem ging tief und schwer.

Larissa hörte ihm eine Weile zu, dann sagte sie:

«Ich lege jetzt auf, Jannek. Hörst du?»

Dann flog unser Telefon in den Fernseher, wo es in alle seine Bauteile zersprang. Der Fernseher zeigte zunächst nur einen verdutzten Riss in der Mattscheibe, überlegte es sich aber schließlich anders und bekam mit einem Knall ein splittriges Loch. Nicht schlimm. Ich hatte ja noch ein Radio, auf dem ich herumtrampeln konnte.

Im Flur neben dem Wohnzimmer erschien der Kurier mit der vollgepackten Kiste.

«Es geht mich ja nichts an, aber kann es sein, dass Ihre Frau Sie wegen eines Jähzornproblems verlassen hat?»

## SCHNIPPSCHNAPP

Ich komm mit», sagte ich zwei Tage später zu Inez, als sie mit Kollegin Nina nach der Nachmittagsvorstellung von «Kasperle macht Radau» noch in die Unhalt-Bar gehen wollte, eine auf «schräg» getrimmte Fußballkneipe, wo die zwei sich das Vorrundenspiel Deutschland–Tschechien ansehen wollten.

«Hat deine Frau dir freigegeben?», fragte Inez spitz.

«Ja», sagte ich, «und zwar für immer.»

«Ach nee!», meinte Inez.

«Ach doch!», sagte ich.

«Du Ärmster!», rief sie mit einer Prise Schadenfreude. Keiner großen. Ich hatte sie verletzt, damals, jetzt war sie dran. Sie hakte mich unter, was sie sehr lange nicht getan hatte, und ich resümierte auf der Straße den Niedergang meiner Beziehung zu Larissa, wobei ich die seelische Entfremdung betonte, aber mein Unvermögen, beruflich und in puncto Einkommen ein respektabler Mann zu werden, unterschlug.

«Im Spanischen gibt es ein Sprichwort: ‹Wer aus Liebe heiratet, bettelt um Schmerzen›», sagte Inez. «How auch ever: Sie ist eine blöde Zicke, und ich habe es schon immer gewusst. Schon damals, als du so romantisch geglotzt hast. Männer, echt. Einmal süß blinkern, und es setzt alles aus.»

Ich ertrug ihr Schmähen, vielleicht auch, weil ja doch mal etwas mehr gewesen war als nur Sympathie unter Kollegen. Ich berichtete ihr von dem Spielchen, das Larissa am Telefon mit mir gespielt hatte, als ich mit Timmi sprechen wollte.

«Ah. Sie möchte dich quälen. So eine ist das. Und was willst du jetzt machen?», fragte Inez.

«Weiß ich nicht. Ich bin ja nicht so der Übervater. Aber ich fühl mich auch nicht wohl bei dem Gedanken, dass sie Timmi eine Gehirnwäsche verabreicht.»

«Du musst gegensteuern. Du bist frei. Geh doch nach Hamburg. Wer hält dich hier in Berlin? Wenn du um die Ecke wohnst, wird es schon viel schwieriger mit der Gehirnwäsche.»

«Was soll ich denn in Hamburg? Ich bin Berliner.»

«Ja, aber es müssen auch mal Leute aus Berlin weggehen. Sonst wird es hier eng. Hast du schon mal drüber nachgedacht, dass es deine Karriere pushen könnte? Du wirst ja kaum vom Kindertheater ans Berliner Ensemble berufen werden. Aber in Hamburg, wo dich niemand kennt ...»

«Aber dort gibt es bestimmt nicht so wunderbare Kolleginnen wie dich», sagte ich und legte meine Hand in einer etwas unbeholfen schmierigen Geste auf ihre. Inez schnippste sie mit einer leichten Bewegung davon.

«Vergiss es, Jannek! Der Drops ist gelutscht. Ich hab dich gern, aber ich werde jetzt nicht dein geknicktes Ego wieder aufblasen.»

«Man kann auch weniger saftig ablehnen», sagte ich beleidigt.

Die Deutschen verloren übrigens gegen die B-Auswahl der Tschechen. Das war so sonderbar, dass plötzlich auch der Gedanke, nach Hamburg zu ziehen und Larissas Erpressungen mit Ortspräsenz zu torpedieren, an Plausibilität gewann.

In der folgenden Woche flog Larissa mit ihren zwölf Klang-schalen im Gepäck und an der Seite des Urworte-Heilers HaP Tielicke in die Vereinigten Staaten, um den Menschen dort mit ortlosen Tönen ein Universum jenseits der begrenzten abendländischen Rationalität zu öffnen. Auch wenn mir ab nun gestattet war, mit Timmi zu telefonieren, kontrollierte Larissas Mutter peinlich genau das Telefon. Bei allen Gesprä-chen mit Timmi wurde auf laut gestellt, und es gab stets eine kleine Nachbesprechung unter Ausschluss der Öffentlichkeit, in der mir Dorothea mitteilte, dass Sätze wie «Ich hab Sehn-sucht nach dir» oder «Ich vermisse dich» das Kind emotional beeinträchtigen würden. Ich sei erwachsen und wäre ja wohl imstande, meine Worte sorgfältiger zu wählen. Denn einen Elternteil leiden zu hören verursache bei einem Kind Schuld-gefühle. Sie persönlich sei ja der Auffassung, dass es besser wäre, wenn ich mich eine Weile ganz aus Timmis Leben heraushalten würde, damit er zur Ruhe käme. In frühestens einem halben Jahr, besser aber später, könne man über an-gemessene Umgangsregelungen sprechen.

In Anbetracht ihrer Ansichten war Dorothea Langpapps Reaktion keine Überraschung, als ich verkündete, ich würde mich demnächst in Hamburg niederlassen. Klaus van den Zween, der von meinem Unfall beim Schokoladen-Casting er-fahren hatte, fühlte sich ein bisschen in der Pflicht. Er kurbelte etwas bei seinen Freunden von der Musikalischen Komödie. In den großen Häusern war zwar nichts zu haben, aber im Brett'l-Bereich würde in drei Wochen eine Stelle vakant, und ich war mittlerweile entschlossen, sie anzunehmen und das Kinder-lachen in meinem Theater gegen das aufgekratzte Gekreische eines Revue-Betriebs einzutauschen.

«Das ist ein Schritt in die falsche Richtung», sagte Doro-thea Langpapp mit nordisch gebremstem Unmut.

«Aber ich könnte Larissa bei Timmis Erziehung unterstützen», sagte ich.

«Sie kommt sehr gut klar», erwiderte Dorothea.

«Na ja, egal», sagte ich, «ich hab das schon so gut wie eingetütet. Und wenn ich erst mal da bin, werdet ihr sehen, wie gut das funktioniert.»

«Wir werden das nicht sehen», sagte Dorothea mit Eiseshauch.

Sie fragte, ob ich schon aus der gemeinsamen Wohnung ausgezogen wäre. Sie würde sie gern in Larissas Auftrag auflösen, und es sei ja wohl auch in meinem Interesse, dass ich nicht länger dafür zahlen müsse. Ich bejahte die Frage, ich würde für die Zwischenzeit beim Freund einer Freundin unterkommen, der für eine Spielzeit in Basel sei.

«Gut», sagte Dorothea. «Deine neue Adresse?»

«Stargarder 47, gegenüber der Tanke», sagte ich.

Als ich kurz nach meinem Einzug in die möblierte Unterkunft eines Morgens Brötchen holen ging, rief es plötzlich «Jannek!» hinter mir.

Ich drehte mich um und sah Erhard Langpapp auf mich zulaufen, entschlossenen Schrittes und in einem wehenden Mantel, in der rechten Hand eine aufgewickelte Tüte mit einem Sandwich drin.

«Was machst du hier?», fragte ich verdutzt.

«Ich bin auf dem Weg zur Charité, einen Kollegen besuchen», erklärte der Professor leutselig, «und musste mir jetzt schnell was zu beißen besorgen, und da war die Tankstelle.»

«Das ist ja ein Ding. Wir haben uns ja gar nicht mehr gesehen ...», sagte ich.

Erhard Langpapp, der eben noch lachend und quasi zum Beweis seines Hungers in das Sandwich gebissen hatte, legte mir seine Hand auf den Arm und sagte kauend:

«Ja, da hast du recht. Wir haben uns nicht mehr gesprochen. Wie geht es dir?»

«War schon irgendwie ein Schock.»

«Das ist eben so», sagte der Professor, nicht ganz erfolgreich um Einfühlung bemüht. Dass Larissa sich von mir getrennt hatte, war für ihn nicht mehr als eine Bestätigung seiner schon immer verkündeten Überzeugung. «Jannek, du weißt es wahrscheinlich nicht: Sie war schon lange unglücklich mit eurer Ehe.»

«Vielleicht hätte sie dann nicht warten sollen, bis sie diesen Typen traf, diesen Guru ...», sagte ich bitter.

«Davon ist mir nichts bekannt», meinte Erhard Langpapp knapp. Darüber wollte er offenbar nicht reden. «Dorothea sagte, du überlegst, ein Angebot in Hamburg anzunehmen, damit du Timmi häufiger sehen kannst. Ist das ernst gemeint?»

«Ja, ein Kollege hat es mir vermittelt. Das Coco-Revuetheater sucht einen männlichen Darsteller, so Zylinder und weißer Seidenschal.»

«Ach du lieber Gott», Erhard Langpapp verschluckte sich an seinem Sandwich. «Das ist doch ein Etablissement, wo so Schwuch... also, wo eher Homosexuelle und schrille Tun... äh ...Typen hingehen.»

«Na ja, ist halt Tingeltangel. Ich kann's mir nicht aussuchen. Hauptsache Hamburg.»

Die Aussicht, dass Menschen seiner Umgebung mitkriegen könnten, dass sein Ex-Schwiegersohn und Vater seines Enkels in einem Amüsierschuppen arbeitet, bereitete dem Professor fast körperliche Schmerzen.

«Weißt du, Jannek ... wir finden ja, Timmi ist in Hamburg

gut aufgehoben. Aber ich verstehe natürlich, dass ein Vater nach seinem Sohn sehen will.»

«Ich kann nicht alle vierzehn Tage herumreisen und Timmi erst recht nicht. Ich will einfach bei meinem Sohn sein. Ich mach mir Sorgen, dass wir uns entfremden. Larissa war nicht sehr fair zu mir, als ich mit Timmi telefonieren wollte.»

«Na ja», sagte Erhard Langpapp sinnierend, als müsse er auf die Bestätigung meiner festen Hamburg-Pläne zunächst seine eigene Schlussfolgerungen anstellen. «Jetzt ist sie ja erst mal weg. In den Staaten. Aber wie gesagt, ich verstehe dich, so von Vater zu Vater», er klopfte mir auf die Schulter, aber doch ein wenig, als ob ihm das nicht leichtfiele. Dann wischte er sich den Mund sauber. Mit einem großen, edel gemusterten Stofftaschentuch. «Du und Larissa, ihr müsst euch erst mal neu sortieren. Und natürlich braucht auch Timmi eine Umgewöhnungsphase. Deshalb haben Dorothea und ich einen Vorschlag. Scheint mir gerade recht zu kommen. Also, meine Frau und ich wollten Larissa drüben besuchen. Nur ein paar Tage. Aber ohne Timmi. Wir sind der Meinung, dass so eine Kurzreise für ihn nur Stress wäre, und Dorothea findet, dass er bei dir besser aufgehoben ist. Sie wollte dich deswegen anrufen, aber umso besser, wenn wir das gleich besprechen. Was meinst du?»

«Wann soll das sein?», fragte ich begeistert.

«Das ist ein bisschen das Problem.» Erhard Langpapp verzog das Gesicht. «Wir wollten ursprünglich in vierzehn Tagen rüberfliegen» – wie er lässig «rüberfliegen» sagte, das sagte alles: kurzes Dinner in der Senator-Lounge und dann in der Businessclass den Sitz nach hinten und über den Atlantik schlummern –, «aber ein Konzert fällt aus, und wir müssen schon dieses Wochenende hin, wenn wir sie noch an der Ostküste erwischen wollen. Also quasi jetzt gleich, von Donnerstag bis Montag. Hat sich gestern erst so ergeben. Dorothea hat es wohl schon bei dir versucht.»

«Hoppla», sagte ich, «das ist aber kurzfristig!»

«Das ist mir durchaus klar. Wir wollen dich nicht in Schwierigkeiten bringen. Du musst dich wahrscheinlich selber erst einmal ein bisschen sortieren. Keine Sorge. Wir finden eine andere Lösung. Es wird sich schon jemand finden, der ihn vier Tage betreut.»

Trotz der ungewohnt warmen Worte hörte ich die Botschaft. Für Erhard Langpapp war ich immer noch das, was ich von Anfang an für ihn gewesen war – ein Mann, der in den Tag hineinlebte, ein Traumtänzer und Nichtsnutz, niemand, den man mit verantwortungsvollen Aufgaben betrauen konnte. Nicht mal mit der, seinen eigenen Sohn vier Tage lang zu beaufsichtigen.

«Das ist doch keine Frage. Natürlich nehme ich ihn», sagte ich bestimmt.

«Wir fliegen übermorgen früh von Hamburg aus nach Frankfurt. Du müsstest ihn holen ...»

Er sah mich ein wenig von der Seite an, als erwarte er wirklich, dass das ein Problem für mich darstelle.

«Ja, warum nicht? Hol ich ihn halt.»

Erhard Langpapp sagte, das hätte er nicht von mir gedacht, dass ich so spontan bereit sei, und zückte sein Handy. Nachdem er seiner Frau mitgeteilt hatte, dass ich Timmi für die Dauer der Reise nehmen würde, gab er mir das Telefon, und Dorothea diktierte mir die Details der Übergabe. Sie würde Timmi morgen Vormittag mit zum Reit-Club nehmen, wo sie immer ihre Runde zu traben pflege. Ich solle dahin kommen, dann brauche ich nicht so weit in die Stadt hineinzufahren. Mir war es recht.

**T**immi aus Hamburg abzuholen gestaltete sich etwas sonderbar. Es gab Stau auf der A 24, und ich kam eine Stunde zu spät. Dorothea Langpapp wartete schon auf dem Parkplatz des Reiterhofs Süderende, mit offenem Haar, in Breeches und Bluse, mit Handschuhen. Schön und dominant. Ich war gegen meinen Willen etwas angetan von ihrer gelüfteten Erscheinung.

«Timmi ist bei den Haflingern, hinten im Stall D. Er hat seinen Rucksack dabei, aber er weiß noch nicht, dass du kommst. Ich wollte es ihm sagen, aber du kannst das besser», beschied mir Dorothea Langpapp, rotfleckig wie ihre Tochter bei großer Aufregung. Sie weinte fast. Das rührte mich, und ich nahm sie kurz in den Arm.

«Es ist alles so furchtbar ... was ihr uns da antut», presste sie hervor. Sie roch nach Pferdedung und Parfüm zugleich.

Ich wollte los, als sie mich zurückhielt.

«Hast du dein Handy dabei? Im Stall sind Handys nicht erlaubt. Gib es mir!»

Ich gab ihr das Handy und ging los. Nach zehn Metern rief Dorothea, sie würde lieber doch schon gehen. Das Handy würde sie beim Pförtner lassen. Ich winkte ein Okay, Dorothea Langpapp grinste gequält wie ein Backfisch und drehte sich abrupt um.

Timmi war bass erstaunt, als er mich sah. Obwohl ich ihm schnell alles erklärte, schien es, als müsse er sich erst mal daran erinnern, dass sein Vater tatsächlich so aussah wie ich. Aber ich hatte mir einen feinen psychologischen Trick ausgedacht, um die Distanz, die sich in den vier Wochen zwischen mir und meinem Sohn entwickelt hatte, zu überbrücken. Wir würden meine Mutter, seine Großmutter, besuchen, Kakao trinken und Kekse essen. Er würde also nicht sofort in meine neue, ihm fremde Wohnung gebracht, sondern könnte in

vertrauter Umgebung die alten Gefühle zu seinem Vater re-
aktivieren.

**D**och als wir am frühen Nachmittag in Berlin-Treptow an-
kamen, öffnete Mutter nicht. Das war seltsam, denn Mutter
ging so gut wie niemals mehr aus dem Haus. Das lange Stehen
und Gehen in der Werksküche hatte ihre Hüfte lädiert, und
eine neue wollte sie nicht. Die Volkssolidarität brachte ihr das
Mittagessen, und dann hielt sie Mittagsruhe.

«Vielleicht schläft sie», sagte Timmi.

Hinter uns klappte eine Tür einen Spalt weit auf. Hinter der
Sperrkette erschien Frau Jatznick. Sie trug ein rosa Haarnetz,
das ihre Lockenwickler hielt.

«Ihre Mutti ist nicht da», sagte Frau Jatznick. «Sie haben sie
mitgenommen.»

Ich hatte gleich eine Ahnung, worum es ging, ich kannte
meine Mutter. Timmi glotzte mich an, der Rätsel übervoll.

Frau Jatznick machte die Sperrkette ab, äugte selbst ein
bisschen wahnsinnig aus der Tür und machte mit zwei Fingern eine Schere.

«Schnippschnapp!», flüsterte sie.

«Bei Ihnen?», fragte ich. Frau Jatznick schüttelte den Kopf.

«Nein, ich pass ja auf. Ich kenn sie ja. Ich lass sie gar nicht
an mich ran. Aber ich hab's gesehen, wie sie's gemacht hat. Als
ich ihr die Fernsehzeitschrift wieder gebracht habe. Die Frau
von der Volkssolidarität war da und hat das Mittagessen gebracht. Und wie sie den Teller vor ihr hinstellt, sagt ihre Mutti
so ganz lieb ‹Danke, meine Gute!› und streicht ihr durch das
Haar ...»

Frau Jatznicks Haubengesicht verfinsterte sich.

«... dann kam plötzlich die andere Hand mit der Schere, und schnipp! Aber da war was los, das hätten Sie mal sehen sollen. Die ganze Seite mit einen Mal gepackt und abgeschnitten. Diesmal haben sie sie mitgenommen. Auf Station. Das ist ja auch nicht mehr ganz normal. Müssense zugeben.»

Ich gab zu. Jetzt begriff auch Timmi.

«Sie hat ihr die Haare abgeschnitten», hauchte er begeistert, «wie bei mir!»

Ich hatte ehrlicherweise gehofft, dass die Neigung meiner Mutter, alles abzuschneiden, was ihr nicht passte, wie zum Beispiel Zyperngrasblätter, eine liebenswerte kleine Schrulle ihres Lebensabends bleiben würde. Ich hatte nicht geahnt, dass sich das Abschneiden unaufhaltsam auswachsen würde. Vom berechtigten Abschneiden zum übertriebenen und von da aus zum kriminellen. Ich hatte sie noch verteidigt, vor einem Jahr, als sie Timmi bei unserem Besuch am zweiten Weihnachtsfeiertag, zwischen Gänsebraten und Stollen, heimlich in der Küche einen arg kurzen Pony geschnitten hatte. Gut, es erinnerte eher an rituelle asiatische Schädelrasur als an einen Haarschnitt. Mutter hat gemeint, sie hätte «die langen Zotteln» nicht länger sehen können. Larissa war außer sich, und ich hatte Mühe, ihr zu erklären, dass Großmütter eben ganz eigene Beziehungen zu ihren Enkeln aufbauten, zum Beispiel mit Mitteln der Haarpflege. Wir hatten uns gestritten in einer Wohnung, in der alles, aber wirklich alles im Laufe der Zeit mindestens einmal sorgfältig mit der Schere eingekürzt worden war, Pflanzen, Tischdecken, Gardinen, Teppichfransen, Duschvorhänge. Es war eigentlich schon damals keine Marotte mehr. Ich verteidigte meine Mutter, aber es hatte schon seinerzeit wie eine Beschwörung geklungen gegen die finstere Wahrheit, dass Mutter auf dem Weg in den Wahnsinn war.

«Sie ist in Herzberge, in der Altenpsychiatrie, falls Sie hin-wollen. Die haben Sie nicht erreicht. Ihr Handy ging nicht», sagte Frau Jatznick.

«Ach so?»

Ich zog mein Handy hervor, und tatsächlich, es war zwar an, hatte aber kein Netz.

«Kommen Sie in die Wohnung? Die haben die Krankenkar-te nicht gefunden, können Sie gleich schauen.»

«Ja, ich habe einen Schlüssel. Ich kümmer mich drum.»

Wir traten in Mutters Wohnung. Auf dem Küchentisch stand noch das Essen in der Hartplastschale. Der Stuhl fortge-schoben. Alles sah nach unvermitteltem Aufbruch aus. Man konnte die Pfleger fast noch hören, wie sie beruhigend auf meine Mutter einsprachen, während der Arzt mit einem Blick nach hinten die Spritze orderte. Unter dem Küchentisch lagen Haarbüschel. Nicht viele, aber wenn das die übersehenen Res-te waren, wollte ich nicht wissen, wie die Dame von der Volks-solidarität jetzt aussah.

Ich ging an den kleinen Sekretär im Wohnzimmer, wo Mutter ihre Legitimationen aufbewahrte. Timmi kletterte derweil über das Sofa zum Regal mit dem Nippes, wo auch ein aufziehbarer Blechgeiger mit Wollhaar stand. Der Geiger war früher mal Albert Einstein gewesen, aber mittlerweile trug er einen Bürstenschnitt. Timmi zog ihn auf und stellte ihn auf den Couchtisch, wo er zu fiedeln und zu wackeln anfing. In der Schublade im Sekretär lag allerlei zum Briefeschreiben, ein Adressbuch, diverse Karten sowie ein paar Ringe und eine Kette.

Mutters Festschmuck kam selten zum Einsatz. Aber wenn, dann ging sie gekleidet wie eine Schlagersängerin aus den Siebzigern. Die dicke Perlenkette gehörte dazu und lag oben-auf. Ich wollte sie rausnehmen, um die Karten durchzusehen, aber die Kette blieb am Schloss hängen und riss. Perlen sprangen auf den Teppich und rollten unter das Sofa und die Schrankwand. Ich wühlte nach der Krankenkassenkarte, fand sie und machte mich dann daran, die Perlen wieder einzusammeln. Die Couch mitsamt Timmi musste ich dafür ins Zimmer ziehen. Sie hinterließ ein helles Rechteck auf der Wand. Keine Ahnung, wann Mutters Wohnzimmer das letzte Mal gemalert worden war. Fakt war, dass es die Couch gab, seit ich denken konnte. Auf der Rückseite prangte ein Lieferschein des Centrum-Warenhauses am Berliner Alexanderplatz vom 11. Oktober 1972. Mir wurde ganz rührselig zumute. Sie war kurz vor meiner Geburt gekauft worden. Meine Mutter musste schon einen ordentlichen Bauch gehabt haben, als die Möbelpacker das gute Stück in die Wohnung hievten. Ich sammelte drei Perlen aus dem Staub und rückte die Couch wieder zurück. Als ich, um weitere Perlen zu erwischen, die Schrankwand vorschob, sah ich den Zettel wieder. Wieder dasselbe Centrum-Warenhaus, dasselbe Datum. Ich dachte: Nanu. An allen anderen Tagen wäre mir die Gemeinsamkeit nicht aufgefallen, nur war dieser Tag nicht wie alle anderen. Ich klaubte weitere Perlen hervor, aber plötzlich kitzelte mich die Neugierde. Ich warf mich auf den Rücken und schaute unter den Couchtisch, wo exakt der gleiche Zettel klebte wie hinter Schrankwand und Couch. In einer Art investigativem Anfall ging ich ins Bad und hob den vergilbten Spiegelschrank über dem Waschbecken an. Ich hatte eigentlich erwartet, enttäuscht zu werden, aber auch hier: Zettel, Kaufhaus, Datum – alles gleich. Ich trat in Mutters Schlafzimmer, untersuchte Nachtschränkchen, Bettgestell und Kleiderschrank mit demselben Ergebnis, eilte in die Küche, zog den Spülschrank von der Wand, drehte mich zur Anrichte, kippte das Oberteil und spähte dahinter. Flog in den Flur zur Kommode, riss sie von der Wand ab, sah die Rückseite beklebt, drehte mich um und schritt fassungslos zum letzten aller mir seit dreißig Jahren so vertrauten Gegenstände, dem Schlüsselschränkchen neben der Wohnungstür. Auf seiner Rückseite prangte der Zettel des Centrum-Warenhauses. Ich wiederholte die Prozedur, sah mir alle Zettel länger und genauer an. Aber kein Zweifel: Die Wohnungseinrichtung meiner Mutter, unsere Wohnung, die Wohnung, in der ich achtzehn Jahre gelebt hatte, war an einem einzigen Tag, dem 11. Oktober 1972, in einem einzigen Kaufhaus zusammengekauft worden! Drei Monate vor meiner Geburt. Ich hatte keine Ahnung, was das damals gekostet hatte, ich wusste nur, dass meine Mutter als Köchin niemals so viel Geld auf einem Haufen gehabt haben konnte, um sich die Einrichtung einer Dreiraumwohnung an einem einzigen Tag kaufen zu können. Wer immer ihr dieses Nest gebaut hatte, der war in der DDR ein vermögender oder ein entscheidender Mann gewesen.

Ein Hauch von verwegenem Ursprung wehte mich an. Berauscht davon ging ich zu Mutters Schlafzimmerschrank, wo unter ihren sorgsam eingehängten Kleidern und Mänteln, unter einem vertrauten und doch irgendwie gealterten Duft eine Pappkiste stand, in der Mutter ihre Gebrauchsanweisungen und Kaufbelege aufbewahrte. Ich beneidete sie ein bisschen um die Übersichtlichkeit ihres Lebens. Larissa und ich hatten schon nach fünf Jahren ein Dutzend Pappkisten, deren Inhalt mir in keiner Weise mehr memorierbar war. Ich nahm die Kiste heraus und stellte sie auf den Kopf. Dann zog ich sie vorsichtig vom Deckel, der jetzt den Boden bildete, ab. Meine Erwartungen wurden so sehr nicht getäuscht, dass ich mein Glück kaum fassen konnte. Das erste mürbe Blatt war ein Schreiben der Verwaltung des Ministerrates der DDR, der Frau Gundula Blume eine Dreiraumwohnung in der Kiefholzstraße 168 zuteilte. Datum: 11. Oktober 1972. Wie viele Menschen in der DDR kauften am Tag der Wohnungsvergabe die komplette Einrichtung? Ich legte das Schreiben beiseite und drehte einen kleinen Packen von Kaufbelegen um, deren Inhalt und Datum mich nicht mehr überraschte. 11. Oktober 1972. Interessant hingegen war eine Unterschrift. Eine einzige Unterschrift auf allen Papieren. Die des Menschen, der all diese Belege im Namen des Ministerrates quittiert hatte. Etwas rund und verkrakelt, aber doch lesbar: «L. Buddenhage». Mein Vater? Die Unterschrift sah aus wie die Unterschrift eines Mannes, der schon viel unterschrieben hatte, dessen Unterschrift etwas galt.

**K**urz und schmerzhaft griff ein Unbehagen nach mir. Ich hatte mich hinreißen lassen. Ich war fast die gesamte Zeit meines Lebens dem Unvollständigen meiner Herkunft betont gleichgültig begegnet. Jetzt war ich mittendrin. Jetzt plötzlich packte mich die Gier, es zu wissen, und zwar aus reiner Eitelkeit. Es wurde spannend, ich schien das Ergebnis einer seltsamen Geschichte zu sein. Mutter hatte recht, als sie damals meinte, dass mich das Wissen um meinen Vater nur kirre machen würde. Wer immer dieser Vater war, der es vermocht hatte, dass meine Mutter, eine unauffällige Person ohne größeren Wert für den Staat, plötzlich mit materieller Zuwendung in Form einer großzügigen Wohnung samt Mobiliar überhäuft wurde – ich würde, falls ich ihn je kennenlernte, immer in seinem Schatten stehen. Nichts dergleichen vermochte ich. Ich konnte nicht mal mein Dispo-Limit einhalten. Ich stand auf, mit schmerzenden Knien, weil ich zehn Minuten über den Dokumenten erstarrt gewesen war, und rümpfte die Nase.

Das Bild eines Mannes an einem riesigen Schreibtisch trat aus dem Dunst meiner Phantasie, eines Mannes, der seinem ergebenst dastehenden Referenten ein vor Amtskraft nur so strotzendes Papier reichte und dazu sagte: «Geben Sie dieser wunderbaren Frau alles, was sie verlangt. Sorgen Sie dafür, dass es ihr und dem Kind, das sie unter ihrem Herzen trägt, an nichts fehlt. Sie haften mir dafür mit Ihrem Leben, Genosse!» Das Bild fiel im selben Moment zusammen, weil ich mir meine Mutter dazu vorstellte. Das Gegenteil von hinreißend. Rüdes Berlinertum. Immer Sprüche parat, die jede Kerze ausbliesen.

Timmi kam ins Schlafzimmer und riss mich aus meiner Konfusion. Er hielt den Aufziehgeiger in der Hand.

«Wenn Oma jetzt im Krankenhaus ist, kann ich den mitnehmen?»

«Im Märchen *bringen* die Kinder den kranken Omas immer etwas, etwas wie Kuchen und Wein», sagte ich, erbittert über sein mangelndes Einfühlungsvermögen.

«Weiß ich», sagte Timmi, «aber Oma ist ja nicht krank. Oma ist verrückt. Kann ich also?»

Es war schon spät am Nachmittag, und deswegen brachte ich die Krankenkarte nur an der Krankenhauspforte vorbei. Ehrlich gesagt, hatte ich an einem Tag wie diesem keine Kraft mehr, meine Mutter auch nur durch eine Scheibe zu sehen. Ja, ich hatte durchaus Gesprächsbedarf, jede Menge Fragen, Fragen von regelrechtem Verhör-Format, aber dazu musste sie erst einmal wieder aus der Schnippschnapp-Welt aufgetaucht sein. Deshalb fuhr ich lieber mit Timmi zu McDonald's. Fastfood verlagert die Probleme des Lebens für zwei Stunden in den Magen. Das ist ungesund, aber in der modernen Welt leider nötig. Wenn es nur noch gesundes Essen gäbe, würden wir alle sehr bald durchdrehen.

Dann zeigte ich Timmi meine neue Bleibe und deren Hauptattraktion: eine Badewanne, die man der Raumersparnis wegen unter der Spüle verstauen konnte. Timmi, das geburtsfaule Kaiserschnittkind, hatte eine Vorliebe für den stundenlangen Aufenthalt im warmen Wasser. Wir beschlossen, eine Verdauungspause einzulegen und dann anzubaden. Es kam nicht dazu.

Gegen neunzehn Uhr klingelte es. Ich ging mit dem Gefühl an die Tür, dass ich nicht gemeint sein konnte, da ja fast niemand wusste, dass ich derzeit Station in dieser Butze machte. Draußen standen ein normal angezogener Mann und zwei Polizisten.

«Herr Blume?», sagte der Mann in Zivil zu meiner großen Überraschung.

«Ich komme von der ... Stadtverwaltung. Kann ich Sie sprechen?»

Ich erwiderte, das sei grundsätzlich möglich, wenn es nicht zu lange dauern würde.

«Ist Ihr Sohn Timotheus Nepomuk bei Ihnen?»

Ich wurde blass, denn mein erster Gedanke war, dass Larissa etwas zugestoßen sei. Etwas so Furchtbares, dass zwei Polizisten in Begleitung eines städtischen Offiziellen mich aufsuchen mussten. Etwas, das gleich in den Nachrichten kommen würde.

«Ja», schluckte ich.

«Sonst noch jemand?»

Ich verneinte.

Der Mann von der Stadtverwaltung trat daraufhin einen Schritt zurück und bat mich heraus. Er sprach leise, aber mit fester Stimme. Ich begann zu zittern, in der Überzeugung, dass etwas ungeheuer Schreckliches jetzt gleich mein Leben in ein Vorher und ein Nachher teilen würde. Und das sollte auch geschehen, anders allerdings, als ich dachte. Denn als ich die zwei Schritte zu ihm ging, traten die beiden Polizisten wie abgesprochen hinter mich.

«Mein Name ist Jörg Werner», erklärte der Mann. «Ich bin stellvertretender Leiter des Jugendamtes Prenzlauer Berg. Herr Blume, es liegt eine Anzeige gegen Sie vor wegen Kindes-entführung von den Großeltern mütterlicherseits, Erhard und Dorothea Langpapp.»

«Waaas? Die Großeltern haben mich gestern erst gebeten, ihn heute aus Hamburg abzuholen.»

«Laut der Anzeige haben Sie das Kind heimlich und unter Vorspiegelung falscher Tatsachen aus dem Reiterhof entfernt, da Sie genau wussten, dass Ihre Schwiegermutter dort jeden Donnerstag reitet.»

«Aber das ist doch lächerlich. Sie wollen nach Amerika flie-gen, und ich soll Timmi so lange nehmen. Außerdem hätten sie mich jederzeit anrufen können.»

«Zufällig ist Ihr Handy seit heute Vormittag tot. Seltsam, finden Sie nicht?»

Deswegen durfte ich das Handy nicht mit in den Stall neh-men. Deswegen war Larissas Mutter so angespannt und wollte gleich fort. Deswegen hatte mich der Professor vor meinem neuen Zuhause «zufällig» getroffen. Erkenntnis krümmte mich.

«Ich bitte Sie jetzt also, die Dinge nicht unnötig zu ver-schlimmern und Ihrem Sohn in passender Weise mitzuteilen, dass er heute Abend noch in Begleitung zu seinen Großeltern zurückkehren wird, wo er sich nach Willen der Mutter auf-halten soll.»

Ich öffnete wohl tatsächlich den Mund, um mich lautstark zu rechtfertigen, aber Herr Werner kannte das schon. Er hob sacht die Hand und sprach:

«Was immer Sie vorzutragen gedenken, sagen Sie es dem Familiengericht. Wir haben hier nur die aktuelle Rechtslage zu berücksichtigen.»

Ich hörte ihn kaum. Etwas wie Ersticken ging in mir vor. Ich hatte das weiße Rauschen in den Ohren. Einer der Polizisten berührte mich leicht am Unterarm.

«Herr Blume, hören Sie mich? Gehen Sie jetzt bitte zu Ihrem Sohn. Wir warten hier.»


Ich war in meinem Leben noch nie reingelegt worden. Nie hatte mir jemand eine überflüssige Versicherung angedreht. Nie hat mich jemand auf der Straße angerempelt, um mir die Brieftasche zu klauen. Das Schicksal hatte gewartet, gelauert, um alle kleinen Niederträchtigkeiten und Betrügereien, die normalerweise zum Dasein eines Menschen gehören, zu einer einzigen Riesenschweinerei zusammenzuklumpen und mich dann auf einmal damit platt zu machen.

Ich ging ins Wohnzimmer, wo Timmi starren Auges eine glitzeräugige Anime-Serie guckte. Ich sagte ihm, dass sich etwas geändert habe und dass er irgendwie jetzt doch nicht, das heißt, er müsse, oder besser gesagt, könne er wieder, er solle aber nicht denken, dass ich, also sein Papa ... Die anderen Hälften der Sätze schaffte ich nicht. Ich heulte so sehr los, dass ich mich umdrehen musste.

Ich weiß noch, wie Timmis Blick sich zu verändern begann, als ich ihm endlich völlig verheult seine Jacke und den kleinen Rucksack reichte und ihn mit der zusammengestotterten Legende, seine Großeltern würden jetzt doch nicht in den Urlaub fahren und könnten ihn wieder zu sich nehmen, weil Papa ja viel arbeiten müsse, an Herrn Werner übergab. In diesem Moment begann Timmis innere Kompassnadel zu rotieren. Ich konnte sehen, wie er sich aus seinem Blick zurückzog. Er fiel einfach in sich hinein. Das, was an ihm echt, ursprünglich gewesen war, verschwand, verschwand zugleich mit der Gewissheit, dass seine Eltern es gut mit ihm meinten. Von nun an würde er niemandem mehr trauen. Und ich sah es und konnte nichts tun. Nicht einmal mehr verlegen lächeln.

Drei Stunden nach Mitternacht beschloss ich, meinem Dasein ein Ende zu setzen. Ich wollte einfach nicht mehr. Wenn es noch irgendwie ein Leben nach einer solchen Demütigung gab, dann wollte ich dieses Leben nicht. Ich hatte ein paar grundlegende Annahmen über das Leben gehabt, und diese hatten sich als falsch erwiesen. Und zwar nicht allmählich, nach und nach, sondern an einem einzigen katastrophalen Abend. Ich hatte mal geglaubt, dass ich in einem romantischen Moment meine große Liebe gefunden hatte, dass meine Mutter eine einfache, aber im Grunde verständige Frau sei, dass mein Erzeuger ein unerheblicher Zufall war und ich selber ein herzensguter Mensch. Nun hatte sich herausgestellt: Meine Frau war eine zu allem entschlossene, gerissene Lügnerin, meine Mutter war wahnsinnig, mein Vater ein nervenzerfetzendes Rätsel und ich selbst ein Versager, ein Nichtskönner, ein hölzerner Möchtegernmime, der viel zu lange geglaubt hatte, er wäre ein Schauspieler.

Das war mehr, als ich verkraften konnte. Was tat ich noch hier? Ich war ja zu Ende, wie Rilke schrieb, niemand war zu

Ende, wie ich es war, es gab keinen Zweifel, und sich nicht umzubringen wäre geradezu töricht, ja unverschämt und frech.

Als ich um fünf Uhr früh mit einem Küchenstuhl und einem aus dem Nachbarkeller entwendeten Kunststoff-Abschleppseil durch den Nebel auf den Volkspark Friedrichshain zuging, begann die große, tödliche Leere, die bis dahin meinem letalen Entschluss Raum gegeben hatte, allerdings sehr schnell in sich zusammenzufallen. Unerwartete Sachfragen des Selbsttötungshandwerkes tauchten auf.

Im kühlen Dunst der Bäume blieb ich stehen und sah mich um. Ich hätte eine Leiter mitnehmen sollen. Die meisten Bäume hatten in der Höhe, die ich auf dem Stuhl erreichen konnte, keine oder keine ausreichend starken Äste. Etwas weiter ab vom Weg waren wohl zwei, drei geeignete Bäume, aber tagelang ungesehen irgendwo rumhängen wollte ich nun auch nicht. Andererseits standen einige aussichtsreiche Kandidaten in guter Sichtweite des Kinderspielplatzes, und das war nun erst recht nicht in meinem Sinne. Ich suchte fast eine halbe Stunde, und ich sah mich schon unerhängter Dinge wieder nach Hause gehen, als ich plötzlich den passenden Baum fand. Eine solitäre Trauerweide mit ein paar sehr ausladenden Ästen.

Ich zögerte. An einer Trauerweide zu hängen, das hätte etwas dämlich Theatralisches. Andererseits konnte ich nicht ewig suchen. Bald würde sich der Park mit Joggern und Gassi-Gehern füllen, und dann sollte ich es tunlichst hinter mir haben. Hinzu kam, dass der Baum gut stand. In Sichtweite des Weges, aber doch in einer respektvoll zu nennenden Entfernung, in der mein baumelnder Leichnam dem Entdecker nur wie eine schreckliche Ahnung erscheinen würde. Es wäre ihm überlassen, ob er näher treten wollte, ins unschöne Detail, oder gleich die zuständigen Stellen benachrichtigte. Ich wollte im

Tode sein wie im Leben: ein höflicher Mensch voll Rücksichtnahme und Bedacht. Also ging ich hinüber. Von den stärkeren Ästen der Weide hing einer in genau der Höhe über dem Erdboden, die das Anbringen des Seiles vom Stuhl aus gestattete, sodass ich nicht auf den Baum hinaufklettern müsste. Die Vorstellung, mich schmutzig zu machen oder zu verletzen und dann in so zerlumptem Aufzug aus dem Leben zu gehen, war mir unangenehm. Ich stellte also den Stuhl unter den Ast, der grün und feucht war, warf das Seil darüber und montierte die Knoten. Dann zog ich mir die Schlinge um den Hals, justierte die Seillänge nach und atmete tief durch. Schaute groß und ohne zu blinzeln langsam ringsum, weil ich wollte, dass der Tränenreflex etwas Glanz auf meine Augen legte. Ich konnte nicht anders. Wenn man Schauspieler ist, will man sich auch für das Sterben ein bisschen einkitschen. Ein dummer Gedanke kroch in mir hoch. Was würden sie Timmi sagen? Also, später. Wenn er alt genug war. Dass sein Vater ein psychisch kranker Mensch gewesen sei, der trotz aller Liebe seiner Frau nicht zu retten gewesen war? Wäre es möglich, dass mein Freitod den Lügnern recht gäbe? War er deshalb vielleicht die ganz falsche Botschaft? Taugte Selbstmord überhaupt als Botschaft? Ein toter Vater war jedenfalls besser als ein unbekannter. Da weiß man, was man hat. Oder eben auch nicht hat.

Also weg damit! Weg mit mir!

Und ich sprang vom Stuhl.

Rutschte aber beim Springen ab, meine Schuhsohlen waren nass vom Grass, der Stuhl kippte zur Seite, dann eine unwillkürlich Ausgleichsbewegung meinerseits, ein vegetativer Lebenswille, der mich zur anderen Seite fallen ließ, und ich stürzte mit dem Seil über der Gurgel hinab. Das Leben fallen lassend, bis mein Tod mich stoppen würde.

Doch das geschah nicht. Stattdessen fiel ich in meine weichen Beine hinein. Meine Füße hatten, ehrlich gesagt, nicht mehr damit gerechnet, noch einmal in ihrem Leben den Boden zu spüren, und darum gaben sie sich auch überhaupt keine Mühe, mit der nötigen Festigkeit zum Stehen zu kommen. Meine Gelenke gaben nach, bis sich die Schlinge schmerzhaft unter meinem Kinn zusammenzog. Dann federte ich wieder hoch und dann abermals herunter, die Füßen kurz auf dem Boden, wie Timmi einst in seiner Babyhopse. Den sicheren Tod erwartend, war mir kurz schwarz vor Augen geworden. Aber nach einer Sekunde, in der mein Genick nicht brach und mir auch die Luft nicht ganz wegblieb, sondern durch einen fitzedünnen Spalt im verschnürten Hals pfiff, wurde mir klar, dass etwas schiefgegangen sein musste.

Ich sah nach oben. Das Seil war durch mein seitliches Stürzen weiter den feuchten Ast hinabgerutscht, zu einer Stelle, wo dieser nicht mehr dick genug war, um mein Gewicht zu halten. Stattdessen hatte er sich ein Stück nach unten gebogen, genau so viel, dass es ausreichte, mich nicht mehr baumeln, sondern gerade noch auf meinen Füßen taumeln zu lassen. Fiepsend und pfeifend in der nicht ganz, aber doch quälend zugeschnürten Schlinge hängend, spähte ich herum. Meine Lungenflügel pumpten wie Blasebälge. Der Stuhl lag umgekippt und ums Haar nicht erreichbar von mir im Gras. Ich krallte meine Finger in das raue Seil um meinen Hals, aber die Schlinge saß hinter meinem Nacken fest. Kein Wunder. Ich hing stramm am Ast wie an einer Angelrute. Alle Versuche, in die Höhe springend Lockerung zu erreichen, scheiterten. Zumal mir nach einem halben Dutzend Mal schlecht wurde vor Luftknappheit, ich musste eine Ohnmacht befürchten, die mich dann endgültig in unwürdiger Lage an diesem Ast ersticken lassen würde. Also änderte ich die Taktik, hielt das Seil hinter meinem Kopf mit beiden Händen fest, fiepste mir eine Minute lang ausreichend Luft ein und versuchte dann, mit dem so fixierten Seil zum Stuhl zu kommen, den Ast über mir aufs äußerste herumbiegend.

Leider nahm der Widerstand des Astes gegen seine Krümmung mit jedem Zentimeter, den ich näher an den Stuhl kam, exponentiell zu, sodass ich kurz vor dem vordersten Stuhlbein zurückgeschleudert wurde, dass mir tausend Sterne vor Augen explodierten. Ich schleifte über das Gras, kam wieder auf die Beine und stolperte im Halbkreis die Peitschenbewegung des Astes aus. Ich wollte fluchen, aber es kamen nur verärgerte Mickymaus-Laute aus meinem Hals.

Über den Häusern wurde der Morgen schon sonnenhell. Erster Verkehrslärm. Als ich mich nach einer Atempause wieder dem Stuhl zuwenden wollte, stand plötzlich ein Mann vor mir. Klein, dick, beinah kahlköpfig, bekleidet mit einer luxuriösen, luftig schwarzen Seidenjacke, einer ebensolchen Hose sowie einer kurios kleinen, aber irgendwie edlen Nickelbrille über engstehenden Maulwurfsaugen. Er hielt den Stuhl in beiden Händen, als schwebe er vor ihm in der Luft.

«Bitte schön!», sagte er und hielt mir den Stuhl hin. Da ich mich weigerte, den gereichten Stuhl anzunehmen, stellte er ihn ab.

«Trauerweide!», der Mann blickte in den Baum und dann wieder zu mir. «Ambitioniert!»

Ich unterdrückte den Wunsch, nach ihm zu treten.

«Sie sind hier fertig?», fragte er.

Ich nickte betreten.

Der Mann griff in seine Hosentasche und zog ein schmales Lederetui hervor, in dem neben einigen Schlüsseln und diversen Nützlichkeiten auch ein kleines, krummes Messer eingehängt war. Ging um mich herum und säbelte das fingerdicke Seil in verblüffend kurzer Zeit durch.

Ich löste die Schlinge vorsichtig von meinem Hals, in den sie sich schon ein bisschen eingeschrubbt hatte, und zog sie mir über den Kopf.

«Das wäre wohl auch nichts mehr geworden», meinte der Mann und übergab mir seinen Teil des Seils. Er musterte aufmerksam meinen Hals, um den sich wahrscheinlich rotblaue Striemen zogen.

«Ich empfehle einen leichten Wundverband unter einem passenden Rollkragenpullover und Arnikasalbe.»

«Sind Sie Arzt?», krächzte ich mich mühsam frei.

«Jurist», antwortete er und zückte seine Visitenkarte, als wären diese Antwort und die Geste eins. Ich las: «RA Witte / Fachanwalt für Zivil- und Familienrecht».

Ich musste lachen, was wehtat, da mein Hals noch keine größeren mimischen Bewegungen vertrug.

«Was lachen Sie?»

«Sie kommen zu spät», krächzte ich.

«Mitnichten. Das ist keine Begegnung im Himmel, falls Sie das glauben. Sie leben.»

Ich erklärte ihm, dass mir das wohl bewusst sei, dass ich aber dringend einen Rechtsanwalt gebraucht hätte, bevor ich mich zum Selbstmord entschloss. Ich wäre das Opfer einer perfiden Intrige, die mich vor aller Welt unmöglich machen sollte. Mein Selbstmord wäre als Antwort gedacht gewesen. Als letztes Wort, das unwidersprochen bleiben müsse. Die Wiederherstellung meiner Ehre im Tode.

«Sie sprechen etwas affektiert. Wie ein Kavalier. Was sind Sie von Beruf?»

«Schauspieler.»

«Das erklärt Ihr Misslingen. Ihr Freitod ist offenbar noch in der Probephase. Nicht bühnenreif sozusagen. Aber die Kulisse stimmt schon mal. Lassen Sie uns gehen. Und erzählen Sie mir von Ihrem Problem. Vielleicht kann ich Ihnen ja helfen. Mein Stundensatz ist vierhundert Euro.»

Ich fragte ihn, ob das sein Ernst sei, mich inmitten einer suizidalen Krise mit seinen ekelhaft hohen Gebühren zu konfrontieren. RA Witte putzte sich die goldene Nickelbrille mit dem Ärmel seines losen Seidenanzugs.

«Eben noch wollten Sie Ihr Leben drangeben, und jetzt mäkeln Sie an meinen Gebühren herum. Ich bin ein Star in meinem Fach und darf andere Gagen verlangen als irgendein hergelaufener Rechtsbeistand.»

Irgendwie nahm mich diese Belehrung für ihn ein. Ich sagte: «Entschuldigung!», wie ein Kind, rollte meine Seilstücke zusammen, nahm den Stuhl, und wir gingen. Frühe Jogger rannten mit langen Beinen und knochigen Schultern an uns vorbei.

«Was hat Sie denn in dieser Herrgottsfrühe in den Park getrieben?», erkundigte ich mich heiser bei ihm.

«Tai Chi. Es ist das Beste, wenn man es vor dem Sonnenaufgang macht. Es ist dann wunderbar ruhig im Park, wenn nicht gerade ein paar Meter weiter jemand um sein Leben krächzt. Darum nun zu Ihnen! Sie sprachen von einer Intrige.»

Ich erklärte RA Witte die unglaublichen Vorfälle der letzten zwei Tage. Er ging leicht vornübergebeugt neben mir, den Blick auf den Weg gerichtet, die Hände auf dem Rücken zusammengelegt, wie es kleine Männer in Gegenwart großer gerne zu tun pflegen, um sich durch konzentriertes Zuhören vom Hochsehen abzuhalten. Alle zwei, drei Sätze gab er ein bestätigendes «Mmh, mmh» oder «Ah ja» von sich.

«Da will jemand gleich Tatsachen schaffen», meinte er schließlich. «Das ginge schon in Ordnung, wenn Sie ein richtiger Gegner wären. Aber im Vertrauen, Sie sehen mir gar nicht so aus, als wenn man Ihnen gleich in der ersten Runde ein Bein stellen müsste. Nachweislich sterben Sie lieber, als zu kämpfen. Bei Ihnen würde ich von vornherein auf Zeit spielen. Aber hier geht die Gegenseite gleich aufs Ganze! Kanonen auf Spatzen sozusagen.»

Ich kann bis heute nicht annähernd ausdrücken, wie sehr mich seine Analyse zu beleben begann. Gleichgültig, dass er mich damit beleidigte. Seine Sicht auf die Auseinandersetzung um Timmi hatte eine taktische Perspektive, die mich wunderbar ansprach. Er dachte in Zügen und Kniffen, und er versetzte sich dabei in die andere Seite, die er «Gegenseite» nannte. Dieses Wort würde über kurz oder lang meine Welt ganz beherrschen.

«Also, wenn Sie wollen, übernehme ich das. Wann, sagten Sie, ist der Gerichtstermin?», fragte RA Witte. «Kommen Sie morgen um sieben in meine Kanzlei für die Einzelheiten. Seien Sie pünktlich. Bringen Sie Ihre Kreditkarte mit. Für das hier heute», er sah tatsächlich auf die Uhr, «berechne ich Ihnen nur eine Viertelstunde.»

«Aber ich habe die ganze Zeit geredet! Sie haben nur zugehört!»

«Ja, und? Solange Sie mir Ihren Fall nicht telepathisch mitteilen können, ist Zuhören Teil der Dienstleistung. Und ich habe Ihnen im Übrigen zwanzig Minuten zugehört. Betrachten Sie die fünf Minuten als Rabatt.»


RA Wittes Kanzlei füllte die komplette Etage eines Gründerzeithauses im Bötzowviertel. Seine Sekretärin, eine Dame in den Fünfzigern mit einer aufwendig eingerollten Frisur, begleitete mich in ein kleines Besprechungszimmer, das an ein großes Besprechungszimmer grenzte, vor dem ein Atrium

lag, von dem aus man wiederum in die Büros diverser Hilfs-
anwälte sowie am Ende wohl in das Allerheiligste selbst gelangen konnte. Es war alles von so einer römischen Villengröße,
dass mir Zweifel kamen, ob denn selbst der beste und teuerste
Familienanwalt Deutschlands sich eine solche Kanzlei leisten
konnte – es sei denn, es wäre eine Mafiafamilie, die er vertrat.
Die Sekretärin ließ mich wissen: Herr Witte telefoniere noch
und ich solle währenddessen die Selbstauskunft ausfüllen.
Gebäck und Kaffee stünden bereit.

Als RA Witte schließlich kam und sich mir gegenübersetz-
te, zog er sich denn auch die Selbstauskunft herüber und rief
nach einem Blick darauf:

«Mein lieber Herr Blume, das mit der Schauspielerei sollten
Sie sich noch mal überlegen. Ich kenne Kassiererinnen, die
mehr verdienen als Sie. Na ja, dann breiten Sie mal Ihre Angelegenheit hier aus. Ich höre mit Füneff.»

Er blinzelte durch seine zierliche Maulwurfbrille, machte
sich gelegentlich winzige, für mich völlig unlesbare Notizen
auf Zettelchen und trank zwei, drei Schlückchen aus einer Es-
pressotasse. Er schien kleine Dinge zu mögen.

Mittendrin – ich hatte ihm gerade von der Entdeckung be-
richtet, dass ein Herr Buddenhage meiner schwangeren Mutter an einem einzigen Tag eine ganze Wohnung im Auftrag
des Ministerrats zusammengekauft hatte – klingelte RA Witte
einen Hilfsanwalt herbei, reichte ihm einen Zettel und sagte:
«Wenn es geht, gleich!»

Als ich in meiner Darstellung den Tag unserer Trennung
erreichte und ihm die Malaise mit der Schokoladenwerbung
erzählte, unterbrach er mich: «Wie? Was? Und dann sind Sie
ab mit Schaden? Schon mal was von Produkthaftung gehört?
Was war das für eine Bude? Knakks-Schokoladen?»

Er rief seine Sekretärin an und ließ sich verbinden. Er sagte:

«Ja, die Geschäftsführung. Was soll ich mit Ihrem albernen Justiziar?» Und: «Natürlich kennen Sie meinen Namen nicht. Und ich wünsche Ihrer Firma von Herzen, dass Sie ihn nie auf einem Briefkopf lesen müssen!» Dann hatte er den Geschäftsführer am Apparat, sie sprachen über gelungene und weniger gelungene Produkteinführungen und kamen bald auf mich zu sprechen, und RA Witte erwähnte, dass er meinen Fall mit den ausgebrochenen Vorderzähnen noch nicht bei Gericht, sondern eher morgen in der BILD-Zeitung sähe, und deswegen rufe er ja an. Er sei schließlich nicht «das Bundesamt für Verbraucherschutz und Lebensmittelsicherheit» (er sprach es langsam und sehr deutlich aus), und er habe einen «gewissen Spielraum». Vielleicht könne man sich ja in diesem «Spielraum» treffen. Natürlich nicht, um zu spielen.

«Das ist ein guter Vorschlag», sagte er schließlich ins Telefon, «Aber ich habe einen besseren. Wir treffen uns beim Doppelten, und Sie faxen mir die Vereinbarung!» Und schon war aufgelegt.

«Wir treffen uns beim Doppelten?», stotterte ich. «Wo haben Sie denn Verhandeln gelernt?»

«Jedenfalls nicht in Ihrer depressiven Opferwelt, Sie Häschen mit den kaputten Vorderzähnen! Küssen Sie mal schnell meine Füße, ich habe Ihnen gerade eine Menge Geld besorgt!»

Er nannte die Zahl, und ich war baff.

«Davon könnte man ein kleines Auto kaufen», sagte ich.

«Zum Beispiel», bestätigte RA Witte und ergänzte, «oder eine Weltreise machen. Oder eine Wohnung anzahlen. Oder – einen Sorgerechtsstreit anfangen.»

In diesem Moment kam der Hilfsanwalt quasi geräuschlos herein, flüsterte RA Witte was ins Ohr, schob ihm einen Zettel hin und verschwand wieder.

RA Witte nahm das Papier und rückte seine Brille zurecht.

«So, hier haben wir es. Herr Buddenhage, mit Vornamen Lothar, der Mann, der so freundlich war, die Wohnung Ihrer Kindheit einzurichten, war in leitender Stellung bei der Protokollabteilung des Ministerrates der DDR. Hier unten steht seine Adresse. Besuchen Sie ihn doch mal. Vielleicht kann er Ihnen helfen.»

Er reichte mir den Zettel über den Tisch.

«Aber überlegen Sie sich das mit dem Sorgerecht noch mal in Ruhe. Viele Väter leben ganz gut ohne. Wir sehen uns nächsten Dienstag wieder.»

## GUNDELITA, BLUME OSTDEUTSCHLANDS!

Lothar Buddenhage wohnte im 11. Stock eines Hochhauses am Platz der Vereinten Nationen. Wie viele ehemalige ostdeutsche Staatsdiener waren er bzw. zunächst seine Frau von äußerstem Misstrauen gegen alles und jeden befallen. Allein schon die Haustür per Summer geöffnet zu bekommen brauchte einigen Langmut. Frau Buddenhage quäkte durch die Wechselsprechanlage: «Wer sind Sie denn?» Und: «Ich kenne Sie nicht. Lothar, kennst du einen Herrn Blume? Mein Mann kennt Sie auch nicht.» Als ich ihr erklärte, es ging um einen Vorfall aus dem Jahre 1972, unterbrach sie mich: «Wenn Sie von der Presse sind: Wir reden nicht mit der Presse! Und auch nicht mit Leuten vom Fernsehfunk.»

Ich fand das irgendwie rührend, Fernsehfunk, das klang nach grauen Röhren in Wurzelholzkommoden. Interessanterweise kamen im Verlauf unseres Wechselgesprächs zwei Bewohner ins Haus, die mich ebenfalls argwöhnisch beäugten und sorgfältig darauf achteten, dass ich nach ihnen nicht den Fuß in die Tür stellte. Die waren hier alle ein bisschen paranoid. Schließlich aber siegte mein Beharren, und der Türöffner schnarrte.

Frau Buddenhage, die mir nach dem unvermeidlichen Blick durch den Türspion öffnete, war eine kleine Frau mit einer trotz beträchtlichen Alters immer noch schuhcremebraun gefärbten Dauerwelle. Sie trug eine blaue Schürze mit floralen Mustern, es war kurz nach Mittag, offenbar war sie noch mit dem Abwasch zugange. Hinter ihr erschien Lothar in einer grau-grün-blauen Strickjacke, einer Kombination, die ihn in einem Discount-Polstermöbelhaus wahrscheinlich unsichtbar machte. Er hatte nur noch wenig Haare, dazu die schrundige Kopfhaut eines Achtzigers, er trug eine Hornbrille mit schlierigem Glas und war nicht mehr gut zu Fuß. Dass die Tür geöffnet war, hieß freilich noch nicht, dass ich reinkommen durfte.

«Was wollen Sie?», fragte er über die Schulter seiner Frau.

«Ihr Name steht auf den Möbelrechnungen meiner Mutter», sagte ich. Auch wenn das für Außenstehende etwas irre klingen musste, Lothar Buddenhage nahm diese Nachricht mit einem gewissen dienstlichen Ernst entgegen.

«Wie hieß Ihre Mutter?», fragte er, ohne Haltung und Ton zu ändern.

«Gundula Blume, oder auch Gundel, und so heißt sie immer noch», antwortete ich. «Die Möbel wurden alle am 11. Oktober 1972 im Centrum-Warenhaus am Alexanderplatz gekauft. Von Ihnen.»

Ich zog eine Kopie hervor, die ich von einer der ominösen Rechnungen gemacht hatte, und zeigte sie ihm. Er sah sie an, aber die Geste, in der er das Blatt nahm, verriet, dass er bereits beim Namen meiner Mutter den ganzen Vorgang in seinem Kopf wieder aufgeschlagen hatte.

«Ihren Ausweis!», forderte Lothar Buddenhage. Er kam aus einer Welt, wo Männer mit Amtsvollmacht noch ohne bitte und danke auskamen. Ich gab ihm meinen Ausweis, und er verglich.

«Kommen Sie rein!», meinte er und nahm seiner Frau die Tür aus der Hand, um sie weiter zu öffnen. Mir voraus ging er durch den engen Flur und sagte dabei zu seiner Frau: «Ich nehme den Kaffee jetzt schon, Trudi.»

Sie verschwand in der Küche, ich sah ihr etwas ungläubig hinterher. Ich konnte mir keine Partnerin zu keiner Zeit in meinem ganzen Leben vorstellen, zu der ich im Vorbeigehen «Ich nehme den Kaffee jetzt schon!» hätte sagen können, ohne verhöhnt, beschimpft oder gar geschlagen zu werden. Wir setzten uns, er in eine schon etwas rissige, beigefarbene Ledercouch und ich in einen ebensolchen Sessel ihm gegenüber. Ich erzählte ihm von mir und meiner Mutter und der Entdeckung am Tag ihrer Einlieferung.

Als Frau Buddenhage den Kaffee brachte, sagte Lothar nur «Danke!», aber wie er es sagte, war für seine Gattin wohl Hinweis genug. Sie ging und schloss die Wohnzimmertür.

«Ja», sagte Lothar Buddenhage dann, «ich kann mich an Ihre Mutter erinnern. Und Sie selbst habe ich auch mal gesehen. Aber da haben Sie noch in die Windeln gemacht. Sie sind ein schmucker Mann geworden. Alles, was recht ist.»

«Warum haben Sie meiner Mutter diese Wohnung eingerichtet?»

«Ihre Mutter hat es Ihnen nie erzählt? Auch jetzt, nach all den Jahren nicht? Nach dem Ende der DDR? Das finde ich sehr ordentlich von Ihrer Mutter. Eine einfache, aber sehr solide Person. Sie verdiente das Vertrauen.»

Einen heftigen Moment lang glaubte ich, dass auch dieser ostdeutsche Altkader mich wieder nur mit Ausflüchten und nebulösen Erklärungen abspeisen würde, aber dann sah ich ihn grüblerisch im Kaffee rühren. Das gab mir Hoffnung.

«Herr Buddenhage, ich weiß, dass eine Dreiraumwohnung für eine alleinerziehende Köchin Anfang der siebziger Jahre in der DDR etwas sehr Ungewöhnliches war. Darum frage ich Sie: War die Wohnung, die meine Mutter kurz vor meiner Geburt bekam, so etwas wie eine Auszeichnung oder eine ... Wiedergutmachung?»

Ich war mehr denn je der Überzeugung, dass es einen Vorfall gegeben haben musste, vermutlich mit einem der Oberen der DDR, und dass Lothar Buddenhage diesen Vorfall hatte regulieren müssen. Ich betete nur, dass dieser Vorfall nicht so fürchterlich war, wie das Schweigen meiner Mutter andeutete.

«Von Wiedergutmachung würde ich nicht sprechen. Ihre Mutter hat in einer, so muss man wohl sagen, außergewöhnlichen Situation der DDR einen großen Dienst erwiesen, und das ist ... gewürdigt worden», wählte Lother Buddenhage seine Worte.

«Was? ... Ist? ... Passiert?», fragte ich so eindringlich, wie ich konnte, ohne aggressiv zu wirken. Lothar Buddenhage rang mit sich.

«Mir wäre es wirklich lieber, wenn alle Beteiligten schon das Zeitliche gesegnet hätten. Und ich habe tatsächlich eben überlegt, ob ich es Ihnen nicht besser aufschreibe und Ihnen die Möglichkeit verschaffe, nach dem Tod aller Betroffenen dieses Schreiben bei einem Notar einzusehen. Aber jetzt sitzen Sie hier, und ich verstehe natürlich ...»

Er sah mich noch einmal genauer an und lachte ein kurzes, kläffendes Lachen.

«Sie haben seine hohe Stirn geerbt. Und diese funkelnden Augen. So ohne Bart könnte man Sie glatt für einen Eintänzer halten, oder einen Filou. Und ich kenne Jugendbilder von ihm, da schaut er genauso drein wie Sie.»

«Herr Buddenhage», sagte ich, «wenn Sie jetzt nicht mit der Sprache rausrücken, dann sterbe ich eher als alle Beteiligten. Ick versprechet Ihnen.»

Ich war ungewollt ins Berlinern geraten. Zeichen höchster Aufregung.

«Na gut», seufzte er, «die Welt von damals ist eh zum Teufel, und Sie haben ja irgendwie ein Recht darauf. Aber das, was ich jetzt sage, geht nur in Ihr Ohr hinein und niemals aus Ihrem Mund hinaus. Haben wir uns da verstanden?»


Im Jahre 1972 besuchte ein lateinamerikanischer Staatsmann die DDR, deren Regierung einträgliche Geschäfte mit ihm abzuschließen hoffte. Der Potentat gebot immerhin über einen Landstrich, in dem Orangen und Bananen wuchsen, und die Aussicht auf einen Handel («Maschinen gegen Südfrüchte») versetzte die Genossen in große, freudige Unruhe. Das Wohlbehagen des emotional etwas breiter oszillierenden Gastes ward in die Hände von Lothar Buddenhage gelegt, der mit einer etwa hundertseitigen Checkliste alle nur erdenklichen Unbequemlichkeiten aus dem Aufenthalt des hohen Gastes zu tilgen begann: des Spanischen kundige Lakaien, wo immer nur ein Finger hinschnipsen konnte; Zimmer nach Westen, um Morgensonne für den Langschläfer zu vermeiden; Straßensperrungen und ein veritables Flugverbot für den Norden Ost-Berlins, um die Ruhe einer ländlichen Idylle zu gewährleisten; Kugelaschenbecher mit verstärkter Ablage für Zigarren alle zehn Meter auf dem Flur; Aschenbecher aus böhmischem Kristall in jedem Zimmer, auf jedem Tisch und zu beiden Seiten des Bettes, dessen Liegekomfort und Härtegrad in ganzen Testreihen geprüft wurde; extra Bettpfosten für das Pistolenholster, dass der Staatsmann gerne griffbereit am Kopfkissen hängen hatte, und an der dem Bett gegenüberliegenden Wand das Bild eines Segelschiffes, genau so eines, wie es der Diktator als kleiner Junge in seinem Zimmer vorm Einschlafen betrachtet hatte.

Lothar Buddenhage wusste, dass der Teufel im Detail

steckt, und er war gewillt, nicht die kleinste Delle im Komfort zuzulassen.

«Ich hatte immer nur eine Devise», sagte er. «Ein Staatsgast sollte sich in unseren Gästehäusern nicht nur zu Hause fühlen, er sollte fühlen, wie sein Zuhause sein könnte.»

Mehr als einmal hatte der Mann für das kleine Protokoll den Satz «Warum gibt es das nicht bei uns?» aus dem Mund eines ausländischen Herrschers flüstern hören dürfen. Und diesmal sollte es nicht anders sein. Besonders stolz war Buddenhage auf die Damast-Servietten mit viskosierter Unterseite, die das Abtupfen von Speiseresten aus dem prächtigen Bart des Gastes erleichterten. Die gereichte Spirituosenauswahl kopierte exakte die Privatbar des mächtigen Mannes, und die auf mittelamerikanisch getrimmte Küche strotzte vor weißem Reis und schwarzen Bohnen, frittierten Kroketten, gebackenem Schwein, gegrilltem Huhn, Fisch und Kochbananen, Sofrito und Mojo und ganzer Luftfrachten nie gesehener Wurzelfrüchte und Kräuter. Reihen langbeiniger Kellner standen bereit, die Teller, fein abgestuft nach Rang und Bedeutung, in Sekundenschnelle vor die Gäste zu bringen.

Als die Oberen der DDR und der lateinamerikanische Potentat schließlich an jenem entscheidenden Tag nach noch nicht ganz zufriedenstellenden Verhandlungen in die Lehnstühle an der Tafel sanken, blickte alles Personal gespannt zu Lothar Buddenhage. Und Buddenhage war bereit.

«So was, mein Junge, müssen Sie mit den Augen führen. Worte sind viel zu langsam!»

Buddenhage ließ noch einmal seine Augen und seine Brauen spielen, und er schien tatsächlich über größere mimische Freiheitsgrade zu verfügen als Normalsterbliche.

«Sie können nicht ermessen, was es für eine organisatorische Leistung ist, einem Gast, der gerade eine prächtige

Romeo y Julieta gezückt hat, die volle Flamme eines Zedern-holzspans in der schützenden Höhlung der Hände genau im richtigen Augenblick anzubieten. Nicht zu dicht und nicht zu fern. Nicht zu früh und nicht zu spät. Das können nur Männer, und deswegen beschäftigte ich im Kontaktbereich nur Män-ner. Es bringt auch mehr Ruhe in den Abend.»

Ein kluges Prinzip. Doch diesmal sollte es um ein Haar sein Verderben werden.

Denn nach Stunden voller Speis und Trank, weit nach Mit-ternacht, lehnte sich der bärtige Führer seines Volkes nach hinten und winkte nach dem Obersten seiner Leibwächter. Derselbe wiederum begab sich sofort zu Lothar Buddenhage, der in respektvoller Entfernung sein Augenregiment über die dienstbaren Geister führte.

«El Jefe geht jetzt auf sein Zimmer», sagte der oberste Leib-wächter. «Wer begleitet ihn?»

Buddenhages Gesicht ward zu einer einzigen Frage.

«Wer wie ihn? Was begleiten?»

«Tú bromees, compañero! Glauben Sie, eine Mann wie El Jefe legt sich allein ins Bett? Wo ist seine Begleitung?»


**H**alten wir die Zeit noch einmal an, und sehen wir Lothar Buddenhage erstarren. Den Mann der raffinierten Details. Nachts, um halb zwei in einem abgelegenen Gästehaus der Regierung, halb ländlich am Rande der Stadt. Schon sieht er den hohen Gast sich den Bart mit der extravaganten Serviette säubern. Schon sieht er ihn letzte Worte an seine Umgebung richten. Gleich wird er die Hände auf die Lehne stützen und sich erheben. Buddenhage hatte an alles gedacht, an wirklich alles, aber er ist kulturell ein braver Europäer, und ein Bettwärmer aus Fleisch und Blut, das wäre ihm im Traum nicht eingefallen.

«Sofort. Immediatamente!»

Buddenhages Erstarren löst sich. Er braucht Zeit. Er muss sie sich verschaffen, ein paar Minuten nur. Vielleicht zehn. Wenn es irgend geht, ein Viertelstündchen. Wenn er in dieser Frist nicht ein respektables Frauenzimmer auftreibt, das sich der Aufgabe stellt, riskiert er eine Verstimmung, die man gar nicht in Erntemaschinen gegen Südfrüchte aufrechnen will. Buddenhage sieht seine sämtlich männlichen Kellner hin und her eilen und wendet sich abrupt zur Küche. Er befiehlt ein Flambée. Irgendwas Flammendes, Funkelndes. Man solle sich dazustellen und singen. Ein Kampflied, eine heimatliche Weise. Sein Tunnelblick sieht derweil durch die Köche und Beiköche, die Gemüsehobler, die Küchenmetzger und Süßspeisenzubereiter, er eilt und späht, Küchendunst und Angstschweiß auf der Stirn. Endlich ringt sich das Wort aus seinem Hals.

«Eine Frau! Gibt es hier denn keine Frau?»

Die Küchenmänner fragen und raten durcheinander, bis endlich einer mit seinem Tranchiermesser nach ganz hinten deutet. Und dort steht sie. An der Spüle. Gundula Blume, Spülkraft. Nicht mehr ganz zarte achtunddreißig Jahre, gedrungen, kurznasig, unter der Haube einen wenig verführerischen Kurzhaarschnitt, vom Spülen glasige Haut an den dicken Fingern. Der Blick ein wenig blöde, aber zu Recht. Denn Buddenhage schreit sie an: «Zu mir!» Und sie kommt. Zögernd wohl, aber doch.

Buddenhage zieht Gundula Blume in eine Ecke, redet auf sie ein, greift ihre Hände wie zum Liebesschwur, und er beschwört sie ja tatsächlich, während draußen ein letztes Prosit im Stehen gerufen wird. Er fragt sie, ob sie verheiratet, verlobt oder überhaupt je mit einem Manne intim geworden sei, und ihre Antwort: «Och, ick bin da nicht so hinterher. Soll'n sich mal alle andan verrückt machen mit!», bedeutet dem Chef des kleinen Protokolls, dass er heute Nacht nicht eben einen erotischen Vulkan zum Ausbruch bringen wird, aber Gundula «Gundel» Blume ist in diesem Moment etwas, was sie nie wieder sein wird in ihrem Leben: alternativlos.

«Es geht um unseren hohen Gast», haspelt Buddenhage. «Nur kurz: Wir sind uns einig, dass das Wohlbefinden unseres hohen Gastes über allem steht? Dass alles, was getan werden muss, auch getan werden sollte, um ihn rundum zufriedenzustellen? Das sehen Sie doch sicherlich auch so, werte Frau Blume?»

Gundula Blume bestätigt ihm dieses abstrakte Gastfreundschaft. Lothar Buddenhage kann und muss endlich konkret werden.

«Es wurde da etwas übersehen im Protokoll. Es ist nämlich so: Der Máximo Líder geht nicht gern allein ins Bett. Er friert schnell. Das hiesige Klima. Ganz anders als in der Karibik. Wie auch immer. Er braucht Wärme, menschliche Wärme. Möglicherweise sogar Hitze. Vielleicht haben Sie es ja schon mal gehört: Bei den Eskimos gibt es da gar kein langes Gerede. Da wird dem Gast immer die eigene Frau ins Bett gelegt. Ohne Ausnahme. Am Polarkreis ist das ganz selbstverständlich. Für eine Eskimofrau ist das sozusagen Ehrensache. Und jetzt komme ich zu meinem Anliegen ...»

«Se haben doch eenen jeschnasselt», sagt meine Mutter, die bei der Entschlüsselung des Anliegens weniger Schwierigkeit hat, als Buddenhage meint.

«Keineswegs. Es ist, wie ich sage. Die Regierung der DDR bittet Sie, werte Frau Blume, um Ihre Teilnahme an der ... Übernachtung unseres Staatsgastes. Wir wollen ihn uns ...

warmhalten und legen das für die nächsten Stunden komplett in Ihre Hände, und falls erforderlich, auch Beine.»

Gundula Blume, meine Mutter in spe, prüft den Blick Lothar Buddenhages, aber der Blick, erfüllt von protokollarischem Ernst, hält stand.

«Ick soll mit dem Pistolero in die Kiste? Und zwar von knapp auf gleich? Ha ick det richtig vastanden?»

Lothar Buddenhage nickt unter Schmerzen und küsst ihre Spülfinger. Gundula Blume entzieht sich ihm, wenngleich ohne größeren Unwillen.

«Also. Ihr habt doch een Sprung in der Schüssel. Mitternachts mit so wat ankommen. Aba jut. Ick mach det. Aba ick bin keen Volkseigentum. Sie haben det vamasselt. Sie machen dit wieda jut.» Gundula Blume denkt schneller, als Buddenhage erwartet hätte. Sie versteht instinktiv, dass sie das knappste Gut ist. Den höchsten Preis rausholen kann . «Ick will wat haben dafür. Und keene Abzeichen oder irgend wat mit Händeschütteln. Ick will wat Echtes. Und morgen ha ick frei!»

Draußen flammt das Flambée, und die ungeordneten Stimmen der Köche grölen verhalten «Mussi denn, mussi denn zum Städtele hinaus …».

«Das ist doch gar keine Frage, Frau Blume. Für so etwas gibt es Sonderkontingente. Hier haben Sie mein Ehrenwort als Vorgesetzter und Genosse. Duschen Sie jetzt sofort und reiben Sie sich mit Kölnisch Wasser ein», befiehlt Buddenhage. «Ich besorge einen Föhn, und dann legen Sie sich zu Bett im fraglichen Zimmer und nehmen das Leben, wie es kommt. Und zwar ohne einen Ton zu sagen! Heute Nacht nicht und nie zu irgendeinem lebenden Menschen!»

Der Chef des kleinen Protokolls beäugt sie ein letztes Mal.

«Können Sie verführerisch lächeln?», fragt Buddenhage. «Lächeln Sie mal!»

Gundula Blume lächelt.

«Nein. Gut. Das lassen wir!», entscheidet Buddenhage. «Nicht lächeln! Nur gucken. Gucken reicht völlig.»

**N**a ja», sagte Lothar Buddenhage jetzt zu mir, «und dann ging sie. Wie vereinbart. Ich muss an dieser Stelle festhalten, dass Señor Castro am nächsten Morgen bester Laune war und die Verhandlungen zu einem sehr zufriedenstellenden Abschluss kamen. Dafür die Wohnung. Ihre Mutter wollte halt eine Wohnung. Nun, und sie brauchte dann ja auch mehr Platz.»

Er hielt inne und sah mich an. Ich saß noch relativ entspannt im weichen, rissigen Leder des Sessels. Wirkliche entscheidende, alles umstürzende Informationen breiten sich ja eher so sirupartig im Gehirn aus.

«Sie wollen also sagen: Fidel Castro ist mein …?»

«Nun ja. Davon sollten wir ausgehen.»

Ich guckte sinnend aus dem Fenster.

«Verrückt! Und ich wollte mich vorgestern noch aufhängen.»

Lothar Buddenhage erhob sich ächzend aus dem Sofa und klopfte mir im Vorbeigehen sachte auf die Schulter.

«Ich hole uns mal einen Kirschlikör.»

**A**ls ich nach dem Besuch bei Lothar Buddenhage vom Platz der Vereinten Nationen hinüber zum Strausberger Platz ging, fühlte ich so etwas wie eine befreiende historische Klarheit. Etwas, das wie eine Flagge über mir wehte.

Vielleicht lag es an diesen luftigen Neubaukomplexen, dem stalinistischen Architekturpomp der Karl-Marx-Allee, dem kein noch so teures Ladengeschäft münzklingelnde Bürgerlichkeit einzuhauchen vermochte, dass ich das Gefühl hatte, ich sei das Ergebnis einer glorreichen geschichtlichen Bewährungsprobe. Ich war das unwahrscheinlichste Kind auf dieser Erde, gezeugt aus dem Geiste gegenseitiger sozialistischer Wirtschaftshilfe. Ich wusste, dass mich diese Erkenntnis verändern würde. Ich begriff, warum meine Mutter mir diese Tatsache hartnäckig verschwiegen hatte. Denn wie sie vorausgesehen hatte, bekam ich plötzlich «Gene»! Mein Schritt wurde wuchtiger. In meinen Adern floss das Blut eines Mannes, der das Schicksal seines Volkes war, eines Mannes voller Lust und List, der die Unterdrückten dieser Erde inspiriert hatte, eines Kerls, der eine ganze Epoche in seine Faust zwang, wie auch immer seine Feinde tobten und Ränke schmiedeten gegen ihn. Ich spürte, wie mein Blick klarer wurde und glänzender. Lächelte mich nicht eben diese junge Frau beim Vorübergehen an? Gab mein schwungvoller Gang nicht dem alten Mann am Rollator dort drüben neuen Mut?

So gerne hätte ich meine Mutter nach Details gefragt. Aber ich hatte Buddenhage versprochen zu schweigen. Hatte er sie «Gundelita» genannt? Oder «mi flor de alemania oriental»? Hatte er ein zärtliches Pfand hinterlassen? Hatte er in dieser Nacht ein paar Worte «berlinerisch» gelernt? («Nu halt aba ma die Flossen ruhich, Meesta! Dit hältste ja im Kopp nich aus! Morjen is doch och noch een Tach!») Wusste er überhaupt, dass er einen Sohn gezeugt hatte? Hatte er sich je nach mir erkundigt? Vielleicht hätte ich das Versprechen sogar gebrochen, wäre meine Mutter nicht gerade in ärztlicher Behandlung gewesen, weil sie einer Frau etwas abgeschnitten hatte. Es sah so aus, als wäre die Zeit, in der ich mich mit meiner Mutter unterhalten konnte, vorbei.

Eins war jedoch klar, so klar, wie nie etwas klar gewesen war in meinem Leben: Die Zeit der Demütigungen war vorbei. Wenn Larissa Streit wollte, sollte sie ihn haben. Nichts konnte mich stoppen. Die Geschichte würde mir recht geben. So hatte es mein Vater den Batista-Schergen ins Gesicht gesagt. Und vielleicht würde ich mir einen richtigen Bart stehen lassen.

RA Witte sagte beim zweiten Termin, ich solle mir das alles gut überlegen, denn die Gegenseite sei ja wohl vermögend und entschlossen, ein Sorgerechtsstreit sei langwierig und nervenaufreibend und er kenne eigentlich niemanden, der ohne seelische Schäden aus so was herauskomme.

«Aber es geht ums Prinzip», sagte ich. «Ich bin hereingelegt worden. Soll ich mein Kind Lügnern und Betrügern überlassen?»

RA Witte meinte, das sehe er ähnlich, aber im Familienrecht ginge es nie ums Prinzip, es ginge ums Kind. Jedenfalls offiziell.

«Sehen Sie, wenn Sie einen Sorgerechtsstreit führen, werden Sie nie wieder zu Ihrem Kind so sein, wie Sie jetzt sind. Unbefangen, unreflektiert, aus dem Bauch heraus. Wenn Sie einen Sorgerechtsstreit führen, machen Sie dem Staat die Tür zu Ihrer Familie auf, dem Jugendamt, den Gutachtern, Rechtspflegern. Es ist dann einfach für lange Zeit nicht mehr Ihr Kind. Vielleicht für immer.»

Ich sagte, das könne sein. Aber nur, wenn ich den Sorgerechtsstreit gewänne, könnte ich die Wunden, die mir geschlagen waren, auch wieder heilen.

«Sehr opernhaft», sagte RA Witte. «Sie kommen direkt aus dem neunzehnten Jahrhundert. Sie würden sich sicher auch duellieren. Ich nehme das mal als Auftrag.»

Herzberge. Ein lieblicher Park. Wenn ich mal verrückt werde, möchte ich auch durch ein solches Gehege irren. Der Arzt in der Gerontopsychiatrie klemmte ein Bild auf den Leuchtschirm.

«Das ist das Gehirn Ihrer Mutter. Sehen Sie hier diese dunklen Bereiche?»

Um ganz ehrlich zu sein, erkannte ich nichts. Auf einem Schwarz-Weiß-Scan sind ja zwangsläufig viele dunkle Bereiche. Aber es war sicher nichts Gutes.

«Das sind neurodegenerative Prozesse. Wir vermuten, dass die Verhaltensänderung, die wohl schon länger besteht, ein Ausdruck dieser Verfallsprozesse ist.»

Wir unterhielten uns ein paar Minuten über Demenz und Alzheimer, aber es war eine triste und hilflose Diskussion über etwas, was man nicht aufhalten konnte, und ebenso gut hätten wir uns über einen mittelfristig bevorstehenden Kometeneinschlag unterhalten können. Deswegen fragte ich schließlich, was das konkret für das Leben meiner Mutter bedeute. In ein Heim?

«Wir beobachten das ein paar Tage, aber ich denke, mit den richtigen Medikamenten wird sie noch eine Weile selbständig bleiben können», meinte der Arzt.

«Wie lange?»

«Das weiß keiner. Der Pflegedienst wird sie beobachten und Ihnen rechtzeitig Bescheid geben.»

Ich ging zu Mutter. Sie saß auf dem Stuhl neben dem Bett

und las ein buntes Blatt. Caroline von Monaco war wieder glücklich oder unglücklich. Sie hatte ja nur diese beiden Zustände. Mutter hingegen hatte ihr Leben irgendwie dazwischen verbracht. Nie ganz zufrieden, nie ganz unzufrieden. Das war im Zeitalter der romantischen Einzigartigkeit fast schon eine Frechheit. Sie sah auf vom Blatt und runzelte die Stirn.

«Wat machst duden hier?»

Wenn man zu einem Menschen geht, dessen Diagnose man kennt, ohne dass dieser sie weiß, sie vielleicht sogar niemals begreifen wird – das ist schwer. Man kann ja nicht einfach losheulen, weil der andere gar nicht verstehen würde, wieso und warum.

«Wollt mal gucken, wie's dir geht.»

«Den Kaffee kannste vagessen hier.»

«Was gab's zum Mittag?»

«Ach, irgendwat mit Soße.»

War das jetzt schon Gedächtnisverlust oder bloß Bedeutungslosigkeit?

«Wie geht's denn deiner Familie?»

Überrascht von dieser gesunden Anteilnahme, überlegte ich, ob ich ihr irgendetwas Schonendes, Vorbereitendes, zunächst nur Partielles anbieten sollte, eine Art Ehe-Krise, kam aber zu der Überzeugung, dass Mutter ein solches Drumherumreden nicht verdient hatte.

«Larissa und ich lassen uns scheiden, und wir streiten uns jetzt um das Sorgerecht für Timmi.»

«Oh!», sagte Mutter. «Da habt ihr ja viel zu tun!»

Das war nun wieder etwas plemplem, wenn auch nicht grundsätzlich falsch. Sie fragte aber nicht nach, und so beließ ich es dabei. Ich fragte Mutter, ob sie wüsste, warum sie hier sei.

Mutter wiegelte ab. Was die alle hätten! Ja, vielleicht habe sie was abgeschnitten, aber bestimmt nicht mehr als nötig, und sie könne eben nicht mit ansehen, wenn jemand so rumläuft wie die Frau von der Volkssolidarität. Mit solchen Zotteln.

Ich wollte irgendwas argumentieren, aber das Bild vom lückenhaften Gehirn meiner Mutter kam dazwischen, und mir wurde klar, dass jedes noch so gute Argument in eine dieser Lücken fallen würde.

«Na ja», sagte ich, «jedenfalls ist es gut, dass du hier bist und sie dich mal ordentlich durchchecken. Von Kopf bis Fuß.»

«Aber Mittwoch muss ich wieder zu Hause sein. Wegen Würfeln.»

«Mal sehen», sagte ich.


Das Amtsgericht war ein respekteinflößendes Gebäude aus der Kaiserzeit mit einer breiten Treppe hinauf zu riesigen Säulen, und all dies war keinem anderen Zweck gewidmet, als den eintretenden Mensch sich gering und schuldhaft fühlen zu lassen. Ich kannte es bis dato nur von außen. Und dabei sollte es auch bleiben. Denn ein Schild leitete uns wegen Bauarbeiten am Justizpalast vorbei in eine Anlage im Garten, wo drei lange Bürocontainer provisorisch als Richterzimmer und Gerichtssäle dienten. Ich konnte kaum glauben, dass mein Schicksal in so einer Bauarbeiterunterkunft zur Verhandlung kommen sollte, aber die Richterin, die in schwarzer Robe in einer Plastikzelle namens 01/03 erschien – RA Witte forderte mich sogleich mit einem Fingerzeig zum Erheben auf –, legte ihre Akten mit selbstverständlicher Würde auf den lächerlichen Resopaltisch, als ginge die Weihe der Rechtsprechung von ihr allein aus.

Larissa, die mir gegenübersaß, war anders als sonst gekleidet. Sie wollte nicht mit Haarbändern und Armreifen den Eindruck einer unseriösen Person hinterlassen. Sie trug Rock und Bluse, ein Kostüm, das keinen Cent teurer aussah als nötig. Ganz Achtung des Gerichts und reife Mutterschaft. Sie flüsterte mit ihrem Anwalt und blickte hin und wieder für alle deutlich sichtbar geradeaus in meine Augen – die Haltung einer Frau, die es immer noch nicht fassen kann, dass sie sich so in einem Menschen täuschen konnte. Wäre ich ihr Regisseur gewesen, hätte ich zugerufen: «Zu viel Pose! Nicht so dick auftragen!»

«Zur Verhandlung kommt hier der Antrag auf sofortigen Entzug des Sorgerechts für das Kind Timotheus Nepomuk Blume wegen versuchter Kindesentziehung durch den Vater, Herrn Jannek Blume, gestellt durch die Mutter, Frau Larissa Langpapp. Darüber liegt ein Gegen-Antrag der Beklagtenseite vor, der mir heute Morgen noch gerade fristgerecht zugestellt wurde …»

RA Witte suchte meinen Blick und riss, «Überraschung!», seine kleinen Äuglein hinter der Nickelbrille auf, während auf der gegenüberliegenden Seite des Tisches großes Rätselraten einsetzte.

«… wegen arglistiger Täuschung und Irreführung der Behörden gegen die Klägerseite.» Die Richterin reichte eine Kopie über den Tisch, die Larissas Anwalt etwas irritiert entgegennahm.

Er blätterte sie kurz an und schürzte dann blasiert die Lippen.

«Möchten Sie sich dazu äußern?», fragte die Richterin.

«Bloß, weil man einen Schriftsatz draus macht, wird es nicht gleich was Neues», sagte der Rechtsanwalt der Gegenseite. «Wir kennen die Geschichte von Herrn Blume, wie er angeblich von Herrn Professor Langpapp zufällig auf der Straße angehalten und gebeten wird, das Kind gleich morgen zu sich zu nehmen, wegen eines plötzlichen Kurzurlaubs in den USA. Wir haben bereits dargelegt, dass es diesen kurzen Kurzurlaub nie gab und Herr Professor Langpapp den ganzen Tag in Hamburg war. Also muss ich meinen Kollegen da drüben fragen, was dieser Antrag soll?»

RA Witte machte sich derweil wieder seine klitzekleinen kryptischen Notizen, von denen ich mittlerweile glaubte, dass sie gar keine Notizen darstellten, sondern Ablenkungsmanöver.

«Nun ist es aber so», antwortete RA Witte schließlich, «dass dieses ‹zufällige› Treffen zufällig vor einer Tankstelle stattfand. Tankstellen haben Überwachungskameras.»

Larissas Rechtsanwalt zuckte mit den Schultern.

«Lachhaft. Abgesehen davon, dass Überwachungskameras alle vierundzwanzig Stunden ihre Aufzeichnungen überschreiben.»

«Es sei denn ...», begann RA Witte.

«Schauen Sie doch bitte hinter die letzte Seite des Antrags, dort ist ein Screenshot abgeheftet», meinte die Richterin zu Larissas Rechtsanwalt. Er tat es, und er tat es ausgiebig.

«... ein Fahrer begeht an der Tankstelle Benzindiebstahl», erläuterte RA Witte voll kindlicher Freude, leicht über den Tisch gebeugt, «dann wird das Band nicht gelöscht, sondern als Beweismittel aufbewahrt.»

Larissa, die das Bild ebenfalls sehen konnte, bekam rote Flecken unter ihren Sommersprossen.

«Vielleicht ist er es gar nicht», sagte ihr Rechtsanwalt.

«Vielleicht ist es der Doppelgänger von Herrn Erhard Langpapp. Aber es ist in jedem Fall sein Auto», erklärte RA Witte und klopfte begeistert mit dem Kugelschreiber auf dem Tisch herum. «Und, Herr Kollege, die eingeblendete Zeit entspricht exakt den Angaben, die mein Mandant gemacht hat.»

Es folgten noch ein paar Minuten Einlassungen und Zweifel, aber nichts konnte die Richterin mehr von der Version der Langpapps überzeugen.

«Davon wusste ich nichts», sagte Larissa mit sichtlich erzwungener Selbstbeherrschung. «Meine Eltern hatten immer diese Angst, dass Jannek einen schlechten Einfluss auf Timotheus haben könnte. Sie haben einfach überreagiert.»

Die Richterin sagte, sie werde das Verfahren wegen Irreführung der Behörden praktischerweise abtrennen. Dessen ungeachtet bliebe die Frage, wo das Kind jetzt seinen Aufenthalt haben solle, denn bei den Großeltern werde sie es nach dieser dreisten Aktion nicht mehr belassen. Sie blätterte in den Akten.

«Timmi ging bis vor vier Wochen in den Kindergarten ‹Die kleinen Frechdachse› in Berlin-Pankow, und meines Erachtens sollte er da auch wieder hingehen», sagte die Richterin. «Haben Sie eine Wohnung in Berlin, Frau Langpapp?»

Larissa stotterte nein, aber sie werde sich kümmern, wenn sie wieder irgendwann ganz in Deutschland sei, sie sei jetzt beruflich viel im Ausland, weshalb ja die Großeltern …

Die Richterin hob die Augenbrauen, als von irgendwann und Ausland die Rede war, unterbrach Larissa dann mit einer knappen Geste, und in einer Kürze, die ich so nicht erwartet hatte, verfügte sie, dass für die Entscheidung über das Sorgerecht ein Gutachten bestellt werde, in der Zwischenzeit aber der Aufenthalt des Kindes beim Vater sei. Bis spätestens zum Wochenende sei Timotheus samt persönlichen Sachen dem Vater zu übergeben. Die Sitzung sei beendet.

Ich konnte es gar nicht fassen. Larissas Augen glänzten von Tränen. Tränen der Wut, der Scham, der Kränkung und der

Trauer. Es waren komplexe Tränen, und nur ein Mensch, der sie so gut kannte wie ich, war imstande, sich nicht gleich von diesem glitzernden Mutterleid überwältigen zu lassen. Noch vor ein paar Wochen hätte es mir selber ein bisschen wehgetan, sie so zu sehen. Aber ich sah und fühlte mich, vor allem seit dem Besuch bei Lothar Buddenhage, im Krieg gegen das Böse. Ich musste mein Herz verschließen.

Woher in Gottes Namen wussten Sie, dass die Tankstelle dieses Band aufbewahrt hatte?», fragte ich RA Witte völlig verdattert, als wir wieder vor der provisorischen Gerichtsbaracke standen.

«Ich wusste es nicht», sagte RA Witte fröhlich. «Ich habe einfach gefragt. Manchmal hat man eben Glück. Und Tankdiebstähle sind jetzt auch nicht *so* selten.»

«Heißt das, ich hatte nur Glück?»

«Genau das heißt es. Aber zweifeln Sie deshalb nicht an der Gerechtigkeit. Glück ist ein natürlicher Bestandteil des Lebens.»

Er drehte sich nach Larissa und ihrem Rechtsanwalt um, die im Eingang zur Baracke heftig flüsternd miteinander redeten. Larissas Anwalt wirkte düpiert.

«Rechtsanwälte sind alles arrogante Schnösel», bekannte RA Witte mit Blick auf seinen Kontrahenten. «Ich bin, glaube ich, nur selber einer geworden, um es diesen Typen zu zeigen. Um so geschniegelten Juristen den Schneid abzukaufen. Das macht Spaß. Haben Sie gesehen, wie der in sich zusammengefallen ist? Schöner Tag übrigens, finden Sie nicht?»

«Und ich dachte immer, Rechtsanwalt wird man vor allem aus ethischen Motiven, um Menschen zu helfen.»

«Ja, natürlich», lachte RA Witte über meinen köstlichen Scherz. «Aber das versteht sich ja von selbst.»

Larissa und ihr Anwalt mussten an uns vorbei, und sie gingen denn auch nachdrücklich gesetzten Schrittes, als wäre nichts von Bedeutung vorgefallen. Als sie auf unserer Höhe waren, blieb Larissa kurz stehen und sah mich mit fast schon mütterlicher Enttäuschung und Besorgnis an.

«Das hast du dir nicht gut überlegt, Jannek Blume!»

Sie ging ein paar Schritte, drehte sich noch mal um und spuckte mir dann doch etwas schärfer einen Satz vor die Füße, den ich bereits kannte.

«Du bist krank, weißt du das?»

RA Witte hielt mich in einer Art Schutzreflex fest, ließ die beiden ein paar Dutzend Meter vorausgehen, dann schob er mich sanft am Rücken an, und wir setzten uns in Bewegung.

«Schöne Frau», sagte er. «Aber gefährlich. Haben Sie gesehen, wie sie in einer Sekunde von Täter auf Opfer umschaltete? Mein lieber Mann. Das wird sportlich. Glauben Sie nicht, dass wir schon irgendwas gewonnen haben. Die steht wieder auf, das sage ich Ihnen, und dann ist sie zweimal so groß. Da müssen wir in Deckung sein.»

«Was soll ich tun?»

«Das deutsche Sorgerecht ist von Spießern gemacht worden. Das Kindeswohl wird am sogenannten Kontinuitätsprinzip aufgehängt. Man geht – zu Unrecht, wie ich finde – davon aus, dass Kinder am besten gedeihen, wenn alles so bleibt, wie es schon immer war. Eben deutsche Zipfelmütze. Wir haben momentan einen gewissen Vorteil, weil es gerade die Mutter ist, die sich in der Weltgeschichte rumtreibt. Nutzen Sie also die Zeit. Ihr Sohn geht wieder in seinen alten Kindergarten, und Sie suchen in der Nähe eine Wohnung. Da haben Sie schon viel gewonnen.»

## DAS HANDBUCH DER ZEITGEMÄSSEN ERZIEHUNG

Die Übergabe Timmis an mich war für das Wochenende vereinbart worden, weil Larissa, die am Freitag wieder zurück in die Staaten flog, um ihre Tournee fortzusetzen, noch um zwei Tage Zusammensein mit ihrem Sohn gebeten hatte. Ich befand, dass die möblierte Wohnung in der Stargarder 47 vom Trauma der polizeilichen Abholung wie von meinem Suizidversuch unrettbar kontaminiert war, und streckte meine Fühler aus, um einen möglichst sonnigen Neustart mit Timmi hinzukriegen.

Zu meinem Glück suchte einer von den Bühnenarbeitern einen Nachmieter für seine Zweiraumwohnung in der ruhigen Pankower Görschstraße, die deutlich näher an Timmis Kindergarten lag. Ich bezahlte ihm etwas mehr als nötig als Ablöse, und die Bühnenjungs halfen mir beim Transport der Möbel aus dem Keller der einen Wohnung in die Zimmer der anderen. So zog ich erst mal auf gut Glück um und konnte ohne Eile und nach und nach die Schufa-Auskunft, die Einkommensnachweise der letzten fünf Jahre, die Mietschuldenfreiheitsbestätigung der letzten drei Vermieter, die Kautions- und Miet-Bürgschaft, den Nichtraucher-Eid und die Haustierverzichtserklärung beibringen sowie die schriftliche Zusicherung, in der Mietsache weder hörbare Musikinstrumente zu spielen noch Filmaufnahmen intimen Inhalts zum Zwecke öffentlicher Zugänglichmachung anzufertigen und alles dauernd zu malern. Es war Anfang der nuller Jahre, und eine Wohnung in Berlin anzumieten, war noch ein Ding der Möglichkeit.

Am Freitagabend lag Timmi dann in seinem neuen Kinderbett in dem noch etwas kahlen Kinderzimmer. Es hatte noch nicht mal Gardinen.

«Hat Mama mit dir darüber geredet, warum du wieder zu mir zurückgebracht wurdest?»

«Nein!»

Wunderte mich nicht wirklich. Sich nicht zu erklären war bei Langpapps gang und gäbe. Entscheidungen wurden getroffen, aber Erwägungen und Motive blieben den niederen Betroffenen unerörtert. Die Menge dessen, worüber man bei Langpapps nicht sprach, hätte dicke Bände mit blanken Seiten gefüllt. Plebejer mussten sich erklären, Patrizier nicht. Nicht mal, wenn ihnen ein Gericht in die Quere gekommen war.

«Willst du wissen, warum du erst zu Mama und dann zu Papa und dann wieder zu Mama und schließlich wieder zu mir gekommen bist?»

Timmi nahm sein Schäfchen in den Arm und sagte:

«Nein.»

«Es ist nämlich so, Mama und Papa haben sich ja getrennt ...»

Timmi drehte seinen Kopf ins Kissen und sagte noch einmal sehr gedehnt: «Neeeiiin.»

«Gut, dann erkläre ich es dir eben nicht. Soll ich dir eine Geschichte vorlesen?»

«Nein.»

«Soll ich dir deine Kühlschrank-CD einlegen?»

«Nein.»

Frust zog in mir auf. Ich war wohl bereit, alleinerziehender Vater zu sein, aber nicht mit einem Kind, das sich allem und jedem verweigerte. Ich wollte Vater eines Kindes sein, das sich in meinen Arm schmiegte und einer Geschichte lauschte, bis es sanft einschlummerte. Wie in der Werbung. Ich wollte Lachen und Weinen, aber nicht dieses teuflische Brüten. Timmi drehte sein Gesicht wieder aus dem Kissen und hielt mir das Schäfchen hin.

«Spiel mal was Lustiges mit Schäfchen!», befahl er.

Ich nahm das Kuschelschäfchen, knetete es ein bisschen und ließ Schäfchen dann, von meinen Händen geführt, «keuchend» die Nachttischlampe bis zur Anknipskette raufklettern.

«Das ist langweilig», meinte Timmi.

Ich lächelte mild, weil ich mir vorgenommen hatte, nicht gleich zu «reagieren», wenn Timmi mal blöd zu mir sein sollte. Andererseits war ich schon auf der Schauspielschule eine Niete beim Improvisieren gewesen. Ich war gut im Texteaufsagen. Aber irgendwas aus dem Nichts heraus anbieten? So auf Zuruf einfach losspielen?

«Oha», sagte da das Schäfchen plötzlich vor der Anknipskette, «hier ist ja ein Zettel dran. Was steht denn dadrauf? Achtung, Sprengstoff! Nicht an der Zündschnur ziehen!?»

Timmis Augen begannen, vor Lust zu funkeln. Das Schäfchen rieb sich mit der Pfote den Kopf.

«Wieso soll ich denn nicht an der Schnur ziehen? Was soll denn da schon groß passieren?» Ich ließ das Schäfchen an der Kette ziehen und machte mit aufgeblasenen Backen ein Explosionsgeräusch, worauf das Schäfchen an meiner Hand durch die Luft kobolzte. Erst blitzschnell, dann in Superzeitlupe. Timmi machte sich bald ein vor Lachen.

«Noch mal!», verlangte er.

Es war der Auftakt unseres neuen Abendrituals. Seit diesem ersten Abend würde Schäfchen zu jeder Schlafenszeit in allen denkbaren Formen und Varianten explodieren. Ich musste mir gar nicht viel Neues ausdenken. Das notorisch arglose Schäfchen würde Kisten und Schränke, Gardinen und Lampen, Spielzeugautos und Bauklötzer erforschen mit immer demselben Ergebnis, dass es sich dabei um äußerst offensichtliche (Timmi schrie immer: «Nein, Schäfchen mach das nicht auf, das explodiert!») Sprengfallen handelte. Wichtig war, dass es dabei in exzellenter Slow Motion durch das Zimmer rotierte und sich an irgendeiner Wand allerschwerst deformierte. Timmi lachte darüber, und ich wollte, dass er sich scheckig lachte, weil dieses herausplatzende Gelächter mir das Einzige zu sein schien, was an ihm noch von früher war. Trennungseltern haben ja immer ein schlechtes Gewissen und sind bereit, alles zu tun, um ihre Kinder von der unangenehmen Tatsache, dass sich Mama und Papa nicht mehr lieben, abzulenken.

Das zweite Ritual wurde die «Quatschgeschichte». Dabei las ich Timmi aus einem ihm gut bekannten Kinderbuch vor und ersetzte alle paar Sätze lang ein wichtiges Wort durch ein völlig unpassendes. Etwa: «Und so sagte die Mutter: ‹Geh, Rotkäppchen, und bringe der kranken Großmutter einen Kuchen und eine Flasche ... eklige Fettwürfel!›» Gegacker und Gegrunze wackelten durch das Kinderbett.

An jenem Abend, meinem ersten Abend als alleinerziehender Vater, kam Timmi noch fünfmal raus. Erst, weil er nicht schlafen konnte, wie er bereits nach einer Minute festgestellt hatte. Das zweite Mal, weil er noch was trinken musste. Zum dritten, weil ein Auto auf der Straße vorbeigefahren war und einen gruseligen Schatten an die Wand geworfen hatte. Das vierte Mal, weil er immer noch nicht schlafen konnte. Und das fünfte, weil er Kacka machen müsste.

Natürlich war mir nur zu gut bekannt, dass Timmi öfter abends umtriebig war, aber jetzt konnte ich nicht mehr zu Larissa sagen: «Geh du mal!» Und schon gar nicht konnte ich mich bei Timmis absonderlichen Gewohnheiten dezent zurückziehen. Wenn Larissa der Meinung war, Timmi dürfe bis zur Adoleszenz in die Windel machen, dann musste sie sich auch drum kümmern. Wie sich bei der Gelegenheit herausstellte, hatten Larissas Eltern natürlich keine Windeln in seine Sachen gepackt. Und ich hatte vergessen, welche zu kaufen. Ich hatte es vergessen, wie jeder normale Mensch vergessen hätte, einem kurz vor der Einschulung stehenden Jungen Windeln zu kaufen.

«Du bist fünf», zeigte ich ihm die Finger meiner rechten Hand. «Da wird es Zeit, sich mal auf den Pott zu setzen.»

«Ich kann aber nicht. Du weißt, dass ich nicht kann.»

«Mach mich nicht fertig», sagte ich, «jeder Mensch auf diesem Planeten kann das.»

«Ich kann nicht, und ich muss ganz nötig.»

Timmi hielt sich den Unterbauch und verzerrte sein Puttengesicht. Es war kein Spaß. Also, wie und wo nun? Ich wusste: Kompetente Eltern müssen in der Lage sein, unter Druck blitzartig wohlüberlegte Entscheidungen zu treffen. Deswegen geht die Zahl kompetenter Eltern gegen null.

«Papaaaa!!», klagte Timmi. Wenn ich nicht die nächste halbe Stunde in Gestank und Schmutzbeseitigung verbringen wollte, musste ich handeln, jetzt sofort. In einer Art Ausschlussverfahren ratterte mein Gehirn etwa hundert Varianten herunter, wie man sich in einer Stadtwohnung im zweiten Stock stressfrei erleichtern kann, dann machte es «Kling». Ich schnappte Timmi und rannte zum Küchenfenster, riss es auf und hielt ihn hinaus. Unter dem Küchenfenster befand sich eine hausmeisterlich gepflegte Blumenrabatte, die das Haus vom Bürgersteig trennte. Und Herrgott, es war Nacht. Viertel vor zehn. Morgen früh würde es vielleicht ein paar hässliche Bemerkungen in Richtung der ansässigen Hundebesitzer geben, aber das war es dann auch. Was ich nicht bedachte, war, dass in einer Stadt wie Berlin und selbst in einem braven Stadtteil wie Pankow immer und zu jeder Zeit jemand nach Hause kommt. Und so war es auch jetzt. Als ich den erleichterten Timmi wieder reinholen wollte, sah ich einen Mann aus seinem Auto steigen, dessen Blick vom fensterlos klaren Licht unserer Küche magisch in die Höhe gezogen wurde. Er starrte auf Timmis nackten Hintern und auf mich. Ich zog Timmi rein und schloss das Fenster.


Als eingeführter Klient durfte ich beim nächsten Termin ins Allerheiligste, in das kirschholzgetäfelte, jugendstildekorierte und stuckgeschmückte Büro von RA Witte.

«Ein Sorgerechtsprozess ist wie eine Hexenprobe im Mittelalter», sagte er, während er sich launig in seinem mannshohen schwarzen Chefsessel hin und her drehte, «da sind Ihnen die Hände gefesselt, und Sie werden ins kalte Wasser der Begutachtung geworfen. Sie müssen beweisen, dass Sie das Recht verdienen, aber das müssen Sie schaffen, ohne etwas für Ihre Sache zu tun. Wer versucht, einen Sorgerechtsstreit zu gewinnen, verliert ihn! Buddha ist unser Schutzheiliger! Ich muss Ihnen das in aller Deutlichkeit sagen, damit Sie nicht der Versuchung erliegen, irgendetwas Substanzielles zu Ihren Gunsten zu unternehmen. Was immer an Schrecklichem während dieses Sorgerechtsstreites passieren wird – und es wird passieren –, lassen Sie Ihre Hände auf dem Rücken. Sprechen Sie in Gegenwart des Kindes nur gut über die

Mutter und versuchen Sie niemals, das Kind zu beschwatzen oder zu manipulieren! Man wird es Ihnen nachweisen. Seien Sie pünktlich und korrekt beim Umgang! Falls die Gegenseite Mist baut, zanken Sie nicht, sondern schreiben Sie sich alles fein säuberlich auf. Umgeben Sie sich mit Zeugen! Neutralen Zeugen! Zeugen, die bezeugen, dass Sie einfach nur ein Vater sind, der mit seinem Kind ruhig und verantwortungsvoll durchs Leben geht. Sperren Sie die Ohren auf, wenn der Kindergarten oder sonst ein Erzieher mit Ihnen spricht! Gehen Sie davon aus, dass grundsätzlich alle Menschen, die mit Ihrem Kind zu tun haben, auch gegen Sie aussagen könnten! Verhindern Sie das – aber einzig durch Ihr edles Tun, nicht durch Ränke und Geschwätz! Und als Letztes: Reden Sie mit der Kindsmutter privat nie mehr als unbedingt nötig! Keine Kaffeekränzchen! Keine Aussprachen! Wenn die Kindsmutter sich mit Ihnen zusammensetzen will, müssen bei Ihnen alle Alarmglocken schrillen! Seien Sie ein großes Rätsel, dann wird die Gegenseite Fehler machen! Und mit diesen Fehlern gehen Sie dann bitte zum Jugendamt und fragen um Rat! Was ist schöner als ein Vater, der angesichts von Krakeel und Schlamperei aufseiten der Kindsmutter demütig um Rat fragt? So machen wir das. Und so gewinnen wir das.»

Er kündigte mir noch an, dass demnächst eine vom Gericht bestellte Verfahrenspflegerin, eine Art neutraler Rechtsbeistand des Kindes, bei mir Hausvisite machen werde. Und dass dann irgendwann auch mit dem Erscheinen des oder der Gutachterin zu rechnen sei. Bis dahin solle ich jeden Morgen mit dem Mantra «Ich bin der tollste alleinerziehende Vater von Groß-Berlin» aufstehen.

Ich will mal so sagen: Es klang alles ganz machbar.

«Und eins noch», fügte RA Witte an. «Sehen Sie zu, dass Sie nicht so lange allein bleiben. Sie sind doch ein stattliches

Mannsbild. Treiben Sie mal eine fesche Stiefmama auf. Ist gut fürs Ego und gut fürs Kind.»

Timmi und mir blieben gerade mal vier Tage, bis die Verfahrenspflegerin aufkreuzte. Ich war jeden Abend bis elf mit dem Montieren von Möbeln und Aufhängen von Gardinen beschäftigt, um es halbwegs wohnlich aussehen zu lassen. Erschwerend kam hinzu, dass sich der Fiat Panda, wahrscheinlich wegen Überlast beim Kistentransport, einen Kupplungsschaden zugezogen hatte. Das war lästig, denn es kostete Geld, und manchmal brauchte ich die Karre einfach, um Timmi schnell in den Kindergarten zu bringen. Larissas Eltern weigerten sich nämlich, Timmis Kinderfahrrad herauszugeben, das sie für Timmis Besuche bei ihnen gekauft hatten, um mit ihm schöne kleine Radtouren machen. Also holte ich den alten Kindersitz wieder hervor, in dem Timmi bis zum Alter von drei auf meinem Fahrrad gesessen hatte. Er passte nicht mehr richtig rein, aber es gab keine Alternative. Manchmal musste ich mich regelrecht mit Füßen gegen das Rad stemmen, um ihn herauszuzerren.

Die Verfahrenspflegerin war eine nicht ganz schlanke Person um die vierzig, mit einer kunstvoll zerrupften Frisur aus blonden Strähnchen, einem lila Lederjäckchen und einem schwarzen engen Rock, der «ironische» Applikationen aus Kord- und Tweet-Flicken trug. Sie hatte eine kleine Collegemappe dabei und stellte sich als Monika Gerlach vor. Ich reichte ihr meine Hand, aber sie nahm sie nicht.

«Das gibt's doch gar nicht», sagte sie und hielt stattdessen die Hand abwehrend in die Höhe. «Sie sehen aus wie mein Exmann!»

Ich fragte seufzend, ob das zu meinem Vorteil sei.

«Nein, das war ein totaler Arsch. Wissen Sie, was der gemacht hat? Der ist zu einer Schulung bei der Telekom gefahren – er war Bereichsleiter –, und dann hat er mir nach 'ner Woche 'ne SMS geschickt. Wissen Sie, was da stand? Er brauche mal eine Auszeit. Der hat gedacht, ich zieh mir die Hose mit der Kneifzange an. Auszeit! War mir schon klar, wie diese Auszeit aussah.»

Sie machte eine Geste, bei der sie sich mit einer unsichtbaren Zahnbürste die Wange ausbeulte. Timmi bat mich sofort mit einem Blick um Erklärung, ich vertröstete ihn mit einem kurzen Kopfschütteln auf später.

«Ne», plapperte die Verfahrenspflegerin weiter, «gucken Sie mal bitte kurz zur Seite. Also, das gibt's nicht. Kneif mich mal einer! Wie der leibhaftige Olaf! Ich schau mir die Wohnung an, okay?» Sie stolzierte auf Hochhackigen über das Parkett und warf in beide Zimmer kurze Blicke.

«Na ja, geht noch. Haben wir schon Schlimmeres gesehen. So, und du bist also der Timmi?», beugte sie sich zurückgekehrt zu meinem Sohn.

«Ja, bin ich», sagte Timmi, «und du bist eine Dickmadam.»

Frau Gerlach stutzte. Aber Timmi war noch nicht fertig.

«Darf ich mal deinen Speck anfassen? Du hast nämlich einen Speckbauch. Das sehe ich, weil der aus dem Rock rauskommt.»

Frau Gerlach erhob sich abrupt, runzelte die Stirn und befahl mich mit einem Fingerzeig in die Küche. Ich hieß Timmi kurz im Flur bleiben und ging brav hinterdrein. Frau Gerlach schloss die Tür und presste sich die Kollegmappe vor die Brust.

«Guter Mann! Das Kind hat ja wohl einen schweren Schaden. Das kommt in meinen Bericht, das wissen Sie.»

Ich erkundigte mich, was er denn gemacht habe. Timmi sei eben etwas freiheraus und nicht so schüchtern wie andere Kinder.

«Das hat er aber zu sein. Das ist eine ausgewachsene Bindungsstörung, das sag ich Ihnen! Und zwar eine, die sich gewaschen hat. Wie alt ist der Knabe? Fünf? Sechs? Der hat an Ihrem Bein zu kleben und ängstlich zu gucken, wenn eine fremde Tante ihm die Hand geben will.»

Draußen hüpfte Timmi vor der Küchentür herum und sang: «Du bist eine Dickmadam, fahr nicht mit der Eisenbahn, Dickmadam Specki-Bauch. Gleich platzt dir der Rock, und dann stehst du im Schlüpper da!»

Ich versuchte, ihn zu übersprechen.

«Ja, aber vielleicht wirkten Sie einfach, wie soll ich sagen ... vertrauenerweckend. Adrett gekleidet, modern frisiert, eine lebenslustige Frau ...»

«Ach, komm mir doch jetzt nicht so! Ich weiß doch, was eine ‹fremde Situation› ist. Ich mach das ein paar Dutzend Mal im Jahr.»

«Sie haben mich eben geduzt!», unterbrach ich sie etwas verwirrt.

Frau Gerlach horchte in ihren Vortrag zurück und meinte: «Habe ich? Oh, pardon. Aber diese Ähnlichkeit. Sie sehen echt aus wie mein Ex. Ich könnte Ihnen sofort eine rein-, wenn Sie verstehen, was ich meine!»

Ich trat einen Schritt zurück und meinte, ich verstünde vollkommen, aber sie möge mich lieber nicht ohrfeigen, denn ich würde auf Schläge ins Gesicht etwas sonderbar reagieren, und das würde die Dinge, ich sage mal, unnötig komplizieren. Aber wenn es ihr Erleichterung verschaffe, könne sie mich selbstverständlich duzen und ein bisschen beschimpfen. Gern auch vorm Kind. Vielleicht ließe er sich ja davon einschüchtern und werde wieder vorschriftsmäßig normal und ängstlich reagieren, wenn plötzlich fremde Frauen im Flur stehen. Frau Gerlach schien wirklich kurz zu überlegen, dann wischte sie die absurde Vorstellung mit einem Ruck beiseite und öffnete die Küchentür.

«So, du kleiner Sänger, du zeigst mir jetzt mal das Badezimmer und erzählst mir, ob du dir heute schon die Zähne geputzt hast.»

Timmi lief ins Bad und erklärte dort wahrheitsgemäß, er putze sich nie die Zähne. Das mache Papa für ihn. Er schneide stattdessen dabei Grimassen und er werde ihr jetzt seine drei besten zeigen.

Eine Minute später kam Frau Gerlach aus dem Badezimmer zurück.

«Der hat wirklich ein Ding zu laufen, mein lieber Herr Gesangsverein! Kennen Sie die Grimasse, wo er sich die Augenlider runterzieht? Aber bis kurz bevor Blut kommt. Ich dachte, dem fallen die Glotzer raus! So, na ja, Hygiene können wir auch abhaken. Bis auf die Fingernägel. Schön, dass er nicht knabbert. Viele Scheidungskinder knabbern ja wie die Bekloppten. Das ist Autoaggression, hat Ihr kleiner Rotzer aber wohl nicht. Hat er schon mal Würmer gehabt? Nein? Kriegt er aber bestimmt bald. Der hat den halben Kindergarten unter den Fingernägeln. Einmal pro Woche werden die ihm ab jetzt geschnitten. Sollte man als Vater eigentlich von selbst drauf kommen.»

Ich versprach, dies zu tun. Die langen Nägel waren kein Zufall, Timmi hasste Fingernägelschneiden, Haareschneiden und alles andere. Sie winkte mich noch einmal in Timmis Kinderzimmer.

«Das ist übrigens kein Kindertisch», zeigte sie auf Timmis Basteltisch, der tatsächlich mal ein Couchtisch des Vormieters gewesen war, dankenswerterweise überlassen, ein verchromtes Stahlgestell, das zwei Glasplatten, eine obere und eine untere, umfasste. «Hier, schauen Sie mal, die scharfen Ecken. Wenn Ihr Knabe hier rumtobt und dagegenläuft ... Da könn' Se den Notarzt schon mal vorbestellen. Oder er fällt drauf und schlägt sich das Auge aus!»

«Oder ich schneide mir das Ohr ab!», ergänzte Timmi. «Und dann sterbe ich.»

Er zog den Pullover über den Kopf und fiel zu Boden, Arme und Beine von sich gestreckt.

«Ist ein kleiner Witzbold, Ihr Sohn», sagte Monika Gerlach. «Aber Sie wissen Bescheid!»

Sie wollte mir zum Abschied die Hand geben, bekam sie aber nicht in meine, sondern fuhr eine Sekunde wie schlafwandelnd damit vor meinem Gesicht herum.

«Wenn Sie wüssten, wie ähnlich Sie diesem Dreckskerl sehen», sagte sie etwas leiser.

Dann raffte sie ihr Mäppchen fester unter den Arm und meinte:

«Ich hab das im Griff. Ich bin drüber weg. Falls Sie da Bedenken haben wegen meiner Neutralität. Mein Bericht wird objektiv. Aber eines sage ich Ihnen auch: Machen Sie einen einzigen Fehler mit diesem armen, bindungsgestörten Bürschchen, und Sie werden für alles bezahlen, was Olaf mir angetan hat!»

Ich sagte ihr, sie habe mein volles Vertrauen und sie sei ein Glücksfall für ihr Amt.

Dann gab sie Timmi die Hand und flüsterte ihm zu:

«Ich bin ein bisschen dick, das weiß ich. Aber wenn man den ganzen Tag mit solchen Rackern wie dir zu tun hat, muss man sich abends auch mal was Gutes gönnen. Sonst wird man ja blöde.»

Timmi nickte und versuchte, ihr zum Abschied die Hand umzudrehen. Klappte aber nicht.

Dann war sie aus der Tür, und wir schauten ihr hinterher. Einen winzig kleinen Augenblick juckte es mich, nur so aus Spaß, ihr mit fremder Männerstimme «Monika, verzeih mir! Ich hab dabei immer an dich gedacht!» hinterherzurufen, aber das wäre gemein gewesen. Und ich fand, es reichte, was Timmi sich mit ihr geleistet hatte.


Die Begegnung mit Frau Monika Gerlach, der Verfahrenspflegerin, hatte mich überdeutlich darauf aufmerksam gemacht, dass Timmis Sozialverhalten nicht in Ordnung war. Bindungsstörung hin, Bindungsstörung her, fremden Frauen an die Speckfalte zu gehen, gehörte sich nicht. Ich nahm mir vor, die Zeit zu nutzen, die mir verblieb, bis Larissa wieder zurück in Deutschland war, und Timmi zu erziehen. Sauber, gekämmt und mit besten Manieren ausgestattet, würde er alle Richter überzeugen, dass sein Platz an der Seite dieses hervorragenden Vaters sei. Zu diesem Zwecke entlieh ich in der Bibliothek das «Große Handbuch der zeitgemäßen Erziehung» von einem Dr. Daus, das laut Untertitel «200 Tricks und Kniffe für den Umgang mit den Kindern» enthielt. Das Buch war von 1966, also nicht mehr ganz neu, aber auch nicht so alt, dass ich befürchten musste, meinen Sohn ungewollt zu einem Nazi zu erziehen.

Nachdem ich mich ein bisschen eingelesen und schon einiges Überraschende gefunden hatte, beschloss ich, den Kniff Nummer 67 anzuwenden. Er hieß: «Solange die Hausarbeiten nicht erledigt sind, kann Liesel nicht mit ihren Handpuppen spielen!» Ausführlich wurde beschrieben, wie Liesel früher immer fürchterlich von ihrer Mutter verprügelt wurde, wenn sie ihre Hausarbeiten nicht erledigt hatte, was sie aber nur noch bockiger und verstockter gemacht habe. Dank Dr. Daus konnte Liesels Mutter jetzt einfach das eine als Voraussetzung des anderen kommunizieren und auf Schläge oder stundenlanges auf Erbsen-knien-Lassen verzichten. Es gab nun eine einfache Regel: Solange die Hausarbeiten nicht erledigt waren, blieben Liesels Handpuppen in der abgeschlossenen Puppentruhe – und Liesel musste «sich selbst entscheiden». Super Trick.

Wie Monika Gerlach, die Verfahrenspflegerin, korrekt festgestellt hatte, waren Timmis Fingernägel zu dreckig, weil zu lang, und ich musste diesem Übel abhelfen. Mein Plan war, das Abendessen an das vorher zu absolvierende Fingernägelschneiden zu knüpfen: Timmi sollte mir freiwillig seine Finger hinhalten, bevor er zugreifen konnte. Ich ging also rechtzeitig um halb sieben ins Kinderzimmer. Timmi stand gerade auf einem Stuhl und klebte Pokémon-Sticker auf die Fenster, damit man sie nicht mehr so leicht putzen konnte.

«Timmi», sagte ich listig, «vor dem Abendbrot müssen deine Fingernägel noch geschnitten werden.»

Timmi machte sofort zwei Fäuste.

«Will nicht.»

«Ich will Chicken Wings machen, und die kann man nicht mit langen Fingernägeln essen.»

«Kann man doch.»

«Du hast gehört, was ich gesagt habe. Komm her und lass dir die Nägel schneiden, dann mache ich uns Chicken Wings.»

Mit diesen klaren, einfachen und gewaltfreien Worten ging ich hinaus, trällerte im Flur noch: «Chicken Wings, leckere

Chicken Wings!», und begab mich dann in mein Zimmer, um im «Großen Handbuch der zeitgemäßen Erziehung» zu lesen, während Timmi «sich selbst entschied», dass er sich die Fingernägel schneiden lassen «wollte».

Was Dr. Daus nicht verraten hatte, war, dass der Kniff Nummer 67 sehr zeitintensiv war. Entscheidungsprozesse können bei Kindern viel länger dauern, als Erwachsene dafür einplanen. Auch bei der Zielsetzung und Priorisierung können sich Fehler einschleichen. Vorschnelle Verknüpfungen wie «Bevor du dein Zimmer nicht aufgeräumt hast, werden wir Tante Helga nicht besuchen!» können dazu führen, dass Tante Helga nach ein paar Jahrzehnten unbesucht verstirbt.

Ich musste eine Stunde lesen, bevor sich etwas in Timmis Zimmer rührte. Dann ging seine Tür einen Spalt weit auf, und ich hörte etwas über den Boden rutschen. Als ich in den Flur spähte, sah ich Timmi auf alle vieren in Richtung Küche kriechen. Ich stieg über ihn weg, stellte mich vor ihm hin und sagte: «Hier geht es nur mit geschnittenen Fingernägeln rein!»

Er heulte beleidigt auf, wollte mir durch die Beine schlüpfen, und ich musste ihn am Schlafittchen zurück ins Zimmer expedieren. Ich tat es ruhig und ohne mich persönlich herausgefordert zu fühlen. Dann legte ich mich – selbst mit knurrendem Magen, wohlgemerkt – wieder auf die Couch und las weiter. Ich überlegte, ob ich mir selbst was Kleines zu essen machen solle, während Timmis Entscheidungsprozess gärte, ließ es dann aber, weil es mir unfair erschien. Eine Stunde später fühlte ich mich so unterzuckert, dass ich fürchten musste, zu kollabieren, bevor mein Sohn seine Fingernägel geschnitten haben «wollte». Ich kämpfte mit dem Verlangen, bei Timmi nachzufragen, ob er sich schon entschieden habe, aber genau das hatte Dr. Daus als Kardinalfehler gebrandmarkt. So würde das Kind merken, dass man ein parteiisches Interesse an seinem Wohlverhalten habe, und anfangen zu pokern. Eigentlich las sich das Handbuch, als wären Eltern im Krieg mit ihren Kindern. Dr. Daus war der Clausewitz der strategischen Pädagogik. Ich fragte mich, wie Kinder, die diesen Krieg gegen ihre Eltern verloren, später wohl über die Sieger denken würden.

Plötzlich vernahm ich aus Timmis Zimmer ein Rufen. Nicht sehr laut, etwa so, wie jemand ruft, der nicht möchte, dass sein Vater im Nebenzimmer es mitbekommt. Ich sprang von der Couch auf und öffnete leise seine Tür. Timmi stand am gekippten Fenster und rief flüsternd durch den Spalt: «Bitte! Hilfe! Helfen Sie mir! Mein Vater lässt mich verhungern!» Keineswegs ins Nichts, denn von unten auf der Straße ertönte jetzt eine helle Männerstimme.

«O Gott, du bist doch der Junge, den sein Vater beinahe aus dem Fenster geworfen hätte!»

«Ich habe seit Stunden nichts gegessen. Ich habe so einen Hunger!», japste Timmi und langte doch tatsächlich durch den Fensterspalt, als könne ihm der Mann dort unten irgendetwas Essbares hochreichen.

Das war fett. Das Warten, der Hunger und diese unglaubliche Frechheit ließen mich auf der Stelle explodieren. Ich schnappte ihn mir und schloss das Fenster, während er in meinem Arm zappelte und «Ich will zu Mama!» schrie.

Er schrie auch noch «Ich will zu Mama!», während ich ihn auf den Boden stellte, festhielt und böse ansah.

Nicht, dass er das das erste Mal geschrien hatte. Als Larissa und ich noch zusammenlebten, geschah das alle paar Wochen, aber diesmal war es etwas anderes. Ich fühlte es. Es war Verrat.

In irgendeinem Winkel meines Bewusstseins hatte ich bislang geglaubt, dass wir beide, Timmi und ich, ein Team wären. Ich hatte geglaubt, dass Timmi und ich in diesem Sorgerechtsprozess auf einer Seite stünden, aber das war natürlich Quatsch. Timmi stand in der Mitte. Er war der, um den es ging. Und obwohl ihm das niemand so gesagt hatte, verstand er instinktiv und umfassend, in welche komfortable Machtposition ihn das versetzte. «Ich will zu Mama!» war der Zauberspruch, der alles Tun und Handeln seines Vaters sofort stoppte. Da konnte ich so böse gucken, wie ich wollte. Ich hatte keine Mittel mehr.

«Bist du wahnsinnig, hier so rumzuschreien! Was sollen denn die Leute denken? Vielleicht schlafen schon Kinder in diesem Haus!», schimpfte ich in vollkommener Hilflosigkeit mit ihm, als könnte das meine Niederlage weniger schmählich machen.

Dann gingen wir in die Küche, und ich drehte den Ofen an. Eine halbe Stunde später leckte sich Timmi das Fett der Hähnchenflügel von den ungeschnittenen Fingern. Ich sah ihn kalt an, kälter, als ich ihn je angesehen hatte.

Auch wenn ich nach dieser Pleite keine Lust mehr verspürte, dem Rat des großen Erziehungsstrategen Dr. Daus zu folgen, wusste ich doch: Wenn ich nicht schnellstens anfing, Timmi gegenüber an Autorität zu gewinnen, würde ich mir bei der psychologischen Begutachtung noch weit größere Schwierigkeiten einhandeln. Ich musste die Zähne zusammenbeißen und mich dem Risiko aussetzen, dass Timmi bei jeder Erziehungsmaßnahme nach seiner Mama schrie. Denn natürlich würde er es merken, dass ich mich fürchtete, ihn zu erziehen. Kinder haben einen sechsten Sinn für Machtverhältnisse, und im Falle Timmis konnte ich mich an überhaupt keine Situation erinnern, wo er sich nicht durchgesetzt hatte. Manchmal sah ich Eltern im Kindergarten, die mit einem kurzen Kopfschütteln oder einem leisen «Pss!» ihre Kinder lenkten – und erstarrte dabei vor Neid. Das waren Kinder, die nicht zwischen Mutter und Vater wählen konnten, wenn ihnen was nicht passte. Nämlich zwischen einer Mutter und einem Vater, die aus juristischen Verfahrensgründen die Zuneigung ihres Kindes mehr brauchten als das Kind die seiner Eltern.

Ich beschloss, eine Taktik der kleinen Schritte zu versuchen. Eine kleine Dosis Frust würde Timmi sicherlich nicht gleich komplett gegen mich aufbringen. Wir würden heute einkaufen gehen, und dabei würde ich ihn ganz bewusst ein bisschen erziehen. Einkaufen schien mir eine einschätzbare Situation. Ich wusste, dass Timmi sofort zum Zeitschriftenregal rennen würde, während ich in meiner Runde den Einkaufswagen füllte. Aber anders als sonst würde ich ihm diesmal nicht gestatten, am Ende irgendeine Kinderzeitschrift in den Wagen zu werfen. Ich würde ihn dezent darauf hinweisen, dass er diese Woche schon zwei Zeitschriften bekommen hatte.

«Und heute gibt es deswegen eben mal keine», sage ich denn auch, als ich in der Kaufhalle zwanzig Minuten später mit dem Einkaufswagen wieder vor ihm stehe. Timmi guckt erst etwas ungläubig, schmollt dann, schmeißt die Zeitschrift, die er gerade ansieht, auf den Boden und stampft in Richtung Ausgang. Nanu, denke ich überrascht, als ich das Heft aufhebe und wieder zurückstecke, das ging ja leichter als erwartet, und gehe ihm hinterher zur Kasse. Aber Timmi erwartet mich dort, mit bösem Blick und verschränkten Armen vor der Brust. In beiden Händen hält er je ein Überraschungsei.

«Wenn ich keine Zeitung kriege, kriege ich wenigstens die Ü-Eier!», sagt er.

Das ist etwas dreist, aber bei der Erziehung ist es wichtig, sich nicht aus der Reserve locken zu lassen. Freundlich, aber bestimmt aufzutreten.

«Nein, Timotheus», sage ich so nett, als wäre ich gar nicht ich, sondern nur eine von kinderlieben Aliens benutzte Hülle, «heute gibt es mal keine Zeitschrift und auch keine Leckerlis. Heute kaufen wir einmal nur das Notwendigste.»

«Ich will aber!», sagt Timmi drohend.

«Wenn du dich jetzt gut benimmst, kannst du dir beim nächsten Einkauf wieder etwas aussuchen!», biete ich als gute Aussicht an.

Aber Timmi lebt in der Gegenwart. Zukunft existiert für ihn nicht.

«Ich krieg die Ü-Eier!», ruft er böse und umspannt mit seinen kleinen Fingern die Schololadeneier, dass ich schon fürchte, sie gleich auseinanderspringen zu sehen. Ich schaffe es gerade noch, seine kleine rechte Hand zu packen und ihm die Finger aufzubiegen, das Ü-Ei zu nehmen und dasselbe mit der Linken zu veranstalten.

«So nicht!», sage ich. «Mit Wut machen wir hier gar nichts!»

Dann lege ich die beiden, schon etwas ramponierten Ü-Eier ganz oben auf das Regal.

Jetzt flippt Timmi aus. Er reißt sich los und tritt gegen das Süßigkeitenregal. Ein paar Kaugummis, Schokoriegel und Überraschungseier fallen herunter. Als Tim danach greifen will, halte ich ihm den Arm fest. Er versucht, sich loszumachen, und sein Gesicht wird knallrot. Er sieht mich grimmig an, und dann schreit er los.

Vorne an der Kasse gibt es einen Storno, was unseren gerade eben problematisch gewordenen Aufenthalt in dieser Kaufhalle noch verlängern wird. Timmi schreit, während ich ihn festhalte wie einen Feuerwerkskörper mit Unwucht. Um uns herum wird missbilligend geguckt. Nach zwei Minuten – der Storno-Vorgang ist immer noch im Gange – sagt hinter mir ein Mann, der mit seiner Rasiercreme und der Packung Cracker sowieso wenig Lust auf Anstehen hat:

«Hören Sie mal, Sie können Ihren Bengel doch hier nicht so herumschreien lassen.»

Timmi dreht sich derweil derart in meinem Griff, dass ich aufpassen muss, damit ich ihm nicht zufällig den Arm auskugele. Ich presse mir eine Erklärung ab.

«Doch, ich muss, tut mir leid! Ich muss ihn schreien lassen. Wenn ich jetzt nachgebe, weiß er, dass er damit durchkommt.»

Der Mann sieht mir an der Nasenspitze an, dass «Konsequenz» noch neu in meinem erzieherischen Wertekodex ist.

«Jaja, alles gut und schön. Aber damit müssen Sie ja jetzt nicht hier in der Kaufhalle anfangen. Wenn Sie Ihr Kind erziehen wollen, dann machen Sie das gefälligst zu Hause.»

«Bei mir zu Hause steht aber kein Süßigkeitenregal», erkläre ich sehr laut durch Timmis Tobegebrüll.

«Nun geben Sie ihm doch schon irgendeine Kleinigkeit», sagt die Frau vor mir. «Das hält man doch im Kopf nicht aus.»

«Nein, ich gebe ihm nicht irgendeine Kleinigkeit. Sie müssen das jetzt aushalten. Wir alle müssen das jetzt aushalten.»

Ich bin etwas verzweifelt und denke: Wenn alle Erwachsenen zusammenhalten würden, so wie früher, würde es keine ungezogenen Kinder mehr geben. Ungezogene Kinder gibt es nur, weil irgendwann irgendein Erwachsener plötzlich glaubte, die Welt würde schon nicht untergehen, wenn er seinem Kind nachgäbe, als es anfing, herumzuschreien oder irgendeinen anderen Scheiß zu machen. Als jemand glaubte, einmal ging das schon. Dieser Typ war der Patient null der Unerzogenen-Kinder-Seuche.

Timmi brüllt jetzt lauter, als die Naturgesetze es erlauben. Eine ältere Dame in beigefarbenem Mantel und mit dünnen

Beinen in braunen Strümpfen geht kopfschüttelnd vorbei und sagt zu ihm: «Na, du Lauser, dich hat wohl der Bock gestoßen!» Das kuriose Vorkriegsdeutsch macht mich einen Moment unaufmerksam, und Tim rutscht mir um ein Haar mit dem Arm aus der Jacke, was seinen Aktionsradius um einen halben Meter erweitert. Leider gerät die ältere Dame dadurch in die Reichweite seiner Tritte, und einer davon trifft sie in die Kniekehle. Sie knickt ein, als hätte ihr der Geist von Max Schmeling einen linken Haken versetzt, versucht sich noch am Einkaufswagen festzuhalten und reißt ihn dabei um. Die Dame stürzt seitwärts in das Zeitungsregal, der Einkaufswagen schleudert in die Asia-Ecke. Zeitschriften und Büchsen mit Kokosmilch und Bambussprossen stürzen von zwei Seiten auf sie ein. Der Mann von der Wursttheke springt sofort über die Dosen und Gläser und versucht, der Dame wieder aufzuhelfen. Sie winkt ab, er möge einen Moment warten, vielleicht sei etwas in ihr kaputtgegangen. Wenn beim Sturz einer ihrer osteoporösen Keksknochen zerbröselt ist, kann ich einpacken. Der Wurst-Mann vollführt eine unwirsche Handbewegung gegen uns.

«Mann, jetzt pfeffern Sie Ihrem Bürschchen aber mal eine!»

Die Kassiererin beugt sich aus ihrer Kassenbucht und stimmt ihm zu.

«Er hat recht! Knallen Sie ihm eine, und dann ist Ruhe.»

Die Frau vor mir, die gerade sieben Sachen für einen Geburtstag aufs Band gelegt hat, verzieht kurz schmerzhaft das Gesicht, meint dann aber auch:

«Ja, hauen Sie ihm eine runter! Ich habe selber Kinder und bin an und für sich dagegen, aber das ist ein Notfall!»

Die ältere Dame liegt weiterhin geschockt im Zeitschriftenregal und bremst den hilfswilligen Wurst-Vermarkter immer noch mit einem schwach gehauchten «Gleich, gleich!».

Ich sehe in Timmis Brüllgesicht und frage mich, ob er eine einzige kurze, sehr berechtigte, quasi Menschenrechts-Charta-würdige Ohrfeige seiner Mutter petzen würde. Aber Gott sei Dank und einem Instinkt folgend blicke ich mich vorher noch mal um. Und da sehe ich sie – die für immer Neununddreißigjährige mit den kunstvoll gezupften Strähnchen, diesmal in einer schwarzen Stretchjeans mit einem Herz aus Silbernieten auf dem Oberschenkel, als wäre das ganze Leben eine Disco –: Monika Gerlach, meine Verfahrenspflegerin. Sie kommt gerade die kleine Treppe zur Kaufhalle hinauf, und gleich werden sich die automatischen Türen vor ihr öffnen wie das Tor zu einer Geisterbahn. Eine Geisterbahn, erfüllt mit dem schrecklichen Gebrüll eines bindungsgestörten, nicht altersgerecht erzogenen Fünfjährigen neben seinem hilflosen Vater. Ich bin geliefert.

Plötzlich fühle ich meine Hand auf das Warenband vor mir greifen, wo eine Dose Sprühsahne neben einem Tortenboden liegt. Und ohne Monika Gerlach aus den Augen zu lassen, schnippst meine Hand die Kappe von der Dose, dreht sie mit dem Sprühkopf nach hinten, und bevor das Schreikind neben mir noch begreift, was vor sich geht, fauchen die automatischen Türen auf, zischt die Dose und füllt sich Timmis krakeelender Mund mit Sahneschaum. Monika Gerlach tritt ein, hebt sich ihre Handtasche auf die Schulter, guckt nach den Angeboten am Eingang und geht nach links ab.

Timmi prustet, schluckt und will noch einmal ansetzen, aber ein zweiter, noch längerer Sprühstoß macht dem ein Ende. Zu meiner großen Erleichterung kommt jetzt auch die ältere Dame wieder in die Höhe, streicht mit schwachen Handbewegungen den Mantel zurecht und richtet sich ihre Blauspülung. Timmi steht still da, und Sahneschaum bläst ihm verdutzt in kleinen Wolken aus der Nase. Ich sehe ihn kalt an und drehe die Dose noch einmal drohend in der Hand. Aber er hat verstanden.

Die Frau vor mir sagt jetzt, ich könne die Sprühsahne behalten. Sie hole sich neue.

Ich danke ihr, lege schnell alles aufs Band und bezahle.

«So geht's natürlich auch», meint die Verkäuferin mit hochgezogenen Augenbrauen.

Auf dem Weg nach Hause hängt mein Sohn schlapp an meiner Hand und schluchzt und schnottert seinen Wutanfall langsam heraus. Als ich die Haustür aufschließe, kramt Timmi die Sprühdose aus der Tüte, hält sie sich vor den Mund und fragt immer noch ziemlich verheult: «Darf ich die Schlagsahne alle machen?»

Und ich Idiot sage ja.

Als Timmi an diesem Abend endlich schlief, ging ich in die Küche und nahm mir ein Bier aus dem Kühlschrank. Bier beruhigt mich. Ich glaube, dass Bier der Kitt einer zivilen Gesellschaft ist. Bier lässt einen die Probleme des Lebens in einem größeren Zusammenhang sehen, der die Dinge weniger tragisch macht. Nichts ist wirklich schlimm, solange man Bier hat. Man schaue sich nur mal Gesellschaften an, die ohne Bier zu existieren versuchen. Da ist immer Randale auf den Straßen. Die Leute schreien sich an, greifen zum Dolch, weil der andere irgendwie falsch geguckt oder zu viel Luft geholt hat, und stechen sich nieder. Wegen Ehre und solchen Hirngespinsten. Ich hingegen – gerade mit der Dornenkrone alleinerziehender Vaterschaft allem Weltlichen entrückt – machte mir jetzt noch ein zweites Bier auf und fragte mich in unendlicher Gelassenheit, warum Larissa mich verlassen hatte.

Denn bei Bier betrachtet, gab es dafür keinen Grund. Ich war ein Nichtsnutz, gut. Aber von einem kosmischen Standpunkt aus betrachtet, sind wir alle Nichtsnutze. In drei Milliarden Jahren würde die Sonne explodieren und alles verbrennen. Da halfen weder Klangschalen noch Urlaute. Alles Streben war eitel und Haschen nach Wind. Wenn Larissa nicht mit mir leben wollte, in Ordnung. Aber warum musste sie mich gleich verlassen? Ich kannte viele Ehepaare, die noch zusammenwohnten, aber nicht mehr miteinander lebten. Ehepaare mit zwei Fernsehern und so. Dann, nach dem dritten Bier, konnte ich Larissa sogar verstehen. Ich fand unser Zusammensein ja auch anstrengend und unbefriedigend. Wir hatten uns ja manchmal nur gestritten, weil wir nichts hatten, worüber wir uns unterhalten konnten. Aber warum musste man sich auch immer verstehen? Konnten wir uns nicht einfach gemeinsam um Timmi kümmern und ab und zu wilden Sex miteinander haben? Das würde mir schon reichen. Ich bin nicht sehr anspruchsvoll. Ich will nur mein Ding machen und meine Ruhe haben. Zwei Bedürfnisse, für die im Leben eines alleinerziehenden Vaters vermutlich kein Platz war. Ich war jetzt voll verantwortlich. Mein Radar durfte niemals mehr stillstehen. Aber dadurch, dass ich keine Ruhe mehr hatte, konnte ich auch nicht mehr in Ruhe nachdenken, was ich gegen Timmis Fehlverhalten unternehmen könne.

«Scheiße», stöhnte ich und stand auf, «ich brauche eine Babysitterin!»

## WODKAPFANNKUCHEN

Erst hatte ich geplant, einen Zettel im Kindergarten auszuhängen oder herumzufragen, hatte es dann aber gelassen, weil ich fürchtete, Larissa könne davon Wind bekommen und es gegen mich verwenden. Auch die Idee, ein Gesuch ans Schwarze Brett vor der Theaterkantine zu heften, ließ ich fallen, weil ich nicht wollte, dass jemand aus meinem beruflichen Umfeld Einblick in meine privaten Verhältnisse bekam. Inserieren war mir zu langsam und zu teuer, also verfiel ich auf die Idee, einen dieser Zettel mit Abreiß-Gefieder aus Adresse und Telefonnummer irgendwo in der Uni auszuhängen. Studenten brauchten immer Jobs. Ich holte also Timmi vom Kindergarten ab, presste ihn in den Kindersitz und radelte, während der mittlerweile für so etwas viel zu schwere Timmi hinter mir über dem Gepäckträger hin und her schwankte wie auf einem Elefanten, zum Ernst-Reuter-Platz. Wir landeten zunächst bei der mathematischen Fakultät, wo ich mir aufgrund des Männerüberschusses weniger Chancen ausrechnete. Ich musste ein bisschen herumfragen, wo mehr Frauen studieren, bis uns jemand zurück in die Marchstraße schickte, was mich ein bisschen nervte, weil das Aufsatteln und Festschnallen Timmis jedes Mal ein Riesenakt war. Vielleicht kam ich deswegen vor dem Gebäude in der Marchstraße etwas unkonzentriert an, wir fanden den Eingang nicht, irrten herum, dann musste Timmi auch noch pinkeln und wir also beide hinter dem Busch verschwinden. Nach zwanzig Minuten etwa hatten wir dann doch glücklich den Zettel am Schwarzen Brett angebracht. Als wir wieder rauskamen, hörte ich etwas, von dem ich instinktiv annahm, es würde mich etwas angehen.

«Dann müsst ihr eben ohne mich anfangen!», sagte nämlich in diesem Moment jemand etwas lauter als normal in sein Handy, jemand am Fahrradständer. Es war eine junge, ziemlich kleine Frau von einigem Umfang und mit kurzem Haar, die in einem dunklen Clochardmantel mit dem Charme einer Bundeswehrplane steckte. «Nein, fangt jetzt an. Ohne mich. Es ist egal. Wir haben alles für heute organisiert. Wir müssen das jetzt durchziehen.»

Dafür, dass sie über eine recht dringliche Sache zu sprechen schien, redete sie ungewöhnlich langsam. Sogar ihre Art, sich nervös durch das Haar zu streichen, wirkte wie Tai Chi.

«Du kannst dir nicht vorstellen, was das mit mir anrichtet», wechselte die junge Frau in kuriosem Zeitlupentempo von Wut zu Verzweiflung. «Ich muss jetzt versuchen, nicht paranoid zu werden. Allein der Gedanke, dass das jemand mit Absicht getan hat ... Doch! ... Weil ich es immer hier abstelle ... Mit einem Bügelschloss. So ein fettes Ding. Wie ein Stinkefinger ... Wenn das stimmt ... Diese Schweine. Diese perversen Schweine.»

Timmi zerrte an meiner Hand um Erklärung, aber ich hatte keine. So ist das ja, seit es Handys gibt. Man wird dauernd Zeuge irgendwelcher rätselhafter, weil halbierter Dramen. Du stehst in der U-Bahn, und jemand sagt neben dir ins Telefon: «Er stirbt.» Und du weißt nicht, ob es der Vater, der Kater oder der Gummibaum ist.

Die kleine Frau im Clochardmantel ging jetzt ein, zwei Meter weiter und erklärte, den Tränen nahe:

«Nein, fangt an. Ich bin nicht so wichtig. Andrea kann das auch machen. Sie weiß alles.» Ich holte meinen Schlüssel aus der Tasche und wollte unser Fahrrad losschließen, als mir plötzlich ein herber Spruch in den Rücken fuhr.

«Du … mieses … Stück!»

Ich drehte mich, sah die kleine Frau im Sackmantel auf mich zukommen, und sah schon ihre Lippen sich schürzen, um «Scheiße!» zu rufen – als sie Timmi entdeckte, der steif vor Schreck vor meinen Beinen stand. Und so verhielt sie sich denn und verschluckte den Lockruf schmählichen Schimpfens. Sie sah mich böse an. Allerdings nicht vollständig. Sie hatte einen furiosen Silberblick. Timmi, der so was noch nie gesehen hatte, öffnete staunend den Mund. Die Kleine wütete etwas gebremster weiter.

«Du hast mein Fahrrad angeschlossen, du Blödmann!»

Ich äugte hinter mich, und tatsächlich. Das Fahrradschloss war nicht nur um unser Rad und die Ständerstange, sondern auch noch um das Rad auf der anderen Seite geschlossen.

«Uups!», sagte ich.

«Ja, nicht Uups! Dein Uups kannste dir sonst wohin stecken. Ich hab den totalen Trouble jetzt. Wegen dir verpasse ich eine Sache, an der ich ein halbes Jahr gearbeitet habe. Ich könnte echt ausrasten.»

Ich wollte mich gerade entschuldigen, als Timmi neben mir losplärrte, und zwar so, wie ich ihn überhaupt noch nie losplärren gesehen hatte.

«Wir wollten das doch nicht! Wir wollten doch nur einen Zettel ankleben! Wegen einer Babysitterin! Damit Papa wieder abends arbeiten kann! Und ich nicht allein bleiben muss! Das war doch keine Absicht!»

Der monumentale Tränenausbruch meines Sohnes nahm der kleinen Frauensperson fürs Erste die Initiative. Passanten blickten herüber. Aber Timmi kam erst richtig in Fahrt.

«Außerdem ist das Auto kaputt, und wir mussten das Fahrrad nehmen, obwohl ich gar nicht mehr in den Kindersitz passe. Weil Papa nämlich arm ist und mir kein Fahrrad kaufen kann. Und meine Mutter will nicht, dass mein Fahrrad bei ihr zu Papa kommt, obwohl ich dann immer zum Kindergarten fahren könnte. Und jetzt bist du uns auch noch böse, obwohl wir das gar nicht wollten, und wenn einer was nicht gewollt hat, dann darf man dem nicht böse sein, weil, das ist selber böse!»

Timmi klammerte sich währenddessen an mein Bein, so vorbildlich emotional gebunden, dass ich wünschte, es würde uns jetzt jemand fotografieren. So World-Press-Foto: «Kleiner Junge, der sich an seinen Vater klammert: Agenturfotografen aus der ganzen Welt wählten diese zufällige Aufnahme aus dem Eingangsbereich eines Universitätsgebäudes zum emotionalsten Foto des Jahres!»

Dennoch klopfte ich ihm am Ende seiner Litanei ein bisschen auf die Schulter zum Zeichen, dass er hier nicht gleich die ganze Scheidungskindernummer ausrollen solle. Es ging schließlich bloß um ein versehentlich mit angeschlossenes Fahrrad. Die runde junge Frau guckte Timmi jetzt so scharf an, dass eine ihrer Pupillen noch stärker in Richtung Nasenwurzel wanderte.

«Ich habe es verstanden», meinte sie leicht gereizten Tones und kramte in ihrer Umhängetasche. Sie nahm einen Klumpen Wachspapier hervor und wickelte einen Blaubeermuffin aus.

«Wenn du willst, teilen wir uns den!»

Timmi schniefte ein «Ja!» und ein «Will!».

Die Sackmantel-Frau zückte ein Papiertaschentuch.

«Nase schnauben.»

Timmi schnaubte sich artig, aber auch überaus ertragreich die Nase und wollte es ihr zurückgeben. Aber sie zeigte auf ich. Ich nahm Timmi das vollgeschnotterte Papiertaschentuch ab.

«Marta», sagte Marta.

«Timotheus», sagte Timmi.

«Freunde?», fragte Marta.

«Freunde!», antwortete Timmi.

Und in diesem Moment wurde mir schwindlig. Die Situation begann, ein bisschen zu flimmern. Inmitten dieser abrupt zutraulichen Szene zwischen Timmi und Marta ging mir auf, was das hier war. Ich bekam Panik. Denn das hier war nichts anderes als ein romantischer Zufall. Etwas, das man später Freunden erzählen konnte. So fing alles an. Fahrräder zusammengekettet! Wenn das kein Schicksal war! Und wenn es irgendetwas gab, vor dem ich mich mittlerweile wirklich fürchtete, war es das Schicksal.

«Timmi! Wir müssen los!», sagte ich. «Danke für den Muffin!»

«Nichts für ungut, aber er kann allein danke sagen!», sagte Marta und sah zum Teil an mir vorbei.

«Danke, Marta!», sagte Timmi.

«Tschüs, Timotheus. Vielleicht sehen wir uns ja mal wieder.»

«Ja, vielleicht.»

«Wo wohnt ihr denn?»

«In Pankow. In der Görschstraße 19. Zweites Obergeschoss. Bei Blume», sagte Timmi auf, als wolle er den Wettbewerb «Berlins süßester Hosenmatz» gewinnen.

«Is ja ein Ding. Ich wohne in der Flora.»

«Du kannst uns ja mal ...», sagte Timmi, aber ich unterbrach ihn.

«Timmi! Es wird Zeit.»

Das Schicksal ist ein Trickbetrüger. Ich kenne alle seine Ma-

186

schen. Ich glaube nicht an wundersame Zufälle. Versehentlich zusammengekettete Fahrräder, überraschende Nachbarschaften – das sind die Leimruten des Teufels. Und dann dieser Lilian-Harvey-Blick mit der ungewaschenen Locke im Gesicht! Nee, Leute, dit riecht nach Ärger.

«Ich muss», sagte Timmi zu Marta, die immer noch vor ihm hockte, und fiel ihr um den Hals. Ich hatte schon einige von Timmis unvorhersehbaren Gefühlsausbrüchen erlebt, aber dass er eine Fremde, die er eben noch angeplärrt hatte, so innig herzte, war dann doch neu. Emotional instabil nennt man das, glaube ich.

Am nächsten Tag kurz vor achtzehn Uhr stand Marta verschwitzt vor unserer Tür. Das kam so überraschend, dass ich sie erst gar nicht wiedererkannte.

«Habt ihr einen Fernseher?», fragte sie und quetschte sich an mir vorbei, kaum dass ich «Ja» gesagt hatte. «Wo steht er? Kann ich den mal anschalten? Sofort! Und: Bitte natürlich! Ich muss was in der Abendschau gucken!»

Timmi kam aus seinem Zimmer, leuchtete auf, rief: «Marta!», und rannte zu ihr, die sich in meinem Zimmer ungefragt auf das Klippan-Sofa setzte. Ich konnte nur noch «Du kannst die Schuhe anlassen!» und «Fühl dich wie zu Hause!» sagen, während sie ungefragt Timmi auf den Schoß nahm, mit der Fernbedienung hantierte und schließlich glücklich «Psst! Jetzt mal Ruhe!» zu Timmi sagte, der sie gerade noch begeistert mit seinen Dinosauriern angefaucht hatte und nun tatsächlich Ruhe gab.

Im Fernsehen lief ein Beitrag über eine Studentenaktion während der Rektorenkonferenz, in der irgendwelche Aktivistinnen die Herrentoiletten im Hauptgebäude besetzt hatten, um für Uni-Sex-Toiletten zu kämpfen. Bilder zeigten die Rektoren, die während der Pause auf dem Männerklo ihrem Bedürfnis nachgehen wollten, dort aber von kreischenden Frauen begrüßt wurden. Es gab peinliche, gerade noch rechtzeitig weggeschnittene, aber erahnbare Szenen von grauen Würdenträgern, die sich im Moment der Überraschung besudelt hatten. Transparente wurden ausgerollt und mit Losungen bemalte Brüste gezeigt. Timmi staunte Bauklötzer.

«Die sind obenrum nackich!», flüsterte er Marta ins Ohr, die etwas rüde mit «Worauf du einen lassen kannst!» antwortete.

«Herrentoiletten sind die Toiletten für die Herren dieser Welt, und wir bekämpfen sie als einen Ort der Ausgrenzung und der männlichen Konspiration», sagte eine Aktivistin namens Andrea ins Mikrophon, und Marta flüsterte zu meiner Verblüffung diese Worte mit, bis mir schwante, dass sie wahrscheinlich von ihr stammten. Während einer der Rektoren vor der Kamera seinem Unmut Luft machte, lümmelte sich Timmi jetzt auf Martas Schenkeln bequem und wollte wissen, warum die Onkels nicht aufs Klo gehen durften.

«Sie durften doch. Sie wollten nur nicht mehr, als sie die Mädchen sahen. Wir wollen aber, dass alle Menschen auf dieselbe Toilette gehen. Sitzen bei euch im Kindergarten Mädchen und Jungs an einem Tisch? Und spielt ihr zusammen auf demselben Spielplatz?»

Timmi nickte.

«Warum muss es dann extra Frauentoiletten geben? Manchmal sind Toiletten, auf die die Männer gehen, ganz leer, und daneben stehen die Frauen in einer langen Schlange an der sogenannten Frauentoilette an. Das ist doch bescheuert. Musste zugeben!»

Timmi gab es zu. Ich wollte mich bei «bescheuert» kurz zu Wort melden, aber Marta nahm mich nicht dran.

«Und außerdem stehen die Männer in den Männertoiletten beim Pinkeln nebeneinander und machen hässliche Kommentare über Frauen. Ich weiß das, denn ich habe es ein halbes Jahr lang heimlich aufgezeichnet.»

«Du hast dich auf Herrentoiletten versteckt, um mitzuschneiden, was Männer beim Pinkeln sagen?», fragte ich fassungslos.

«Nicht nur beim Pinkeln! Was glaubst du, was die Typen sich alles zurufen, wenn sie in ihren Boxen hocken.»

Langsam begriff ich.

«Deswegen warst du so sauer, weil ich dein Fahrrad angeschlossen hatte. Du wolltest dahin. Das war deine Aktion.»

Marta winkte ab.

«Wir sind quitt. Tut mir leid, dass ich euch so überfallen musste, aber die S-Bahn stand zehn Minuten vor dem Bahnhof, und ich hätte es nicht mehr bis nach Hause geschafft, um den Beitrag zu gucken. Ihr wohnt einfach auf dem Weg, und ich dachte, da kann ich ja mal klingeln.»

Sie zog ein Stück Papier aus ihrem Mantel.

«Ich hatte mir euren Zettel vom Schwarzen Brett genommen. Weil, vielleicht …»

«Willst du meine Babysitterin werden?», fragte Timmi aufgeregt. «Dann musst du immer mit mir spielen!»

«Acht Euro sind allerdings etwas wenig», Marta guckte mich an. «Wie wäre es mit zehn?»

Das war mehr, als ich budgetiert hatte. Marta streichelte Timmi über den Lockenkopf.

«Immerhin sind wir schon Freunde.»

Ich sagte Timmi, dass er mal spielen gehen solle, während ich mich fragte, ob ich eine Person wie Marta über meinen

Sohn wachen lassen wollte. Dieser braune Sack von Mantel, darunter eine abgetragene Opa-Weste über einem kuriosen Rüschenhemd. Nichts passte zueinander. Sie sah aus wie der Krogufant aus Timmis Klipp-Klappbuch. Auch politisch schien sie ja eher extrem. Zudem trug sie die Kontur einer Naschsüchtigen herum. Andererseits saß sie nun schon mal hier. Und wenn Männer zwischen einer perfekten Babysitterin und einer, die nun schon mal hier sitzt, entscheiden sollen, sagen sie:

«Ich habe Dienstag, Donnerstag und Samstag Abendvorstellung. Neunzehn bis dreiundzwanzig Uhr. Du musst achtzehn dreißig hier sein. Timmi kriegt Abendbrot und darf noch eine kleines bisschen fernsehen, dann Zähne putzen, vorlesen, und halb neun ist Ruhe.»

«Okay», sagte Marta. «Kann ich Freundinnen mitbringen? So vier, fünf Nasen. Manchmal machen wir so Meetings. Ich bin in einem Anti-Heterosexistischen Lesezirkel.»

«Wir lesen hier am Abend Benjamin Blümchen.»

«Also, eher nein?»

«Das ist meine Privatsphäre. Ich möchte nicht, dass jemand hier rumstrolcht und in meinen ‹Playboys› Bärte und Brillen auf die Mädchen krakelt.»

«‹Playboy› ist schlimm. Möchtest du darüber reden?»

«Trotzdem nein.»

«‹Hasse nicht, was du nicht verstehst!› Zitat John Lennon», sagte Marta. «Aber gut, dann eben nicht. Danke fürs Fernsehen. Diesen Donnerstag?»

Sie stand auf und wollte zum Flur hinaus, als mir einfiel, dass ich Marta wenigstens noch Timmis pikante Entleerungsgewohnheiten mitteilen müsste. Dabei kam mir ein anderer Gedanke.

«Warte mal, Marta! Wenn du dich so gut mit Toilettenpsychologie auskennst, hast du vielleicht auch eine Idee, wie ich dieses Kind dazu bringen kann, sein Geschäft auf dem Klo zu machen.»

«O mein Gott. Wie macht er es denn jetzt?»

«Er kackt in die Windel. Er lässt sich nicht entwöhnen.»

Marta hob die Augenbrauen.

«Echt jetzt? Krass. Wie alt ist er? Fünf? Mmh. Sing ihm was vor. Meine Oma hat mir immer was vorgesungen, wenn ich auf dem Topf saß, damit ich nicht aufstehe und weglaufe. Ich glaube, Singen hilft, wenn man so allein auf der Brille sitzt.»

So richtig überzeugt hatte sie mich nicht, aber darum ging es ja auch nicht. Es ging nur darum, eine Idee zu haben. Eine Idee ist Hoffnung. Etwas zu haben, das funktionieren könnte. Kinder haben manchmal Angst vor Dingen, vor denen kein Erwachsener Angst hat. Und da nützt es nichts zu sagen: «Du brauchst keine Angst zu haben!» Das interessiert das Kind nicht. «Du brauchst keine Angst zu haben!» ist in etwa so, als würde man in einem schlingernden Auto am Radio drehen, um es zu steuern. Ich weiß das, denn als Larissa und ich noch zusammen waren, sah unsere ganze Erziehung so aus. Ich drehte wie verrückt am Radio, um das Timmi-Auto auf Spur zu bringen, und Larissa lehnte sich zurück und ließ es einfach nur geschehen. Larissa hatte ihre Erziehung an den Weltgeist abgegeben. Timmi fürchtete sich vor der Wasserspülung? Wie wunderbar sensibel. Er spürt mehr als wir. «Ist es nicht ein Wahnsinn», sagte Larissa einmal, «dass wir in den großen Städten von lauter Exkrementen unterspült werden. Wir gehen die Treppe hinunter, und menschlicher Unrat fällt in einem Rohr an uns vorbei. Auf der Straße, unter unseren Füßen, strömen Unmassen von Ausscheidungen. Wohin? Hat Timmi nicht recht, wenn er fürchtet, dass das, was eben noch zu ihm gehörte, ihm jetzt von einem reißenden Wasserstrom entführt und entfremdet wird?» Nun ja, antwortete ich, weil «Nun ja» besser klingt als «Bullshit». Außerdem hatte ich auch keinen Plan. Timmi hatte sehr schnell erkannt, dass er mich ausstoppen konnte, wenn er nur dramatisch genug wurde. Denn dann intervenierte Larissa. Ich schlug etwas Superkonstruktives zur Lösung der Toilettenfrage vor, und Timmi schrie sofort: «Nein, lass mich!», damit Larissa um die Ecke geschossen kam, ihn tröstete und mit bösen Blicken von mir fortnahm.

**A**m Abend nutzte ich Timmis rätselhafte Sympathie für Marta, um ihn zum ersten Mal richtig zu erpressen.

«Sohn», sagte ich, «diese Marta passt aber nur auf dich auf, wenn du wie ein richtiges Vorschulkind auf die Toilette gehst. Sonst hält sie dich für ein Baby.»

Timmi schlug seinen Kopf gegen eine Spielkiste.

«War das ein Ja?»

Timmi kroch unter das Bett, sodass nur noch seine Beine hervorguckten.

«Ich werde dir dabei helfen», sagte ich. «Ich sing dir was vor. Das lenkt nämlich ab.»

Als er anderthalb Stunden später auf der Brille war, saß ich also neben ihm auf dem Badewannenrand und sang. Ich probierte es zunächst mit «Wenn alle Brünnlein fließen». Aber Timmi, der unruhig auf dem Toilettensitz herumrutschte und ab und zu in die «Tiefe» der Schüssel spähte, meinte, das Lied würde überhaupt nicht ablenken. Ich versuchte es mit «Bunt sind schon die Wälder». Timmi jammerte, er müsse, aber er könne nicht, und ob er nicht doch wieder eine Windel bekommen könne oder aus dem Fenster ...

Nach «Kein schöner Land» neigte sich mein Volkslieder-schatz dem Ende zu. Ich hätte ihm noch ein paar Musical-Standards vorsingen können, aber die Songs aus «Hello Dolly!» oder «My Fair Lady» schienen mir, weil zu tänzerisch, nicht geeignet. Außerdem bestand die Gefahr, dass ich mich anlasshalber versang, und bei «Ich hätt gekackt heut Nacht» hätten wir wahrscheinlich vor Lachen auf den Fliesen gelegen. Aber ich hatte noch mein Liederbuch aus der achten Klasse. War zwar ein DDR-Klassiker, aber egal. Ich befahl Timmi, sitzen zu bleiben, und holte es. Schlug es an einer beliebigen Stelle auf, zögerte kurz, befand dann aber, dass es einen Versuch wert sei.

«Durchs Gebirge, durch die Steppen
Zog unsre kühne Division,
Hin zur Küste dieser weißen,
Heiß umstrittenen Bastion»,

sang ich mit russischer Inbrunst, und tatsächlich zog das blutrünstig-pathetische Lied meinen Sohn in seinen Bann. Es handelte schließlich von einem opferreichen Kampf, der Etappe um Etappe gewonnen wird. Das macht Mut auch in entwicklungspsychologischen Sondersituationen der väterlichen Sauberkeitserziehung. Ich sang weiter, und als der Feldzug schließlich sein Ende am Stillen Ozean gefunden hatte, war Timmi aufgenommen in die ruhmreiche Garde der Männer, die furchtlos ein deutsches Wasserklosett besetzen. Wir spülten andächtig.

Auch mit der «Wolokolamsker Chaussee» machten wir später gute Erfahrungen. Offenbar musste immer eine heroische Geschichte ertönen, damit Timmi den Kampf gegen seine Eingeweide gewann. Bald sang er mit bei

«Wir ziehen nicht in den Kampf, um zu sterben,
Nur der Tod unserer Feinde ist gerecht».

Und, um keine Langeweile aufkommen zu lassen, übten wir auch noch das «Lied von der unruhvollen Jugend» ein, wo «Stürme wehen» und «vorwärts gehen» eins sind.

Es mochte Zeiten gegeben haben, in denen mich die Durchschlagkraft revolutionärer Gesänge ratlos zurückgelassen hätte. Aber jetzt, wo ich wusste, wer mein Vater ist, schien sie mir nachgerade zwingend und logisch.

Ich war wirklich sehr stolz. Das Gefühl, seinem Sohn etwas beigebracht zu haben, das er sein Leben lang würde brauchen können (vielleicht abgesehen von den paar letzten Monaten im Siechenheim), das ist schon was. Man kommt sich plötzlich so «kindheitsprägend» vor.

Timmi ging noch keine zwei Wochen ordnungsgemäß auf den Pott, als die Kindergarten-Chefin mich zum Gespräch bat. Sie hob an: Timmi, der immer ein lautes und schwieriges Kind gewesen sei, mache gewisse Fortschritte. Aber es gäbe in der letzten Zeit auch Entwicklungen, die ihr Sorgen bereiteten. Ihr sei klar, dass die Trennung der Eltern und die gerichtliche Auseinandersetzung daran ihren Anteil haben, und der Kindergarten tue alles, um ihm mit Verständnis und Liebe zu begegnen, aber ...

«Was aber?», fragte ich.

«Wir sind ein überkonfessionelles, unideologisches Haus. Wir haben christlich geprägte Kinder hier, Kinder aus muslimischen Familien, welche aus Bahai-Familien, vegane Kinder und welche aus konservativen Elternhäusern, und natürlich auch Kinder ohne jeden politischen oder religiösen Hintergrund.»

Ich verstand nicht, was das mit Timmi zu tun hatte.

«Ihr Sohn singt diese Lieder, wenn er auf Toilette sitzt.»

«Die Partisanen vom Armur», «Das Lied von der unruhvollen Jugend», erst kürzlich hatten wir «Meinst du, die Russen wollen Krieg» einstudiert ...

«Wir freuen uns, dass er endlich wie alle anderen Kinder aufs Klo geht, aber er singt diese Lieder dabei. Und andere Kinder sind verstört.»

«Na ja, es ist so. Das Lied hilft ihm beim ... Geschäft.»

«Mag sein. Aber es ist ein kommunistisches Lied. Und sehr kriegerisch. Beides wollen wir hier in unserer Kindertagesstätte nicht. Kinder nehmen so etwas schnell mit nach Hause. Wir hatten schon Nachfragen von Eltern.»

Mir war kurz danach, zu sticheln, ob die Heilslehre der Kommunisten nicht auch unter den Schutz der Religionsfreiheit ihrer überkonfessionellen Kinderbetreuung fiel. Aber das Gespräch nahm eine weniger geistreiche Wendung:

«Ich habe auch schon mit Timmis Mutter darüber gesprochen, dass sie diesbezüglich Einfluss auf Timmi nimmt», sagte die Kindergarten-Leiterin.

Ich wurde blass.

«Wie kommen Sie dazu? Timmis Mutter ist meines Wissens in Hamburg», fragte ich.

«Ja, aber sie war jetzt in Berlin und hat vorbeigeschaut. Sie sucht wohl gerade eine Wohnung hier in der Nähe. Mit ihrem neuen Lebensgefährten. Ein netter Mann übrigens. Ich durfte ihn schon kennenlernen.»

«Sie hätten erst mit mir reden sollen», sagte ich mit aller verfügbaren Selbstbeherrschung. «Timmis Mutter wird das gegen mich verwenden.»

«Ich muss unparteiisch bleiben. Sie haben beide das Sorgerecht. Ich kann Ihrer Exfrau solche Dinge nicht vorenthalten. Da mache ich mich strafbar.»

«Jaja», knurrte ich, «schon verstanden.»

Die dann doch etwas vorzeitige Wiederkehr Larissas, zudem ihr Ansinnen, doch nicht in Hamburg zu bleiben, sondern hier in Berlin Wohnstatt zu nehmen und auch noch im Verein mit diesem Guru gegen mich den Kampf ums Sorgerecht auszutragen, schien mir alle die kleinen Fortschritte, die ich bis jetzt mit Timmi gemacht hatte, wieder in Frage zu stellen. Ich hatte gehofft, dass sie so lange fortbleiben würde, bis Timmi wirklich bei mir festgewachsen wäre. Jetzt aber musste ich mir Timmi in unmittelbarer Konkurrenz zu ihr gewogen machen. Das war ja wie Stulleauspacken vor einem Zuckerwatteladen. Einziger Vorteil: Larissa war Umgangsmama, also nur alle vierzehn Tage von Donnerstagabend bis Sonntagabend mit Timmi zugange. Der Rest der Zeit stand meinen bescheidenen Fähigkeiten als Vater zur Verfügung. Aber ich hatte Verstärkung.

Am Donnerstag kam Marta zum ersten Kindersitten zu uns. Ihre Ankunft erfüllte mich sofort mit einem Gefühl der kompletten Entlastung, das ich lange nicht mehr gespürt hatte. Ich konnte endlich mal meinen Vater-Radar ausschalten.

Ich musste nicht mehr lauschen, ob es im Kinderzimmer zu lange zu still war – ein sicheres Zeichen dafür, dass Timmi irgendwas Verbotenes anstellte wie Wände bemalen oder Dielen raushebeln. Marta ließ sich alles zeigen und beorderte Timmi dann sofort in die Küche, weil sie extra eingekauft habe und Apfelpfannkuchen machen wolle. Glücklich ging ich ins Bad und machte mich fertig fürs Theater.

Als ich wieder herauskam, stand Marta am Herd und ließ

Öl in der Pfanne herumlaufen, Timmi kniete neben ihr auf einem Stuhl, den er sich herangezogen hatte, und rührte hingebungsvoll in einer großen Schüssel mit Pfannkuchenteig herum. Ein Bild wie aus einer Fünfziger-Jahre-Werbung. Die Sonne des Kindeswohls schien auf meinen Sohn. Offenbar war diese politisch enthusiasmierte Studentin ein kleiner Glücksgriff! Aber dann griff Marta zum Küchenbord, wo die Zutaten standen, nahm von dort eine Wodkaflasche und – ich traute meinen Augen nicht – goss gemächlich ein gut Teil davon zum Teig, den Timmi mit dem Quirl mit seinen Händchen bearbeitete, als wolle er in ihm Feuer machen.

«Marta?», sagte ich und zeigte nur entgeistert auf den alkoholisierten Pfannkuchenteig.

«Muss rein», meinte Marta, «sonst schmeckt's nicht.» Sie grinste schlampenhaft, grüßte mich mit der Flasche und nahm einen Schluck. Timmi schnupperte und rümpfte die Nase, rührte aber weiter. Na super, nächstes Umgangswochenende weiß Larissa, dass das Kind beim Vater mit Wodkapfannkuchen abgefüllt wird.

«Marta», sagte ich, bevor ich ging, «Timmi darf nicht vergessen, sein Faschingskostüm rauszulegen. Es hängt im Schrank. Der Fasching geht morgen Punkt neun los. Und Timmi ist jetzt nicht so der Schnellste beim Anziehen. Besonders nicht bei kleinteiligen Verkleidungen.»

«Machen wir», sagte Marta gelassen.


Als ich nach der Vorstellung um halb zehn wieder nach Hause kam, war in Timmis Zimmer noch Licht. Ich murrte etwas, ging dann aber doch noch zu ihm, um ihn einen Gutenachtkuss zu geben.

«Papa», sagte Timmi im Bettchen, «ich geh nicht als Indianer.»

Ich stutzte.

«Aber du wolltest doch unbedingt als Indianer gehen?»

«Der weiße Mann hat die Indianer umgebracht. Und wenn
ein weißer Mann ein Indianerkostüm trägt, macht er sich über
die toten Indianer lustig. Und Papa, ich bin ein weißer Mann.
Ich gehe als Friedenstaube.»

«Als Friedenstau-?»

Er zeigte auf seinen kleinen Kinderstuhl, wo der Feder-
schmuck des Indianerhäuptlings zu zwei kleinen Taubenflü-
geln umgearbeitet und auf den Rücken eines weißen Hemdes
genäht worden war. Über der Lehne hing ein sachgerecht ge-
bastelter grauer Pappschnabel mit Gummiband.

Ich ging zur Tür und schrie in den Flur:

«Marta!»

Marta, die in der Küche telefonierte, verabschiedete sich
schnell und kam herüber.

«Zähneputzen ja, Gehirnwäsche nein!», sagte ich. «Was
soll dieser Mist mit den Indianern? Timmi hat es eh schon
nicht leicht im Kindergarten.»

Marta stellte die Beine etwas auseinander und machte ein
wenig verhandlungsbereites Gesicht.

«Indianerkostüme sind Ausdruck der kulturellen Unterwerfung der indigenen Völker der beiden Amerikas. Ich habe
das mit Timmi offen diskutiert, und wir sind gemeinsam zu
der Überzeugung gekommen …»

«Halt den Mund!»

«Aber Papa!», setzte sich Timmi im Bett auf. «Ich kann
doch als Friedenstaube überall herumfliegen und den Kindern
Frieden bringen.»

Ich kriegte mich kaum noch ein.

«Morgen rücken da zwanzig Indianer mit Pfeil und Bogen zum Fasching an. Was glaubt ihr beiden Friedensapostel, was da passiert, wenn die einen kleinen Jungen mit Flügeln und Pappschnabel sehen?»

Marta zuckte mit den Schultern.

«Ich babysitte nicht gegen meine Werte. Dann musst du dir jemand anders suchen.»

«Ach Scheiße!», brüllte ich und schmiss eine meiner Latschen durch den Flur, dass es den Hörer der Türsprechanlage abschlug. «Dann macht doch, was ihr wollt!»

Dann fiel mir ein, dass Timmi übermorgen zu Larissa in den Wochenendumgang ging, und deswegen entschuldigte ich mich bei Marta und Timmi offiziell.

## LACTODENTUS TIMMIBLUMENSIS

Die Uhr an Umgangswochenenden, die Uhr für Kinder-übergaben, tickt anders. Am Ende des Wochenendes, bei verspäteter Übergabe, tickt sie ganz besonders: Sie tickt von achtzehn Uhr bis achtzehn Uhr fünf: «Trotz aller Differenzen: Ich achte dich!» Sie wechselt dann von achtzehn Uhr fünf bis achtzehn Uhr fünfzehn auf «Du weißt ja, ich bin ein bisschen schusselig!», springt spätestens ab halb sieben auf «Merkst du was? Es ist mir nicht so wichtig, wie es dir wichtig ist!» und verwandelt sich ab neunzehn Uhr in einer hin und her schlagendes Perpendikel aus «Du bist mir egal», «Ich verachte dich» und «Sieh doch zu, wie du klarkommst mit dem über-müdeten Kind!».

Larissa kam kurz vor zweiundzwanzig Uhr. Vier Stunden zu spät. Timmi hatte im Auto geschlafen und hing schlaftrunken an ihrer Hand.

«Wir waren noch baden!», lautete ihre Erklärung.

«Nachtbaden, oder was? Der Umgang endet um achtzehn Uhr.»

Larissas rotes Haar war an den Spitzen von der Sonne gebleicht. Es loderte. Sie stand geradezu in Flammen.

«Nun mach dir mal nicht gleich ins Hemd, Blümchen. Wir waren am Werbellinsee. Gab Stau am Rückweg. Da dauert es eben.»

Wenn es etwas Echtes, ganz Ursprüngliches gab an Larissa, dann war es die Art, wie sie jemanden von oben herab behan-

deln konnte. Dank der Trennung durfte sie alle Rücksicht bei-
seitelassen, und wenn sie bei mir ein Gefühl entdeckte oder,
wie jetzt, einen klitzekleinen Anspruch, trat sie beherzt zu.
Timmi sah müde hoch zu mir, seinem Vater, der eben gerade
als engherziger, sekundenzählender Pedant angespien worden war.

«Papa, ich habe eine Warze. Am Fuß.»

Larissas Hand drückte die Timmis unwillkürlich etwas fester. Offensichtlich hatte sie ihn gebeten, nichts zu sagen. Aber
das schläfrige Kind hatte es vergessen.

«Ist schon okay. Du brauchst dich nicht drum kümmern.
Übernächsten Freitag lasse ich die Warze besprechen.»

«Wie? Die Warze besprechen? Im Feuilleton oder im Fami-
lienkreis? Was gibt es bei einer Warze zu besprechen?»

«Ich bring ihn zu einer Heilerin. Die bespricht die Warze.
Davon geht sie weg. Musst du nicht glauben, ist aber so.»

Unter vielen Umständen wäre das ein netter Vorschlag el-
terlicher Fürsorge gewesen, aber nicht mitten in einem Sorgerechtsstreit. Ich begriff sofort, was das werden sollte: die
fürsorgliche Mutter – die sich um alles kümmern muss. Das
Kind – völlig verwarzt. Der Vater – untätig. Aber nicht mit mir.

«Bemüh dich nicht. Ich regle das. Ich geh mit ihm morgen
zum Arzt.»

Larissa funkelte mich wütend an.

«Du gehst nicht mit ihm zum Arzt. Ich habe gesagt, ich lasse die Warze besprechen. Nächsten Freitag.»

«Sorry, Baby, das ist nicht mehr deine Baustelle. Morgen ist
die Warze weg.»

Larissa bekam Sehschlitze.

«Du willst sie ihm rausschneiden lassen, oder? Du willst
Timmi eine Warze aus der Fußsohle rausschneiden lassen?
Weißt du überhaupt, wie weh das tut?»

Natürlich wusste Larissa instinktiv, dass ich schon aus grundsätzlichen Gründen nicht ihrem Rat folgen und irgendeine Zauberin konsultieren würde. Timmi, jetzt knallwach, blickte in unverhohlener Panik von einem Elternteil zum anderen.

«Rausschneiden?»

Dass sie Timmi in derart unverfrorener Weise Angst einjagte, war abgefeimt und hinterhältig. Und hatte nur ein Ziel: Seine Angst sollte mir ins Herz schneiden. Wilder Grimm griff nach mir.

«Was erzählst du da? Wer, zum Teufel, hat was von Rausschneiden gesagt?»

Larissa streichelte Timmis Kopf.

«Oder Rausbrennen, Rausschälen oder Rausstechen, ist doch egal, was für Grausamkeiten du da vorhast. Timmi ist ein kleines Kind.»

Timmi, dem das bislang nicht so bewusst zu sein schien, dass er noch ein kleines Kind war, klammerte sich jetzt an Larissa. Na, wunderbar.

«Es ist sinnlos», sagte ich. «Wir brechen das hier ab. Timmi, komm rein.»

Larissa hielt Timmi fest. Nicht einfach so. Nein, in einer Art Käthe-Kollwitz-Pose hielt sie ihn. Als halte sie ihn davon zurück, zu den Soldaten zu gehen. Leider war sonst niemand da, der die eindrucksvolle Darstellung der Großen Mutter durch Larissa Adelheid Langpapp bestaunen konnte.

«Du versprichst Timmi jetzt erst hier vor mir, dass du die Warze nicht rausschneiden oder rausbrennen lässt.» Sie wusste genau, wie sie alles zu Unterwerfung machen konnte. Ich stand am Rand eines Wutkollers. Aber hier, an diesem Rand, befand sich Gott sei Dank ein Schild, und darauf stand: «Achtung! Achtung! Ganz ruhig bleiben. Hände in die Hosentaschen!» Ich sah RA Witte seine Maulwurfsbrille putzen und hörte ihn sprechen: «Wer nicht bereit ist, eine Schlacht zu verlieren, wird den Krieg nie gewinnen!»

Ich ging in die Hocke. Ich erniedrigte mich. Ich blickte Timmi in die großen Angstaugen.

«Ich verspreche dir, dass die Warze nicht rausgeschnitten oder rausgebrannt wird. Großes Ehrenwort!»

Larissa hatte die Hoffnung, dass ich ausflippen würde, noch nicht ganz aufgegeben.

«Geht doch», sagte sie. «Muss es immer erst so weit kommen?»

Ich ließ sie ruhig von oben auf mich herabschauen. Ich konzentrierte mich auf das Linoleum im Treppenhaus. Auf seine fließenden Muster. Dann stand ich auf. Larissa gab Timmi seinen Rucksack, und als wäre das sein Zeichen, strebte er in die Wohnung. Aber Larissa hielt seine Hand und wollte noch geküsst sein. Sie beugte ihm huldvoll die Wange hin.

Als Timmi drin war, sah Larissa mich durchdringend an und schüttelte langsam den Kopf. Sie schürzte die Lippen, zog die grünen Augen schmal und drehte ihren Oberkörper vor mir hin und her, der in einer plötzlich unerträglich sommerleichten Chiffonbluse steckte.

«Jannek, Jannek, Jannek!», sagte sie endlich, hob den Zeigefinger der rechten Hand und wedelte mir damit kurz vor der Nase herum.

Rein vom Standpunkt der energetischen Aufladung her hätte jetzt ein Geschlechtsverkehr im Range einer erdgeschichtlichen Katastrophe stattfinden müssen, aber irgendwie schafften wir es, einander nicht anzufassen.

**W**ie ich mir selbst großartig angekündigt hatte, musste ich am nächsten Tag, dem Montag, mit Timmi zum Kinderarzt gehen. Ich erklärte ihm, dass es heute eine Vielzahl quasi schmerzfreier Methoden zur Warzenentfernung gäbe, ich erklärte ihm das von unserem Zuhause bis zum Arzt, auf dem Fußweg zur Haltestelle, im Bus und in der Straßenbahn, ich erklärte es ihm eine Dreiviertelstunde lang. Es war reine Beschwörung. Ich wusste, sobald ich aufhören würde, wortreich und pausenlos Timmi die Vielzahl schmerzarmer Methoden in der Kindermedizin zu erklären, würde ich von der Frage gewürgt werden, ob es wirklich so eine gute Idee war, die Warze manuell aus der Fußsohle «entfernen» zu lassen. Es war die Vertrauensfrage. Ich hatte ihm was versprochen. Wenn das hier in einer Katastrophe endete, würde Timmi mir nie wieder etwas glauben, egal ob es um Wehwehchen oder sonst was ging.

Was, wenn zuvor «ein kleiner Piekser» erforderlich war? Als ich ein Kind war, hieß «ein kleiner Piekser», dass man brüllend in einen aseptisches Kissen biss und zwei Krankenschwestern einen bäuchlings auf einer Liege festhielten, während ein Mann im Weißkittel einem vergeblich befahl, jetzt verdammt noch mal nicht den Hintern anzuspannen, während er die Spitze der Kanüle gefühlt eine Handbreit in die krampfende Muskulatur trieb.

Die Kinderarztpraxis war, wie nicht anders zu erwarten, bis auf den letzten Wartezimmerplatz besetzt. Miasmen waberten durch die Luft. Rotwangige Kinder delirierten in den Armen ihrer vom Schlafmangel betäubten Mütter. Alles fieberte, hustete und schnotterte. Ich atmete, so flach ich nur konnte. Timmi spielte entschlossen Gameboy und beäugte hin und wieder neugierig die sieben Plagen um ihn herum. Unter normalen Umständen wäre ich niemals an einem Montagvormittag in eine Berliner Kinderarztpraxis gegangen, aber ich war im Krieg. Die Warze musste raus, bevor Larissa sich auf dem Feld der Gesundheitsfürsorge einen Extrapunkt sichern konnte. Nach drei Stunden im Keimdunst kamen wir dran. Timmi musste die Hose und die Strümpfe ausziehen. Dann ging es verblüffend schnell. Die Warze wurde begutachtet, hast du nicht gesehen vereist, der Fuß bekam ein Pflaster und Timmi ein Gummibärchen, und das war es.

«Siehst du», sagte ich listig. «Was deine Mutter immer erzählt. Das ging doch ruck, zuck.»

«So, kleiner Mann», sagte die Kinderärztin dann aber zu Timmi, «wenn du hier schon mal ohne Hosen sitzt, guck ich mir gleich mal an, ob bei dir untenrum alles in Ordnung ist.»

Das Ergebnis dieser Untersuchung war unwillkommen. Der Piepmatz, der Schniepel, verlangte elterliche und womöglich ärztliche Aufmerksamkeit. Es gab eine Verengung, die, falls nicht durch tägliche Übung zu beseitigen, einen chirurgischen Eingriff verlangte.

«Wir schauen uns das mal ein halbes Jahr lang an. Sie besprechen sich schon mal mit Ihrer Frau und bilden sich eine Meinung zur Zirkumzision», sagte die Ärztin.

Ich stöhnte leise. Einen Scheiß würde ich mit Larissa besprechen. Jedes von Timmis Körperteilen verwandelte sich durch diesen vermaledeiten Sorgerechtsprozess in einen Streitanlass. Sicher würde Larissa auch für dieses Problem einen uralten Vorhauterweiterungszauber wissen, traditionelles Wissen der Hopi-Indianer oder des Volkes der Hunza, das keine Vorhautverengungen kennt. Oder sie würde mit Opis Hilfe einen der führenden europäischen Vorhautskalpteure auftreiben, in dessen aromatisierter Privatklinik sie Timmi die Hand halten konnte, während ich stundenlang mit dem Wachschutz vorm Eingang über die Schreibweise meines Namens stritt. Die alten Israeliten war so dumm nicht, dass sie das Teil entfernten, bevor Mami und Papi sich darüber in die Haare kriegen konnten.

«Was ist Zirkumzision?», fragte Timmi denn auch prompt, kaum, dass wir wieder an der frischen Luft waren.

«Das heißt: Wenn du das von allein hinkriegst mit deinem Pullermatz, gehen wir in den Zirkus», sagte ich grimmig.

Timmi hüpfte.

Ich wusste, dass Larissa diese Niederlage rächen würde. Aber ich ahnte nicht, wie.

Beim nächsten Umgangsende, als ich die Wohnungstür öffnete, reichte sie mir zur Begrüßung mit spitzen Fingern eine Plastiktüte.

«Hier sind deine Sachen.»

Ich sah verwirrt in die Tüte. Es war die Kleidung, die ich Timmi für das Wochenende mit ihr angezogen hatte.

«Das sind nicht meine Sachen, es sind Timmis Sachen.»

«Das sind Lumpen. Wenn du damit leben kannst, dass Timmi in solchen Lappen in den Kindergarten geht, dein Problem. Bei mir trägt Timmi anständige Kleidung.»

Ich sah auf Timmi, der eine noble Steppjacke trug, darunter ein Hemd und eine Weste, als würde er als Kinderbroker in einer Kinderbörse für Kinderaktien arbeiten. Selbst die Hose sah aus, als hätte sie Karl Lagerfeld bloß zu heiß gewaschen.

«Wie du meinst», sagte ich und wollte Timmi schon in die Wohnung weisen, als Larissa im Ton einer klaren Verabredung sagte:

«Timmi?»

Timmi stöhnte und begann, sich auszuziehen. Mir blieb der Mund offen stehen.

«Wir hatten leider keine Zeit zum Umziehen. Du legst ja neuerdings solchen Wert auf Pünktlichkeit. Nur deswegen habe ich dir deinen Kram in der Tüte mitgebracht.»

«Aber hör mal», stotterte ich, «Timmi kann die Sachen doch anbehalten. Ich gebe sie dir beim nächsten Umgang wieder.»

«Nein, mein lieber Freund, das lassen wir mal lieber», sagte Larissa mit einem kurzen Zucken ihrer Nasenflügel, «Timmi wird bei dir das tragen, was du ihm kaufst, damit alle sehen, wie viel dir dein Kind wert ist.»

Timmi hängte die Jacke an den Treppenpfosten und schälte sich umständlich aus der Weste.

«Timmi!», ich wurde laut. «Du ziehst dich jetzt hier nicht im Treppenhaus aus!», und wollte nach ihm greifen. Larissa stellte sich vor ihn.

«Hände weg vom Kind! Hände weg von meinen Sachen!»

Ich wollte an ihr vorbei zu Timmi, aber Larissa machte einen Schritt zur Seite, und ich rannte in sie hinein. Ihr fuchsfarbenes Haar rauschte an meinem Gesicht vorbei, duftend, als hätte jemand kurz die Tür zu einem anderen Land aufgerissen, und ihre Sommersprossen funkelten dunkel auf. Timmi, dem das alles peinlich war, wandte sich um und knöpfte seine Hose auf.

«Lass, Papa, ich mach das schon. Ihr müsst euch nicht streiten.»

«Nein! Du machst das nicht!», sagte ich. «Du ziehst dich hier nicht aus!»

Ich wollte Larissa zur Seite schieben, wozu ich ohne weiteres imstande war, sah aber, das Larissa selbst eine Ausweichbewegung, einen kleinen Schritt nach hinten, machte. Und zwar eine, die in meinem limbischen System, tief drin, dort, wo die Reflexe wohnen, als unmittelbarste, akute Gefahr abgespeichert war – denn sie war unweigerlich verbunden mit einer anderen Bewegung. Ich wollte die Hand heben, aber zu spät. Eine großartige Torsionsbewegung ihres ganzen Leibes, der sich mit der schrecklichen Unausweichlichkeit einer Lawine mir zudrehte – und hinter dem Horizont ihrer sich eindrehenden Schulter erblickte ich die dazugehörige Hand ... Ich schaffte es nicht einmal mehr, zu blinzeln.

Auf das Geräusch hin drehte sich Timmi um und sah seine Eltern vor sich stehen, als wollten sie tanzen. Larissas Hand, wenn auch zu spät, fest in meiner, während ich sie mit dem anderen Arm umklammert hielt.

«Sohn!», sagte ich mit brennender Wange. «Deine Eltern müssen sich mal kurz unterhalten.»

Dann schlug die Wohnungstür zu, und Timmi stand alleine draußen. Er mochte wohl auf das Geräusch von Zank und Streit gewartet habe, aber nichts dergleichen ließ sich vernehmen. Stattdessen wurde in der Küche mit Tisch und Stuhl gepoltert. Nach einer Weile, als das Poltern in einen gleichmäßigen Rhythmus übergegangen war, setzte Timmi sein Auskleiden fort.

Zu diesem Zeitpunkt kam Frau Gröning aus der dritten Etage langsam die Treppe hoch, sie war wie jeden Sonntag in ihrem Kleingarten gewesen. Timmi stand in Unterwäsche vor der Tür und pulte verlegen in seinem Bauchnabel.

«Nanu! Was machst du denn hier? Warum bist du in Unterhosen? Wo sind denn deine Eltern?», fragte Frau Gröning.

«Dadrin», Timmi zeigte zur Wohnung, «sie müssen reden.»

Zwei Minuten später ging die Tür wieder auf, Timmi durfte

herein, und Larissa, die vorher noch nie in unserer Wohnung gewesen war und sich jetzt ein bisschen umsah, lobte die Einrichtung von Timmis Kinderzimmer, straffte mit kleinen Griffen am Kleid ihr Unterzeug und seufzte hin und wieder entspannt. Sie meinte, dass sie am Mittwoch leider mit ihren Klangschalen einen Konzerttermin im Kloster Chorin habe und deswegen nicht mit zur Elternversammlung kommen könne. Ich bot ihr an mitzuschreiben.

«Nein, nein, mein Lieber», seufzte sie verträumt und strich mit ihrem Finger an meiner Hemdbrust vorbei. «Das lass ich besser jemand anders machen. Bemüh dich nicht.»

Schließlich gab sie Timmi ein Küsschen und verschwand.

«Ihr habt euch gestritten?», fragte Timmi völlig verdattert, der sich vermutlich gerade auf einem Planeten jenseits der vertrauten Naturgesetze wähnte.

«Ein bisschen gestritten», erklärte ich ihn zurück in eine vertraute, kindgerechte Welt, «und ein bisschen versöhnt. So gehört sich das ja auch.»

Dann sagte ich, er könne Fernseh gucken, und ging die Küche aufräumen. Aber der eine Stuhl war leider doch hinüber. Larissa war denn aber doch so freundlich, mir den Schaden zu ersetzen. Wenn schon nicht direkt, so zumindest dadurch, dass sie beim nächsten Mal Timmis Fahrrad rausrückte.

Am Tag der Elternversammlung kam Marta sehr knapp, weil sie noch in ihrer körperpositivistischen Frauengruppe «Rundum Gut» Maßnahmen gegen Oberschenkelabrieb erörtert hatte. Sie schwitzte und fragte, ob sie nach dem Abendbrot mit Timmi in die Badewanne könne. Ich sagte: «Jaja», winkte Timmi, der «Simsala Grimm» im Kinderkanal guckte, noch mal ein «Küsschen Tschüsschen!» ins Wohnzimmer, und weg war ich. Draußen auf der Straße überfiel mich ein kurzes Unbehagen, als hätte ich etwas Wichtiges vergessen, etwas, was ich Timmi noch dringend hatte sagen wollen. Egal, wenn es wichtig war, würde es mir wieder einfallen.

Der Kindergarten war hell erleuchtet, was ich reflexhaft als unangenehm empfand, denn ein beleuchteter Kindergarten bedeutete an anderen Tagen für mich nichts anderes, als dass ich Timmi schon wieder zu spät abholte. Drin wurde es nicht besser. Ich spürte schon beim Eintritt, dass es bei dieser Elternversammlung nicht nur um Terminankündigungen und kleinere Änderungen bei der Essensgeldüberweisung gehen würde. In der losen Masse von Vätern und Müttern im Raum gab es einen Ballungspunkt nervösen Zusammenstehens, in dem einander besser bekannte Elternteile über verschränkten Armen «Ja, genau, ganz richtig» nickten und mit hohen Augenbrauen «Das kann ja wohl nicht sein» flüsterten. Die verstohlene Aggressivität erstarb, als die Kindergärtnerin mit ihrer Mappe hereinkam und uns bat, Platz zu nehmen. Wir senkten uns in die Holzstühlchen, zwei etwas breitere Mütter holten sich mit sicherem Instinkt eine Bank aus dem Sport- und Schlafraum, anstatt sich auf Formfleischexperimente in den Kinderstühlen einzulassen. So saßen wir denn alle in einer sonst eher notdürftigen Verrichtungen vorbehaltenen Hockhaltung im Kreis, und ich dachte kurz, dass die Welt eine andere ist, wenn man obenrum viel Raum zum Gucken hat und die Türklinken auf Augenhöhe sind.

Aber die Kindergärtnerin hatte die Begrüßung noch nicht einmal ganz zu Ende gesprochen, als sich in der Runde eine lange Frau mit skeptischen Falten im Gesicht zu Wort meldete. Vor ihren Füßen stand eine Tasche, in deren Leder ein V auf einem L schwebte.

«Bevor wir hier alle so tun, als wäre nichts geschehen, möchte ich wissen, ob ein Elternteil von Timotheus Blume anwesend ist.»

Ich hob die Hand.

«Stimmt es, dass Ihr Kind unserem Laurenz Murmeln in die Nase geschoben hat?»

Die Kindergärtnerin hob vorsichtig die Hand, um anzudeuten, dass sie in der Tagesordnung noch nicht bei «Sonstiges» angekommen war, aber sie wurde ignoriert. Ich zuckte sachte mit den Schultern.

«Kann sein.»

Laurenz' Mutter griff in ihre Handtasche, holte eine Murmel von der Größe einer Mottenkugel hervor und hielt sie demonstrativ zwischen Daumen und Zeigefinger in die Höhe. Ihre Stimme wurde höher und schärfer.

«Trifft es zu, dass Timotheus gerade dabei war, diese Murmel in Laurenz' Nase zu drücken, als er von einer Erzieherin dabei ertappt wurde?»

Die Frau lud ihr Gesicht durch und starrte mich an. Ich hielt es für eine gute Idee, die verkrampfte Stimmung mit mehr Details aufzulockern.

«Also, soweit ich weiß, wurde Timmi nicht ertappt, als er Ihrem Sohn die Murmel in die Nase schieben wollte, sondern als er dabei war, die Murmel mit Creme einzuschmieren, weil sie beim ersten Versuch nicht in die Nase Ihres Sohnes gepasst hatte.»

Die Kindergärtnerin warf ein halbherziges «Nun, wir haben schon mit Timmi darüber gesproch-» ein, aber Laurenz' Mutter, immer noch im Starrkrampf, schnitt ihr mit einer Handbewegung das Wort ab. Es war eine Handbewegung, die man nicht in einem Leben erlernen kann, sondern nur in Generationen. So hob nur ein Mensch die Hand, dessen Familie schon mindestens einhundert Jahre lang anderen bedeutete zu schweigen.

«Haben Sie eine Vorstellung, was mit Laurenz' Nasenlöchern hätte passieren können, wenn Ihr Kind mit seinem Vorhaben durchgekommen wäre?»

Die Frage war zwar an mich gerichtet, aber eher rhetorisch, denn Laurenz' Mutter rief mit einer alarmistischen Stimme in den Anhub meines betont deeskalierenden «Na, nun mal ganz langsam ...»:

«Es hätte zu einer irreversiblen Erweiterung der Nasenflügel kommen können!!»

Das Schreckensbild eines Kindes mit den Nasenlöchern eines Flusspferdes erstand im Geist der Versammelten. Eines Jugendlichen, schließlich erwachsenen Mannes mit Nasenlöchern groß wie Augen. Eines Mannes, dem zeitlebens Frauengunst versagt sein würde, da niemand Zärtlichkeiten mit jemandem tauschen wolle, der aussah, als sauge er beständig den irren Odem der Wollust ein. Kaum war das Bild erstanden, funzelten mich fragend die Blicke aller an.

«Aber das sind Jungs», sagte ich, «die machen eben manchmal so einen Quatsch.»

Mir war schon klar, dass dies ein Satz aus einer anderen Epoche war, aber ich hoffte inständig, dass er seine vernunftspendende Wirkung noch nicht gänzlich eingebüßt hätte.

«Also, unser Friedrich macht so was nicht», sagte ein Mann mit einer Frisur wie aus einem Friseurkatalog, Typ urbaner Entscheider, den offenbar die gleiche Einkommensgruppe dazu bewegte, Laurenz' Mutter beizustehen.

«Kein normales Kind macht so was!», presste sie denn auch, bewegt von so viel Solidarität, am Rand der Tränen hervor.

Langsam fühlte ich meinen Willen zur Beschwichtigung erschlaffen. Ich hob mein Kinn und senkte die Augenlider.

«Wollen Sie jetzt sagen, dass Timmi nicht ganz normal ist, oder wie soll ich das verstehen?»

Der Herr mit der Katalogfrisur konnte nicht umhin, sich im Elternkreis als Mann der klaren Ansagen zu profilieren.

«Es gibt keinen Grund, aggressiv zu werden, Herr Blume. Ich denke, wir sind uns hier alle einig, dass Ihr Sohn Hilfe braucht!»

Einige der einigen Eltern guckten mich jetzt traurig an und nickten. Sie ahnten nicht, was die Redewendung «Hilfe brauchen» seit Larissa bei mir auslöste. Deshalb schob ich meine Hände sehr bewusst unter meine Oberschenkel, um sie ein bisschen zu fixieren. Wippte ein wenig auf ihnen hin und her und sagte schließlich:

«Da würde ich aber Ihren Laurenz auch mal näher untersuchen lassen. Welches Kind lässt sich freiwillig solche Dinger in die Nase stecken?»

«Wie bitte?»

«Hören Sie mal, Ihr Sohn war ja nicht gefesselt. Vielleicht sollten Sie mal mit Ihrem Spross reden, dass man sich nicht für jeden Blödsinn zur Verfügung stellt. Scheint ja jetzt nicht so der Alphatyp zu sein.»

«Das ist ja wohl die Höhe!», schrie Laurenz' Mutter. «So was muss ich mir von Ihnen nicht sagen lassen.»

Der topaktuell frisierte Mann gab ihr ein Zeichen, sich nicht unnötig zu erregen, und wandte sich dann mit ganzem Oberkörper mir zu.

«Sie sind sich offensichtlich nicht darüber im Klaren, dass das Verhalten Ihres Sohnes juristische Konsequenzen für Sie haben kann?», sagte er und faltete seine Hände zwischen den Schenkeln zusammen, die Geste eines Mannes, der nicht kooperieren muss. Irgendwie bereute ich es langsam, in dieses Viertel gezogen zu sein. Inmitten von Leuten, die standardmäßig «juristische Schritte unternehmen», wo andere sich nur einfach aufregen. Aber erst mal warf ich seinen Satz über meine Schulter und äugte ihn müde an.

«Da lach ich doch. Einen Prozess mehr oder weniger.»

Die Kindergärtnerin, die besorgt dem Wortwechsel folgte, sichtlich in der Furcht, es könne die Aufsichtspflicht im Einzelnen, also ihre, oder der Kindergarten im Allgemeinen zur Sprache kommen, fiel an diesem Punkt ein.

«Timotheus und sein Vater machen gerade eine schwierige Phase durch. Das sollte vielleicht auch gesagt werden. Herr Blume ist zurzeit alleinerziehend, und es läuft ein Prozess um die Vergabe des Sorgerechts.»

Eine Welle der Unruhe kräuselte durch den Raum.

«Was ist mit der Mutter?», fragte die Frisur. Die Kindergärtnerin reichte die Frage mit einem Blick an mich weiter.

«Die hängt wahrscheinlich zurzeit wieder mal über der Schüssel», antwortete ich.

Das war nicht gelogen, änderte aber alles. Ich wurde ein bisschen stolz auf mich. Sofort wandelte und weitete sich der Geist des Elternkreises von der Auffassung, dass Timmi «Hilfe brauche», zur Auffassung, dass Timmi «alle nur erdenkliche Hilfe brauche». Und das war ein Unterschied!

«So was müssen Sie doch sagen!», klagte Laurenz' Mutter.

«Meine Tochter könnte eine Patenschaft übernehmen», schlug eine andere Mutter vor.

«Ja, oder wir bilden aus geeigneten Kindern eine kleine Gruppe von Betreuern für Timmi. Also so eine Art Vertrauenspersonen, an die Timmi sich wenden kann, oder die ihn ganz sachte darauf aufmerksam machen, wenn er abnormales Verhalten zeigt», rief eine dritte.

«Haben Sie es schon mal mit Globuli versucht?», fragte mich meine unmittelbare Sitznachbarin. In meinem Kopf lief ein kurzer Film mit Samuel Hahnemann ab, in dem dieser nach einem Selbstversuch mit mongolischen Mineralien den Drang verspürte, seinen Mitmenschen Murmeln in die Nasen zu stecken, und schon am nächsten Tag eine probate Gegenverschüttelung herstellte, um Kinder fortan vor diesem Tun zu bewahren.

«Danke für den Tipp!», nickte ich ihr zu, während in der Runde noch weitere Vorschläge für eine «Timmi-Friedenstruppe» aus zwölf besonders Verhaltensgerechten diskutiert wurden. Die Kindergärtnerin blickte derweil in die Kladde mit ihren Vorbereitungen und träumte von Zeiten, als Eltern nur wissen wollten, ob ihr Kind brav sei und anständig esse. Und doch hielt sie mich zurück, als die anderen Eltern gingen.

«Eine Sache noch, Herr Blume. Es geht um dieses Singen ...», meinte sie.

«Das Singen auf dem Klo? Timmi und ich haben darüber gesprochen. Das Problem sollte eigentlich gelöst sein.»

«Nun, er singt immer noch.»

«Ja, aber er singt jetzt auf Russisch. Ist das nicht wunderbar?»


Als ich nach Hause kam, stand das Geschirr vom Abendessen noch unabgeräumt auf dem Tisch. Timmi und Marta waren wie angekündigt in der Badewanne. Die Tür zum Bad stand halb offen, Timmi lag rücklings mit dem Kopf auf Martas vollem, schaumumkränztem Busen und beobachtete mit großem Interesse, wie sein runder Kinderbauch beim Atmen aus dem Wasser kam. Marta bastelte ihm derweil mit einem Haufen Schaum eine Krone. Ein friedliches Bild. Martas Silberblick ruhte mit kindlicher Versonnenheit auf dieser Betätigung, und ich wünschte mich für einen Augenblick an die Stelle meines Sohnes. Für einen unschuldigen Augenblick. Es ging mir nicht um Marta. Ich wollte in einem Anfall völliger seelischer Erschöpfung einfach, dass mir jemand eine Schaumkrone machte im warmen Badewasser der Sorglosigkeit. Ich wollte einfach wieder mal nur so da sein und nicht dauernd in Frage gestellt werden, als Mann, als Vater, als Mensch von Richtern, Gutachtern, Kindergarten-Eltern oder der Kindsmutter. Schon der Begriff machte mich wahnsinnig. Kindsmutter! Was mutterst du dem Kind zu? Mein Blutdruck sprang nach oben, wenn ich das Wort nur dachte.

Ich hatte es satt, mich als Vater behaupten zu müssen, ständig verdächtigt zu werden, dass ich mein Kind nicht im Griff habe. Alle anderen hatten ihre Kinder im Griff, aber natürlich nicht, weil sie von Natur aus so tolle Pädagogen waren, sondern weil ihre Kinder sich selbst im Griff hatten. Ja, ich habe mein Kind nicht im Griff, hohes Gericht! Weil ich überreagiere! Weil ich Angst habe, mein Kind zu verlieren, wenn es weiter so viel Mist macht. Und weil ich davor Angst habe, reagiere ich über, und weil ich überreagiere, macht Timmi Unsinn, und niemand sieht das, und niemand nimmt mich in den Arm und tröstet mich. Ich stecke in einem verdammten Teufelskreis. Und ein Teufelskreis ist einer, aus dem man nicht ausbrechen kann, bloß, weil man weiß, woraus er besteht.

«Wusstest du, dass ich eine Phimose habe?», fragte Timmi Marta unvermittelt, und mir fiel schlagartig ein, was ich Timmi noch verbieten wollte, als ich vorhin losmusste. Marta sagte, nein, das hätte sie nicht gewusst, sie wüsste nicht mal, was das ist, zupfte ein paar Zacken aus dem Schaumbatzen auf Timmis Kopf und sang ein Lied ohne Text dazu. Timmi nahm ihr Unwissen zum Anlass, um detailliert zu erläutern, mit welchen Manipulationen einer Phimose beizukommen sei. Schließlich wollte er Marta unbedingt zeigen, welche therapeutischen Erfolge er bereits durch unablässiges Üben erreicht habe und dass es nicht mehr lang dauere, bis er mit seinem Papi zu den Clowns und Löwen in der Zirkussession gehen dürfe ... Ich rief laut: «Bin wieder da! Kommt jetzt raus aus der Badewanne! Es ist schon neun!»

Das unterbrach seine Anstalten, die sonst in einer Darbietung der Übungen geendet hätten. Aber ich wusste, ich war nicht immer in Timmis Hörweite, ich könnte nicht dauern seine Umgebung ablenken, wenn er sich wieder mal um Kopf und Kragen redete. Bald würde er in die erste Klasse kommen, bald würde er bei der Vorstellungsrunde aufspringen, und sein frohes Sommersprossengesicht würde sagen: «Ich bin Timotheus Nepomuk Blume, und ich habe eine Phimose, und ihr ja gar nicht!»

Ein paar Minuten später standen Marta und Timmi vorm Spiegel im Bad. Sie föhnte ihm, eingewickelt in eines unserer Badetücher, die Haare. Das Badetuch war nicht sehr groß, und sie hatte es sich ziemlich fest um den Leib stecken müssen, weswegen ich einen Irrtum in Bezug auf Martas Gestalt korrigieren mussten. Ich hatte fälschlicherweise angenommen, dass sich unter ihren unförmigen Klamotten eine ebensolche Figur verbarg. Aber das war falsch. Marta war opulent, aber ansprechend geformt.

Es war nur eine flüchtige Wahrnehmung, ein Blick im Vorbeigehen eben. Aber ich beschloss dann doch, beim nächsten Schaubad-Kauf von Fichtennadel auf Honig-Mandel zu wechseln.

Später, als ich meine wieder vollständig angekleidete Babysitterin auszahlte, ging mir das sonnig-wonnige Baden der beiden noch im Kopf rum, und deswegen fragte ich sie: «Kannst du mir mal bitte sagen, warum Timmi bei dir so entspannt ist?»

«Ist er das?», fragte Marta zurück.

«Vom ersten Tag an. Er ist quasi ein anderes Kind.»

Marta dachte nach.

«Vielleicht, weil ich ihn anfasse. Weil ich ihn hätschele und tätschele.»

Sie horchte der Wahrheit dieses Satzes hinterher, fragte sich, ob diese Wahrheit nicht zu einfach sei, schien dann aber doch nachhaltig überzeugt.

«Ich weiß ja nicht, was ihr hier macht, wenn ich nicht da bin. Aber Timmi ist ganz klar undertouched. Wir sind eigentlich permanent am Kuscheln.»

«Aber bitte, das ist doch Quatsch. Timmi und ich liegen abends zusammen im Bett.»

«Hab ich gesehen, wie ihr liegt. Nebeneinander. Wie Langholz am Waldweg.»

«Ich könnte dir hundert Gelegenheit nennen …»

«Du verstehst mich nicht. Du hebst ihn mal hoch. Du ziehst ihn an. Du reichst ihm mal die Hand, wenn ihr zum Kindergarten geht.»

Marta krempelte sich in ihren Mantel, und ich überlegte kurz, ob ich ihr sagen dürfe, dass sie auch um einiges weicher und umfänglicher sei als ich. Kuscheln war ja quasi die einzige Möglichkeit, um auch nur an ihr vorbeizukommen. Männer wie ich hingegen, denen das Schicksal für lau einen athletischen Körper vermacht hatte, waren eben wenige schmusige *hard bodies*. Aber ich sagte es nicht. Denn Marta hatte mehr recht, als sie ahnte, und ich musste es ihr bekennen.

«Ich kann einfach nicht mit ihm kuscheln, Marta», sagte ich betroffen. «Weil: Timmi gehört mir nicht.»

«Er gehört dir nicht?» Marta, die Kurzarmige, die gerade versuchte, ihre Umhängetasche über den Kopf zu kriegen, was im Mantel schwierig war, hielt inne und blickte mich fassungslos versilbert an. Ich ruderte mit den Armen.

«Ja, ich denke, wenn ich den Sorgerechtsstreit schon gewonnen hätte, würde es mir leichter fallen. Aber jetzt ist er irgendwie gar nicht mehr oder noch nicht wieder mein Kind. Er ist ... ein Streitposten, ein strittiges Objekt.»

«Das kann doch wohl kein Grund sein!»

«Doch. Alles, was ich mache, seit wir uns um Timmi streiten, hat ein Ziel und eine Absicht. Es soll Timmi auf meine Seite bringen. Aber richtig Kuscheln ist so was Intimes. Ich kann das nicht, solange Streit ist. Ich würde immer denken, ich mach das jetzt nur, um ...»

Marta zog für einen Moment ihre Stacheln ein und trat einen halben Schritt näher, um mir ans Kinn zu fassen.

«Hey. Du bist ja richtig neurotisch. Hat deine Mutti dich nicht gestreichelt?»

«Doch, schon ...», ich zögerte und überlegte. «Also, sie hat mir manchmal über Haar gestrubbelt. So ungefähr.»

Ich strubbelte Marta übers Haar, das seltsam weich war und sich gleich wieder legte. Bei mir hätte es gefilzt. Weiche Frau, weiches Haar.

«Okay», sagte Marta, trat zurück und schüttelte sich. «Davon kriegt man schnell genug.»

Sie nahm ihre Umhängetasche und warf sie resigniert über die Schulter.

«Kuschle mit Timmi! Von mir aus mit böser Absicht. Aber kuschle!»

**W**as ich noch nicht ahnte, war, dass wir uns nicht nur um Timmis Leib und Seele streiten würden, sondern auch um völlig nutzlos gewordene Dinge, um Dinge, die nicht mehr zu ihm gehörten. Ich musste lernen, dass es in einem Sorgerechtsstreit nichts Unwichtiges mehr gibt. Es ist ein bisschen wie Zen. Wie der Zen des Teufels.

Als Larissa Timmi am Sonntagabend – um zwanzig Uhr, zwei Stunden zu spät, was sonst? – zurückbrachte, blieb sie nach der Verabschiedung ihres Sohn noch mit mir vor der Wohnungstür stehen.

«Timmi erzählte mir, dass ihm kürzlich ein Milchzahn ausgefallen ist?»

«So ist es, gute Frau.»

«Wo ist der jetzt?»

«In einer güldenen Schatulle, wie es der Brauch verlangt.»

«Würdest du ihn mir bitte aushändigen?»

«Warum?»

«Weil ich seine Mutter bin. Ich habe ihn gestillt, bis er seine Milchzähne bekommen hat. Ich habe wohl ein Recht darauf.»

«Milchzähne werden nicht nach Verdienst verteilt. Hier gilt das Territorialprinzip. Wo er ausfällt, dort bleibt er.»

Larissa, die nie begreifen sollte, dass ich nur um Timmi kämpfte, damit sie ihn nicht benutzen konnte, um mich zu quälen und zu demütigen, wurde fleckig vor Wut.

«Jannek, du kriegst Ärger!»

«Geh doch nach Karlsruhe! Ich warte gerne die Entscheidung des Bundesgerichtshofs ab. Vielleicht muss auch die Menschenrechts-Charta um einen Milchzahn-Passus erweitert werden.»

«Hör mir mal zu, du Nazi von einem Vater. Irgendwann ist es mal gut. Ich sitze jede Woche mit anderen Müttern zusammen, und alle zeigen die Milchzähne ihrer Kinder herum, und ich werde nicht die Einzige sein, die keine Milchzähne dabeihat!»

Da hatte sie ein bisschen recht. Ich spürte es sofort durch einen kleinen Stich im Herzen. Aber bevor dieser Stich noch seine wärmende, begütigende Wirkung entfalten konnte, fiel mir ein, dass Larissa Timmi kürzlich noch gezwungen hatte, sich hier auf dieser Treppe auszuziehen.

Also sagte ich kühl: «Du wirst es überleben!», und schloss die Tür.

Ich ging zu Timmi, um ihn wie immer zu fragen, wie es bei der Mama war, und um wie immer nichts Verwertbares von ihm zu erfahren. Timmi sagte, sie wäre einen Tag drinnen gewesen und einen Tag draußen. Wo draußen, fragte ich. Weiß ich nicht, sagte Timmi und drehte mir betont den Rücken zu. Ich gab auf. Ich wollte gerade seine «Lumpen»-Tüte ausräumen, als mein Blick durchs Fenster auf die Straße fiel. Und was ich sah, war Larissa, die sich mit einem meiner Nachbarn, Herrn Bobzin, unterhielt. Anders als erwartet, war es aber nicht Larissa, die redete, sondern Herr Bobzin erzählte ihr wohl Dinge über mich, einmal drehte er sich sogar her und zeigte auf unser Küchenfenster. Jetzt wurde mir klar: Herr Bobzin war es gewesen, der mich nächtens gesehen hatte, als ich Timmis blanken Hintern über die Rabatte hielt, und er war es gewesen, der mit Timmi sprach, als dieser seine Hungerqualen zum Fenster hinausgerufen hatte. Da Gefahr bestand, dass sich der Blick der beiden vom Küchenfenster hin zum Kinderzimmerfenster wenden könnte, trat ich zurück von der Gardine und widmete mich unter schlimmen Anfällen unbefriedigter Neugier wieder dem Ausräumen von Timmis Tüte. Hätte ich gewusst, wie lange die beiden dort unten miteinander sprachen, wäre mir wahrscheinlich vieles, was nun kam, nicht passiert.

Die Tatsache, dass Larissa unbedingt Timmis Milchzähne haben wollte, um damit was weiß ich anzustellen, wurde für mich zu einer albtraumhaften Obsession. Ich stellte mir vor, dass einer von Timmis ausgefallenen Milchzähnen einen Kariesfleck haben könnte und Larissa ihn eines Tages triumphierend vor Gericht hochhalten würde. Kurz vor dem nächsten Umgang sagte ich zu Timmi:

«Du hast doch diesen kleinen Holzhammer für dein Xylophon. Hol den mal!»

Als er ihn gebracht hatte, hieß ich ihn den Mund öffnen und klopfte mit dem Holzhämmerchen vorsichtig alle seine Zähne ab. Links unten war einer wacklig.

«Den holen wir jetzt raus!»

Timmi hatte Angst. Ich versprach ihm, größte Sorgfalt walten zu lassen, griff mir den Zahn mit Daumen und Zeigefinger, und nach zwei Minuten Geruckel und Gezerre war er draußen. Es blutete kurz, aber das schien mir ein angemessener Preis dafür, dass Larissa nicht in den Besitz eines Timmizahns gelangte.

Man merkt ja nicht, wenn man langsam wahnsinnig wird. Meine Mutter hatte es nicht gemerkt, und wir merkten es auch nicht.

Zehn Tage später hatte ich Post vom Jugendamt. Die Mutter meines Sohnes lade mich zu einem Mediationsgespräch in das sozialtherapeutische Zentrum «Lebenswelle e. V.» ein. Ein geschulter Mediator und eine Vertreterin des Jugendamtes würden zugegen sein. Klar, worum es ging. Ich telefonierte mit meinem Rechtsanwalt.

«Mein Gott, warum haben Sie ihr den ollen Zahn nicht gegeben?», meinte RA Witte. «Wollen Sie unbedingt engherzig wirken? Sie sollten der Kindsmutter nicht den geringsten Anlass geben, zum Jugendamt zu pilgern. Schon vergessen? Sie sind der, der sich Sorgen macht. Nicht andersrum! Wie wollen Sie da jetzt wieder rauskommen? Erst auftrumpfen und dann klein beigeben müssen kommt immer ganz schlecht an.»

RA Witte hätte wahrscheinlich wie immer recht behalten, wenn Marta in jenen Tagen nicht darauf verfallen wäre, Salzteigfiguren zu fertigen. Sie hatte schon öfter in unserer Küche gebacken. Kekse für ihre diversen Debattierkreise, einen Marmorkuchen. Sie hatte einen intuitiven Zugang zum Backen, der darin bestand, dass man mit einem Stück Butter, einem Haufen Mehl, ein paar Eiern und einer Handvoll Zucker grundsätzlich nichts falsch machen konnte. Ursprünglich hatte sie wohl die Idee verfolgt, Timmi mit dem Salzteig zu beweisen, dass dünne Figuren schlechter stehen als dicke, aber bald hatte beide die bloße Formlust übermannt, und binnen einer Woche ballten sich im Kühlschrank Plastiktüten mit Salzteig zur weiteren Verwendung. Und immer, wenn ich von der Abendvorstellung nach Hause kam, stand das Küchenfensterbrett mit Figuren voll.

Es brauchte genau drei Backsessions, bis die beiden das Projekt «Tyrannosaurus Rex» angingen. Der erste zerbrach, weil er in einem nachvollziehbaren Anfall von Ehrgeiz viel zu groß geformt worden war, er passte kaum in den Backofen. Der zweite war stabiler entworfen und brüllte sein mutmaßlich schreckliches Gebrüll erhobenen Hauptes in die Luft der Kreidezeit. Ich kam gerade heim, als Marta und Timmi, schon im Schlafanzug, die Reißzähne aufmontieren wollten. Sie fielen allerdings immer wieder ab. Gerade, als Marta vorschlug, sie mit Zahnstocherstückchen zu arretieren, fiel mir etwas furchtbar Geniales ein.

Es war eine dieser erlösenden Ideen, wie sie einen eben überfallen, wenn die Gedanken seit Tagen um ein einziges Problem herumschleichen. Ich entsann mich der güldenen Schatulle, die mittlerweile drei von Timmis Beißerchen hortete. Ich schlug vor, diese echten Zähne zu verwenden, und Timmi kippelte sich auf dem Stuhl vor Begeisterung fast aus der Achse. Wir drückten also seine Milchzähne in die Kauleiste und ließen sogar noch Aussparungen für die zu erwartenden Nachfolger. Ehrlich gesagt, nahm das dem Großräuber ein wenig den Schrecken, er erweckte mit seinem perforierten, unfertigen Maul eher den Eindruck, als würde er nach einem Milchfläschlein schreien. Aber es war lustig, und Timmi biss Marta vor Freude in den Unterarm.

Der Abend, an dem ich Herrn Bobzin so lange mit Larissa vor dem Haus hatte reden sehen, hinterließ ein ungutes Gefühl in mir. Obwohl ich Herrn Bobzin für einen eher zu vermeidenden Nachbarn hielt – er hatte ein kahles Haupt, das aus einem kurzgeschnittenen Haarkranz ragte, trug wie als ein Ersatz für oben einen dichten, geradezu negrid gekräuselten Rauschebart, eine Kastenbrille, hinter der die Äuglein feurig funkelten, als freue er sich schon auf den nächsten Schabernack –, beschloss ich aus reinem Sachzwang, ihn näher kennenzulernen. Vielleicht kamen wir ja mal ins Gespräch, und ich konnte erfahren, was er mit Larissa betratscht hatte. Doch das erste halbe Dutzend kurzer Begegnungen im Treppenhaus brachte nichts. Ich grüßte ihn mit ausgesuchter Freundlichkeit, er grüßte nur kurz zurück und ging seiner Wege. Schließlich aber traf ich ihn an den Briefkästen, als ihm gerade eine Motorrad-Zeitschrift zu Boden fiel. Ich nutzte die Gelegenheit und sprach ihn an. Ob er sich für Motorräder interessiere? – Bitte? Interessieren? Er fahre eine Kawasaki Indian Drifter, die stehe jetzt im Winter in der Garage, aber im Frühjahr ging es wieder los; zur Spinnerbrücke und dann ins Umland ...

Zielloses Ins-Umland-Fahren, um dort die ländliche Stille zu zerknattern, war bekanntlich des Berliner Bikers große Freude.

«Cool», log ich. Motorradfahrender Angestellter der Senatsverwaltung für Stadtentwicklung. Was heutzutage für Wichte auf Cruisern saßen! Marlon Brando hätte sich im Grab umgedreht, wenn er damals schon gestorben gewesen wäre!

«Haben Sie auch eine Maschine?», fragte mich Herr Bobzin.

«So was kann ich mir nicht leisten», sagte ich. «Ich bin freiberuflicher Schauspieler und alleinerziehender Vater.»

«Ich weiß», meinte Herr Bobzin.

«Ja, stimmt, Sie wissen es», seufzte ich bedeutungsschwer. Jetzt musste er eigentlich mal mit der Sprache rausrücken. Herr Bobzin wandte sich unschlüssig hin und her.

«Herr Blume! Ich habe es nicht gewollt, aber ich habe diese Beobachtungen nun einmal gemacht. Und jetzt, wo ich Ihre Exfrau näher kennengelernt habe, frage ich mich manchmal, ob ich diese Beobachtungen für mich behalten darf.»

«Herr Bobzin! Darf ich Ihnen bei der Beantwortung dieser Frage helfen? Ja, Sie dürfen! Behalten Sie sie für sich!»

«Warum sollte ich das tun?»

«Weil Ihre ‹Beobachtungen› aus dem Zusammenhang gerissen sind. Sie wissen gar nicht, was dem im Einzelnen vorausgegangen ist.»

«Leicht gesagt. Die Fakten sprechen ja wohl für sich. Sie haben Ihr Kind aus dem Fenster gehalten. Es hätte hinunterstürzen können. Ich frage mich, warum ich nicht gleich am nächsten Tag zum Jugendamt gegangen bin. Ein paar Wochen später hat Ihr Sohn am Fenster gejammert, Sie würden ihn verhungern lassen. Wie soll ich damit umgehen? Jeden Tag stehen solche Geschichten in der Zeitung, wo Nachbarn Bescheid wussten und nichts taten, bis es zu spät war.»

«Gut, dann bitte ich Sie in aller Form, diese beiden Vorfälle für sich zu behalten. Es waren, wie ich schon andeutete, absolute Spezialsituationen.»

«Also, Herr Blume. Sie machen sich das zu leicht. Also … ich hatte gehofft, Sie würden mir für mein Wohlwollen etwas anbieten.»

«Wollen Sie Geld von mir? Dann sage ich Ihnen was: Ich habe kein Geld! Gehen Sie von mir aus zum Jugendamt, zu dieser komischen Rechtsbeistandstante oder zu meiner Exfrau und petzen Sie! Habe ich eben Pech gehabt.»

«Wo denken Sie hin? Ich bin doch kein Krimineller. Ich dachte eher so daran, dass wir uns gegenseitig ein bisschen helfen. So von Mann zu Mann.»

«Ich höre!»

«Sie sind doch Schauspieler. Es ist nämlich so: Ich kenne eine Dame, eine junge Frau. Sie arbeitet in meinem Büro. Sie heißt Nicole. Ich habe so ein Gefühl, dass sie sich für mich erwärmen könnte. Und Folgendes habe ich in Erfahrung bringen können. Sie steht auf Männer, die nicht nur reden, sondern handeln. Ich würde ihr gerne mal zeigen, dass ich so einer bin. Nur wie? Man sitzt den ganzen Tag im Büro, telefoniert, druckt was aus. Mir fehlt die Gelegenheit, ihr meine Männlichkeit zu demonstrieren.»

«Und wie soll ausgerechnet ich Ihnen da behilflich sein?»

«Mein bescheidener Wunsch wäre», sagte Herr Bobzin, «dass Sie vielleicht für mich so eine kleine … Schauspielerei machen. Eine, die mich vor dieser jungen Frau in ein vorteilhaftes Licht setzt.»

«Das heißt konkret?»

«Wir haben nächsten Freitag eine kleine Feier in der Rosella Bar. Unser Büro hat die Lounge gemietet, aber vorne ist ganz normaler Ausschank. Es wäre so: Sie kämen dahin und würden die Dame belästigen, am besten betrunken. Ich würde Sie auffordern, das zu unterlassen. Sie würde versuchen, mich zu schlagen, ich würde Ihnen geschickt ausweichen und Ihnen anschließend eine verpassen.»

«Eine verpassen? Sie mir? Ich bin doch kein Stuntman.»

«Ach, kommen Sie. Ich würde ja nicht richtig zuschlagen. Auf der Bühne müssen Sie doch auch fechten und irgendwelche Purzelbäume schlagen. Sie rappeln sich auf, putzen sich ab und machen sich aus dem Staub, und ich trinke derweil mit der Nicole auf den Schreck einen Kurzen und vielleicht, na ja, bewirkt das was bei ihr …»

«Irgendwie habe ich kein gutes Gefühl dabei.»

«Ach, kommen Sie. Das dauert maximal fünf Minuten, und danach haben Sie hier im Haus einen Freund, der was für sich behalten kann.»

Ich stöhnte.

«Mein Gott, dann mache ich das eben. Wann soll ich da sein?»


Der Mediationsraum des «Lebenswelle e. V.» war von einer Bande herzzerreißend unbegabter Kinder in Regenbogenfarben ausgemalt worden. Ein hochfloriger Teppich dämpfte Geräusche und Erwartungen gleichermaßen. Der kommunikativen Offenheit halber hatte man auf einen Tisch verzichtet. Stattdessen standen wokartige Rattansessel im Rund, in denen man unmöglich aufrecht sitzen konnte, es sei denn, man wollte sich die Blutgefäße der Oberschenkel am Rohr der Einfassung abschnüren. Ich stellte meine Tasche ab und legte mich in Korbschale. Larissa, die ihr Haar offen und ein ärmelloses Blumenkleid unter einer grauen Häkeljacke trug, als wäre sie einem französischen Sommerfilm entsprungen, schaffte es doch irgendwie, relativ aufrecht und sogar mit übereinandergeschlagenen Beinen dazusitzen. Sie strich fein eine Haarsträhne aus dem Gesicht, Geste vollendeter Verletzlichkeit. Die Frau vom Jugendamt schob eine Kladde auf die Knie. Herr Röthel vom «Lebenswelle e. V.», dessen Referenzen ich mir schon auf der Webseite angesehen hatte, stellte sich als Herr Dennenberger vor, denn er hatte unlängst geheiratet und den Namen seiner Frau angenommen. Er fragte Larissa, warum sie hier sei und was sie sich von unserem Gespräch wünsche. Larissa brach als Antwort erst mal in Tränen aus. Sie rang sich, während ich mich zwang, nicht gelangweilt zu stöhnen, zu einer kleinen Geschichte durch, in der Timmis erstes Wort, «Mama», und Timmis erster Löffel Brei, Timmis erste abgeschnittene Goldlocke und allerlei Erstigkeiten seines Lebens eine sentimentale Rolle spielten. Larissa schilderte unser fruchtloses Verhandeln um seinen ersten ausgefallenen Milchzahn, legte dann noch eine Schippe drauf und behauptete, ich hätte sie aus der Wohnung geworfen, als sie mit ihrem Anliegen zu mir gekommen sei. Am Ende einer Reihe von unbestreitbaren Wahrheiten eine kleine, wirkungsvolle Lüge anzuheften, das war schon nicht schlecht.

Ich hätte mich beinahe reflexhaft aufgelehnt gegen diese Unterstellung, wenn mir nicht rechtzeitig in den Sinn gekommen wäre: Wer sich verteidigt, klagt sich an! Überhaupt ist entrüstete Zurückweisung und Gegenwehr in einem Sorgerechtsstreit ganz kontraindiziert, hatte mich RA Witte gelehrt. Ein Mann solle seinen Weg gehen und sich nicht um das Gekläff scheren. Das würde am meisten Eindruck machen. Also besann ich mich auf meinen Plan.

«Ich kann dir die Milchzähne von Timmi nicht geben, Larissa», sagte ich denn auch in kooperierendster Weise zu ihr gewandt, als Herr Dennenberger geb. Röthel die entscheidende Frage an mich richtete. «Und wenn du ein bisschen was von der Seele unseres Kindes verstündest», rächte ich mich für unser erstes Telefonat nach der Trennung, «würdest du das auch akzeptieren.» Sie mit einer gewissen Wärme in der Stimme Larissa zu nennen gehörte zum Konzept, und ich hatte das Gefühl, das es zumindest bei der Frau vom Jugendamt gut ankam. Ich griff in meine Tasche und holte mit aller Vorsicht die in Blasenfolie eingewickelte Salzteigfigur hervor, den Tyrannosaurus Lactodentus Timmiblumensis. Ich präsentierte sein mit bereits drei Milchzähnen bestücktes Gebiss und gab das Tier herum, damit der Mediator und die Jugendamtliche die handwerkliche Qualität bestaunen konnten.

«Das ist ja allerliebst», sagte die Frau. «Auf so eine Idee muss man erst mal kommen!»

«Das ist ein altes Ritual aus meiner Familie», erklärte ich in vollkommener Verlogenheit, und Larissa konnte denn auch nicht umhin festzustellen, dass sie meine «Familie» (sie sprach es quasi mit doppelten Anführungsstrichen aus) nicht eben als Hort alter Rituale kennengelernt habe.

«Frau Langpapp», sagte der Mediator. «Sie müssen zugeben, das hat was. Dafür kann man schon mal auf die Zähnchen verzichten.»

Ich gab mich generös und versprach, dass sie den Salzteig-Saurier nach dem Ausfallen aller Milchzähne auch leihweise bekommen könne. Alle bis auf Larissa fanden das eine gute

Idee. Ich war zufrieden. Larissa war als leidende Mutter hereingekommen, sie würde als überspannte Zahnfetischistin wieder herausgehen.

Draußen vor der Tür ermahnte uns die Frau vom Jugendamt noch einmal, dass jeder Streit der Eltern Gift sei für so einen kleinen Knaben. Wir verabschiedeten sie mit viel Nicken und jeder Form gestischer und akustischer Zustimmung. Als sie um die Ecke war, drehte sich Larissa abrupt zu mir und sagte:

«Das vergesse ich dir nicht. Du wirst dich noch wundern, wozu ich imstande bin.»

Immer, wenn Larissa die Augen über den gesprenkelten Jochbeinen zusammenzog, hob sich ihre Oberlippe zu einer Art Schnute. Als ich sie so sah, schoss mir ein selten klarer Gedanke durch den Kopf. Vielleicht war ich nie in sie verliebt gewesen, vielleicht war meine rätselhafte Impotenz am Beginn unserer Beziehung ein Zeichen für etwas völlig anderes, nämlich ein großes Missverständnis. Denn das Schöne ist nichts als des Schrecklichen Anfang, den wir noch gerade ertragen, und wir bewundern es so, weil es gelassen verschmäht, uns zu zerstören … Vielleicht war sie einfach der große Hass meines Lebens! Liebe glüht, Hass aber strahlt. Hass sagt dir immer, wo du stehst. Auf der anderen Seite. Seit Larissa war alles in meinem Leben voller Kontur und Schlagschatten.

«Ich krieg dich», sagte Larissa bebend. «Einmal wirst du ausflippen, und dann ist es vorbei!»

«Ich bin gespannt», sagte ich und hätte mir beinahe die Hände gerieben. «Aber solltest du jemals auf die Idee kommen, ‹meine Treppe runtergestoßen zu werden›, so möchte ich dir heute schon sagen. Ich bin darauf vorbereitet!»

## ARSCHVOLL

Der wohlfeile Zufall wollte es, dass der nächste Freitag, der Freitag, an dem Herr Bobzin seiner Kollegin Nicole zeigen wollte, dass er mehr konnte als nur Vorlagen vorlegen, auf ein Umgangswochenende fiel. Als ich um kurz vor zehn zur Rosella Bar kam, stand Herr Bobzin bereits davor und fröstelte ein bisschen.

«Sie haben Glück», sagte er. «Sie ist gerade an die Theke mit ihrer Freundin gegangen. Sie sitzen ganz hinten und trinken White Russian. Nicole ist die mit dem dunklen Haar. Etwas weiter vorne sitzen auch noch zwei Mädels, die gehören aber nicht zu uns. Nicht verwechseln. Ich geh jetzt rein, und Sie kommen zwei Minuten später nach.»

Ich wartete ordnungsgemäß, ging dann an das vordere Ende der Bar, wo die falschen Mädels saßen, bestellte einen Rum, trank ihn aus und orderte noch einen. Ich hatte Rum schon immer gemocht, aber seit Lothar Buddenhage war Rum kein bloßes Getränk mehr, sondern ein Familienkult, so was wie «Roots». Obwohl der Rum mein Blut zügig zum Summen brachte, fühlte ich mich noch nicht angetrunken genug, um jemanden authentisch belästigen zu können. Also kippte ich noch drei in schneller Folge. Dann ging's.

Herr Bobzins Kollegin, die angebetete Nicole, war eine hübsche, für meinen Geschmack etwas zu stark grundierte Endzwanzigerin mit sorgfältig geplättetem, aufreizend asymmetrisch frisiertem Haar, das meine Mutter sofort abgeschnitten hätte. Sie steckte in einem schulterfreien Kleid und hatte die Beine apart übereinandergeschlagen. Ehrlich gesagt fand ich, dass sie in keiner Weise zu einem Chopper fahrenden Gartenzwerg wie Herrn Bobzin passte. Sie war eindeutig eine Partymaus, und Herr Bobzin war ein Mann, der ein Hobby hatte. Mit einem Hobby aber sagt ein Mann der Welt, dass er raus ist aus dem Partyalter.

Ich rutschte vom Barhocker, fand nicht sofort das nötige Gleichgewicht für einen aufrechten Gang und musste mich auf dem Oberschenkel eines der betriebsfremden Mädchen abstützen, wofür ich mit einem wenig eleganten «Schulligung» um Vergebung bat. Dann orientierte ich mich konzentrierter geradeaus und erreichte mit großen Schritten die Nicole samt Kollegin. Der Schminkeindruck hatte nicht getäuscht, sie war umhüllt von der Glocke eines schweren, süßlichen Parfüms, einer Todeszone für Asthmatiker. Ich erhob meinen Zeigefinger und stupste ihr in den weichen Oberarm. Nicole, die sich beinahe an ihrem White Russian verschluckte, drehte sich zu mir und sagte:

«He, sach mal! Soll'n das?»

Ich bepustete meine Zeigefingerspitze.

«Wollte mal prüfen, ob du auch wirklich so heiß bist, wie du aussiehst.»

Das war so unfassbar peinlich, dass ich hoffte, Herr Bobzin möge jetzt sofort kommen und mich dafür schlagen. Aber Nicole rollte nur mit den Augen und schüttelte leicht genervt den Kopf. Zu meiner großen Überraschung drehte sie sich nicht völlig wieder weg, sondern wandte nur ihren Oberkörper wieder ein bisschen zu ihrer Kollegin, die ihr gerade irgendeinen Tratsch erzählte. Ich begutachtete derweil mit trunkenem Nicken ihren schlanken Körper im kurzen Futteralkleid. Nicole war in diesem glücklichen Alter, in dem der Körper einer

Frau sich noch nicht entschieden hat, wie er verfallen wird, ob mit Schrumpeln oder Zulegen. Nicole war sozusagen noch schlank, und das ist ja schönste Schlank von allen. Es tat mir wirklich ein bisschen leid, sie so blöd anzumachen. Dann aber neigte ich meinen Kopf, bis meine Lippen fast ihren gepuderten Hals berührten.

«Hallo Baby», hauchte ich so schlecht, wie ich konnte, «ich bin's noch mal. Ich glaube, wir passen zusammen. Ich bin gut drauf. Und du bist bestimmt gut drunter!»

Nicole rutschte ein bisschen zur Seite, kippte die Asche ihrer Zigarette im Aschenbecher ab und sagte:

«Lass das mal, ja?»

Ich grinste frech und wollte gerade den Super-Burner «Kannst du schwimmen? Ich würde dich nämlich mal gerne ins Becken stoßen!» aufsagen, als mich aus den unteren zwei Dritteln meiner Körperhöhe jemand mit einer Wichtelstimme ansprach. Es war Herr Bobzin. Er schob mich leicht von Nicole weg.

«So, mein Freund, das reicht jetzt! Da ist der Ausgang! Für dich ist hier Feierabend.»

Ich überlegte, ob ich ihn noch ein bisschen als «halbe Portion» oder «laufender Meter» herunterputzen sollte, bevor ich nach ihm langte, entschied dann aber, ihn vor der Dame seiner Wahl nicht unnötig mit Wahrheiten zu bekleckern. Also machte ich mich von ihm frei und holte mit weit aufgerissenen Augen und überdeutlich zum Schlag aus. So wie man es eben auf der Bühne tut. Aber Herr Bobzin kannte sich mit angedeuteten Schlägen nicht aus. Ein kurzer, gerader Punch erreichte mich. Irgendwo zwischen Oberkiefer und Jochbein. Ich stürzte wirklich nach hinten über und nicht wie geplant zwischen zwei Tische. Irgendwas Heißes lief mir über die Lippen. Benommen rappelte ich mich wieder auf, und obwohl ich keinerlei Anstalten machte, mich weiter zu prügeln, hielten mich jetzt zwei Männer fest. Das war gut, denn sonst hätte ich mir bei der nun folgenden Schwarzblende meine eh schon schadhaften Vorderzähne endgültig an einer Tischkante ausgeschlagen. So aber erwachte ich gleich wieder auf Knien, mühsam gehalten von den beiden. Ich sagte irgendwas von okay, erhob mich und wankte zur Toilette.

Ich stopfte mir kleingerissenes gedrehtes Handtuchpapier in die Nase und begutachtete meine Wange. Das Jochbein schmerzte, aber es war wohl nicht gebrochen. Vielleicht würde ich ein Veilchen kriegen. Das Hemd war bis zur Hose eingesaut. Die Jacke wie durch ein Wunder unbefleckt.

«Idiot», sagte ich laut zum Spiegel und wusste nicht ganz genau, wen ich meinte. Den erpresserischen Beamten-Biker Herrn Bobzin, meinen schwererziehbaren Sohn oder mich. Eins war endgültig klar: Wenn ich nicht im Überschwang meiner historischen Herkunft beschlossen hätte, das Sorgerecht für Timmi zu erstreiten, würde sich wahrscheinlich nicht immer ein Problem an das andere heften.

Als ich aus dem Waschraum kam, stieß ich mit Nicole zusammen.

«Ich wollte mich für meinen Kollegen entschuldigen», sagte sie aufgeregt und voller Mitleid. «Er ist ein bisschen ... wie soll ich sagen ... verliebt und hat wahrscheinlich deswegen ... überreagiert.»

«Schon gut», sagte ich artig. «Seien Sie stolz auf ihn. Nicht viele Männer sind heute noch bereit, sich so für die Ehre einer Frau ins Zeug zu legen.»

«Na ja», meinte sie abschätzig. «Ehrlich gesagt, ich kann mich selbst verteidigen. Also, falls nötig.»

Sie sah auf das blutgetränkte Hemd.

«Sie sollten das nicht trocknen lassen. Sonst können Sie es

gleich wegschmeißen. Ziehen Sie es aus und legen Sie es für eine Minute ins Waschbecken. Mit ein bisschen Seife.»

Ich nickte ergeben, um weiter mitzuspielen, gab ihr in einer Geste irrer Selbstverständlichkeit meine Jacke, ging zurück in den Herrenwaschraum und zog das Hemd aus. Da ich die Tür offen gelassen hatte, blieb Nicole stehen und guckte mir zu. Als sie mich mit nacktem Oberkörper sah, setzte sie ihre Zigarette an, zog sie in einem Zug zu Asche und blies den Rauch entschlossen aus dem Mundwinkel.

«Was halten Sie davon, wenn wir Ihr Hemd bei mir in die Waschmaschine schmeißen? Kurzprogramm. Ich wohne nicht so weit. Und ich habe einen Trockner. Ein Stündchen, und Sie sind wieder adrett gekleidet.»

«Und was trage ich in der Zwischenzeit?»

Nicole hob kess die rechte Augenbraue unter ihrem geplätteten Haarvorhang.

«Nichts», sagte sie. «Wegen mir müssen Sie überhaupt nichts anhaben.»


Mit Nicole zu schlafen war, wie sich in einem Douglas-Regal zu wälzen. Hinterher gab es Schokosplitter-Eis mit Eierlikör, und wir guckten noch ein bisschen VH 1 Classics. Während Bonnie Tyler «Total Eclipse Of The Heart» röhrte und Nicole ihr vorbildlich epiliertes Bein über meinen Bauch warf, fragte ich mich, ob Herr Bobzin unser mehr oder weniger gemeinsames Verschwinden aus der Bar bemerkt hatte. Es hätte ihm sicher nicht gefallen. Andererseits hatte er sich auch nicht an die Vereinbarung gehalten, er hatte mir richtig eine reingesemmelt. Insofern war es nur gerecht, wenn Nicole zum Ausgleich ein bisschen auf mir rumhopste.

Man durfte auch nicht vergessen, dass ich schon eine ganze Weile trocken gestanden hatte. Und dies war mein freies Wochenende. Normale Singles leben ja in gleichsam religiöser Erwartung des Wochenendes. Sie durchwühlen die Stadtmagazine, planen und buchen, verabreden sich. Als alleinerziehenden Vater trifft einen das Umgangswochenende immer wieder völlig unvorbereitet. Irgendwie vergisst man in Gegenwart eines Kindes einfach, sich was vorzunehmen, und mir wäre es auch unangenehm gewesen, Timmi wissen zu lassen, dass ich Spaß haben könnte, während er bei seiner Mutter war. Deswegen saß ich am Freitagabend oft alleine da. Natürlich hätte ich losziehen können, aber ich hasste Clubs, weil man sich da nicht unterhalten konnte. Hinzu kam, dass ich außerordentlich schlecht darin war, Freundinnen zu neutralisieren. Mädels treten ja immer in Gruppen auf oder wenigstens zu zweit, und da ist es ungünstig, wenn man der Herzensdame nach einem Viertelstündchen gegenseitiger Sympathiebekundungen vorschlägt abzuhauen, worauf sie dann ihre Begleitung allein zurücklassen müsste. Wahrscheinlich gäbe es viel weniger einsame Frauen und Männer auf der Welt, wenn die nicht immer in Rudeln aufträten.

Die Frage, die sich mir jetzt stellte, lautete: Was sollte das hier mit Nicole werden? Ihre Wohnung war etwas verplüscht, und Satinbettwäsche war auch nicht so mein Fall, aber ich bin nicht der «Das geht ja gar nicht»-Typ, und es gibt wahrhaftig Schlimmeres im Leben als eine noch-schlanke Angestellte der Senatsverwaltung für Stadtentwicklung, die um halb eins nackicht mit zwei Eisbechern über die altrosafarbene Auslegeware angeschlenkert kommt. Aber ich wusste mittlerweile auch, dass meine Anspruchslosigkeit nicht so allumfassend war, wie ich mir einbildete. Irgendwann würde es mir bei Nicole einfach zu gemütlich werden, und ich würde mich nach

Abwechslung sehnen, genauer gesagt: nach Streit. Dafür aber schien mir Nicole, meine fraugewordene Duftprobe, nicht ganz die Richtige.

Ich musste zwei Monate warten, bis sich eine Frau Trautwein vom «Institut für Kind und Recht» bei mir meldete, um einen Termin zu vereinbaren. Sie sei etwas im Stress, weil sie noch zwei andere Gutachten anfertigen müsse, aber jetzt wolle sie es endlich angehen. Ob ich nächsten Montagnachmittag Zeit hätte?

Bis Sonntag wäre Timmi bei Larissa. Mmh.

«Warum am Montag?»

«Ich sehe die Mutter von Timotheus am Freitag, und da wäre es doch ganz aufschlussreich, ihn am Montag darauf bei seinem Vater zu erleben. Haben Sie damit Probleme?»

Unsensibler ging es ja wohl nicht mehr. Natürlich war der Tag nach dem Umgangswochenende nicht der beste aller Tage für Timmi und mich.

«Nicht die Bohne», lachte ich leutselig ins Telefon. «Kommen Sie vorbei. Wir sind jederzeit bereit.»

Vier Tage später war ich in meiner Sorgerechts-Paranoia auf die Idee verfallen, Timmi diesen Donnerstag nicht von Larissa aus dem Kindergarten abholen zu lassen, sondern ihn großmütig selbst zu ihr zu bringen – mit dem Hintergedanken, wichtige Minuten der Kindesbeeinflussung vor dem Gutachtertermin mit Timmi verbringen zu können. Ich hatte mir gedacht, mit ihm noch ein Eis essen zu gehen und ein paar lustige Dinge zu machen, sodass er seiner Mutter ganz begeistert vom Zusammensein mit seinem Vater erzählen würde, und zwar auch noch am nächsten Tag, im Beisein der Gutachterin!

Eine spitzfindige Idee, die leider nicht spitz genug war, um in meinem geistigen Kalender stecken zu bleiben. Erst am Ende der Nachmittagsprobe fielen mir meine Pläne wieder ein. Ich begann zu rasen, aber die Uhr lief unerbittlich gegen mich.

Im Kindergarten war irgendein Fest, und ich schnappte Timmi, der natürlich keine Lust hatte, von der Schaukel herunter, schleppte den zappelnden Kerl ins Auto. Timmi war außer sich und schrie wie am Spieß, hochrot im Gesicht, ich schnallte ihn an und fuhr los. An jeder Kreuzung neben uns Autos mit mitleidig herüberblickenden Fahrern. Larissa stand schon in der Tür, in einem zum Niederknien figurbetonten Strickkleid mit einem extrabreiten Gürtel, die Haare frisch geföhnt.

«Warum ist das Kind im Gesicht voller Farbe? Du weißt, dass ich hier gleich Besuch kriege.»

«Im Kindergarten war Kinderschminken!»

Hinten guckte HaP Tielicke in einer albernen Chili-Schoten-Schürze kurz aus der Küche und rief:

«Hallo Jannek, du bist über eine halbe Stunde zu spät. Na, sagen wir mal, eine Stunde!»

«Ich will zu meinem Papa!», schrie Timmi, während er an meiner Hand herumtobte. Ich hielt ihn fest und sagte mit nicht geringem Stolz:

«Hier, habta jehört, wat er sacht! Unter Zeugen! Er will zu seinem Papa!»

Larissa blickte auf das rasende Kind und zog die Stirn in Falten.

«Natürlich will er zu seinem Papa. Das ist ja auch nicht unser Kind.»

Ich blickte verwirrt auf den zum Tiger geschminkten Jungen an meiner Seite, der mich jetzt still und finster aus fremden Augen in all der Farbe ansah.

«Waaaas? Bist du etwa nicht …. Ach, deswegen hat er so protestiert.»

Ich weiß nicht mehr, wie, aber ich schaffte es, binnen einer weiteren Stunde das fremde Kind zurück in den Kindergarten zu bringen und meinen Sohn zu finden, der sich als Baum hatte schminken lassen und im Rindenmulch versteckt hatte.

Larissa nahm ihn zuckersüß entgegen.

Das Wochenende verbrachte ich mit Nicole. Ich musste sie zunächst davon abbringen, mein Zuhause kennenlernen zu wollen, da ich es noch nicht für angebracht hielt, dass sie von meinem Leben als alleinerziehender Vater erfuhr; und da ich außerdem eine Begegnung mit Herr Bobzin fürchtete, der sicherlich ungnädig reagieren würde, wenn er mitbekäme, dass ich seinen Preis gewonnen hatte. Wir gingen also ins Kino und sahen uns eine romantische Komödie an, weil Biker weder allein noch mit ihren Kumpels in lustige Liebesfilme gehen.

Am Sonntagmorgen, als ich mit Nicole in ihrer kleinen Küche zum Frühstück zusammensaß und wir schon ein Pikkolo-Fläschchen Sekt intus hatten, fragte ich sie, einer Laune folgend:

«Möchtest du eigentlich mal Kinder?»

Nicole rief, ja klar wolle sie Kinder, am liebsten zwei Mädchen. Es gäbe so süße Sachen für Mädchen zu kaufen. Richtige Prinzessinnensachen. Sachen, die sie sich als Kind immer gewünscht, aber nie bekommen habe. Sie ging ins Wohnzimmer und kam mit ein paar Modezeitschriften wieder, in denen rosafarbene bezopfte Pausbäckchen mit ihren rosafarbenen Muttis auf antiken Karussels posierten. Nicole rutschte auf meinen Stuhl und blätterte mit mir begeistert durch die Fotostrecken. Wie ich dies oder das fände? Und ob das nicht zum Knuddeln sei?

«Und was ist, wenn es ein Junge wäre?», fragte ich, aber Nicole meinte nur, das wäre auch okay, weil es ganz, ganz tolle, supercoole Jungsklamotten gäbe.

Sie hatte auch Einrichtungsideen für Kinderzimmer. Ich fand das jetzt alles nicht *so* schlecht.


Frau Trautwein, die Gutachterin, die uns am folgenden Montag besuchte, war eine Frau von etwa vierzig Jahren mit etwas Oberlippenflaum und dichtem, dunklem Haar, das schon üppig mit grauen Fäden durchsetzt war. Sie hatte auch sonst etwas strikt Naturbelassenes an sich, eine Frau, die wohl mit einem guten Stück Olivenseife für sehr lange kosmetisch zufriedenzustellen war. Gutachterin Trautwein war darüber hinaus der Überzeugung, dass ein frisseliger brauner Rollkragenpullover sie ausgezeichnet kleiden würde, und mir stand es nicht zu, sie mit einer anderslautenden Bewertung zu behelligen. Ich zeigte ihr die Wohnung, insbesondere Timmis Zimmer, in dem wir extra zu diesem Zweck eine eindrucksvolle Autobahn aufgebaut hatten. Timmi war – wie immer nach dem Umgang – nicht sonderlich in Stimmung, blieb auf dem Boden sitzen, reichte ihr mürrisch die Hand und ließ sie schütteln.

«Was meinst du, Timotheus? Hast du ein bisschen Zeit für mich?», sagte Frau Trautwein. «Ich habe uns nämlich was zum Basteln mitgebracht!»

«Oh, Basteln», sagte ich wie ein Vater, der sein Kind in- und auswendig kennt, «Timmi bastelt gerne. Nicht wahr, Timmi?»

«Manchmal», brummte Timmi in sich hinein.

Mmh. Ich war kein Psychologe, aber so sah wahrscheinlich die Schlüsselszene im Lehrfilm «Entfremdungssymptome zwischen Vater und Kind bei strittiger Elterntrennung» aus. Danke, Sohn. Frau Trautwein entschied denn auch, dass meine Anwesenheit dem Kind nicht weiter von Nutzen sei.

«Den Papa schicken wir jetzt mal weg. Und dann zeige ich dir, was ich mit dir basteln will», sagte Frau Trautwein.

«Na klar», verzweifelte ich fröhlich, «ich geh mal zum Bäcker und hol uns was Leckeres zum Kaffee.»

Ich schloss die Tür und zog mich besonders laut raschelnd an, um die Gutachterin in Sicherheit zu wiegen. Aber schon dabei hielt ich für Sekunden inne, sodass ich hören könnte, wie Frau Trautwein etwas aus ihrer Tasche nahm und zu Timmi sagte:

«Hier habe ich ein paar Tiere mitgebracht. Und du sagst mir jetzt mal, welches Tier am besten zu deiner Mama passt und welches Tier zu deinem Papa und welches die Oma sein soll und welches der Opa …»

Ich hätte gern noch länger zugehört, aber die Normzeit für das Jacken-Anziehen eines nicht pflegebedürftigen mitteleuropäischen Mannes im März war schon um das Doppelte überschritten, und darum klappte ich beim Rausgehen überdeutlich mit der Wohnungstür.

Der Bäcker lag zwar nur zwei Straßenecken entfernt, aber es war früher Nachmittag, und ich musste bestimmt fünf Minuten anstehen, bis ich meine zwei Zimtschnecken und ein paar Stück Zitronenkuchen erstehen konnte.

Wieder zu Hause angekommen, drehte ich den Schlüssel im Schloss und schob mit dem Knie die Tür auf. Ich wollte gerade «Bin wieder da» rufen, als ich hörte, wie Frau Trautwein im Kinderzimmer mit ruhiger Stimme delikate Auskünfte von Timmi einholte.

«Papa ist also manchmal wütend? Was macht er da?»

«Er schreit oder wirft seine Hausschuhe herum. Einmal ist das kleine Fenster in der Tür kaputtgegangen. Da war er gleich noch wütender.»

«Und was hat er dann gemacht?»

«Danach? Er hat neue Hausschuhe gekauft. Und für mich auch.»

«Diese Plüschtiger-Hausschuhe, die ihr beide anhabt?»

«Ja, die sind ganz weich. Da kann man nichts kaputt werfen mit. Wir haben es ausprobiert.»

«Ihr habt es ausprobiert?»

«Ja, wir haben alles damit beworfen. Sogar meine Bettlampe ist heil geblieben. Und die ist bloß aus Papier.»

«Timotheus, darf ich dich mal etwas im Vertrauen fragen? Also etwas, das ich niemandem weitererzähle. Hat Papa dich schon mal geschlagen?»

Kurze Stille. Nach einer kleinen Weile hauchte Timmi ergriffen zurück:

«Ja!»

«Das hat bestimmt wehgetan ...»

«Ja!», hauchte Timmi jetzt mit erstickter Stimme.

«Weswegen hat dein Papa dich geschlagen? Weißt du das noch?»

«Weil ich schlecht war.»

«Timotheus, kein Mensch ist schlecht.»

«Doch, ich war schlecht. Richtig schlecht. Sonst hätte er mich doch nicht geschlagen!»

«Aber deswegen muss man jemanden doch nicht gleich schlagen, oder?», versuchte sich Frau Trautwein an erweiterten Wahlmöglichkeiten.

«Papa schon. Papa kennt keine Gnade», flüsterte Timmi.

«Aber du hast deinen Papa trotzdem lieb?»

«Wenn er mich schlägt, dann nicht. Dann hasse ich ihn.»

Ich konnte nicht ewig so in der Tür stehen. Was, wenn sie plötzlich das Kinderzimmer verließen und mich beim Lauschen entdeckten?

Ich stieß die Tür derb mit dem Fuß zu.

«Hier kommt der Kuchen!»

Als wir am Küchentisch saßen, begann Timmi umständlich die Zimtschnecke auseinanderzunehmen. Genau gesagt zupfte er sie in klitzekleine Stücke, die er dann untersuchte und dabei in einen großen und einen kleinen Haufen schichtete. Frau Trautwein betrachtete sein Tun mit Verwunderung und bedachte mich mit einem fragenden Blick.

«Er sortiert die Rosinen raus», erklärte ich.

«Wenn Sie das wissen: Warum kaufen Sie ihm dann Gebäck mit Rosinen?»

«Er mag Rosinen im Gebäck. Er will sie nur einzeln essen.»

Timmi grinste Frau Trautwein zustimmend an und steckte sich wie zum Beweis eine Rosine in den Mund.

«Das sind Sultaninen», erklärte Timmi. «Sultaninen sind gelb. Korinthen sind braun. Warum sind Rosinen nicht rosa?»

Frau Trautwein schmunzelte. Kindermund. Herrlich. So entdecken die Kleinen die Welt. Aber sie war im Irrtum. Wenn Timmi wirklich etwas wissen wollte, klang seine Frage anders. Frau Trautwein wusste nicht, dass Timmi nur zu einem einzigen Zweck Wissen erwarb. Um es anderen vorzuführen.

«Weil Rosine kein deutsches Wort ist», dozierte Timmi, «Rosine kommt vom Französischen. Vom Wort für Weinbeere. Ja, jetzt staunst du!»

Frau Trautwein schaute mit einem steif-anerkennenden

Blick herüber. Ich quälte mir ein überbreites Lächeln ins Gesicht. Rhetorische Fragen eines Fünfjährigen. Unangenehm
altklug, nicht wahr? Eine kleine, verlegene Pause entstand,
und Frau Trautwein fragte, ob sie mal die Toilette benutzen
dürfe. Timmi erkannte seine Gelegenheit.

«Darf ich Gameboy spielen?»

Ich nickte ihm gönnerhaft zu, worauf er sofort in sein Zimmer flitzte, aus dem binnen kurzem Tetris-Musik erschallte.
Neben dem Stuhl, auf dem Frau Trautwein gesessen hatte,
stand ihre Aktentasche, ein dicker schwarzer Pilotenkoffer.
Er war nicht verschlossen. Natürlich hätte ich es mir verkneifen können, hineinzuschauen, aber wir wissen alle, dass der
Mensch einst auf seinem Sterbebett eher die Dinge bereut, auf
die er verzichtet hat, als die Dinge, die er tat! Im Koffer lagen
kleine Kisten voller Plastiktiere, eine dicke Stifttasche, Akten
und Stapel von Papieren. Ein letztes Blatt stand in aufreizen-
der Weise etwas hervor, und deswegen zog ich es schnell raus.
Es handelte sich um eine Art Tabelle. In der Spalte ganz links
standen untereinander die Worte Mutter, Vater, Geschwister 1, Geschwister 2, Geschwister 3, Oma m., Opa m., Oma v.,
Opa v., Betreuungsperson 1, Betreuungsperson 2 usw., dann
kam eine Reihe von Spalten mit rätselhaften, abwärtsgeführ-
ten Koeffizienten. Die letzte war breiter und hieß: «Summe
Bindung». Da im Bad schon der Wasserhahn rauschte, konnte
ich nur noch schnell auf die Summenwerte für Mutter (5,6)
und Vater (6,2) schielen. Dann stopfte ich das Blatt zurück und
schloss den Koffer, um gleich darauf so hingebungsvoll auf
einem Stückchen Zitronenkuchen zu kauen, als müsse ich ihn
fürs Fernsehen testen.

Frau Trautwein kam wieder in die Küche, setzte sich, ohne
den Koffer eines Blickes zu würdigen, und rührte eine Weile
nachdenklich mit dem Löffel im Milchkaffee herum.

«Lassen Sie uns über etwas Ernstes reden, Herr Blume! Gab es in Ihrer Familie körperliche Züchtigung? Ist Ihrer Mutter mal die Hand ausgerutscht, wie man so sagt?»

«Ohrfeigen?», fragte ich zurück. «Nein, das war nicht ihr Stil.»

Frau Trautwein bestätigte den Empfang dieser beruhigenden Mitteilung, indem sie kurz die Augenbrauen hob. Sie hätte sie oben lassen können.

«Bei meiner Mutter gab es immer Arschvoll», fuhr ich ungerührt fort.

«Immer?», erschrak sich die Gutachterin.

«Meine Mutter hatte Prinzipien. Und eines dieser Prinzipien war: Man schlägt ein Kind nie ins Gesicht.»

Die Prinzipienfestigkeit meiner Mutter schien Frau Trautwein sichtlich zu verstören. Ich nahm mir noch ein Stück Zitronenkuchen und schob es in den Mund.

«Wie sehen Sie das heute?»

Frau Trautwein trank einen Schluck Kaffee und sah mich dabei, die Tasse mit beiden Händen apart in halber Höhe vor der Brust haltend, mit so viel analytischer Gefasstheit an, dass mir ganz trocken im Mund wurde vor lauter Not, nun den einen, entscheidenden Schlüsselsatz sprechen zu müssen. Jetzt ging es ums Ganze. Der traumatisierte Traumatisierer. Würde er sich offenbaren?

«Ich war oft sehr böse als Kind», sprach ich wie ein verzauberter Serienmörder. «Ich hatte es verdient.»

Ich konnte nicht anders. Es war doch eh alles Theater. Ich hatte meine Mutter lieb, selbst jetzt, wo sie Leuten die Haare abschnitt. Sie hatte mich übers Knie gelegt, wenn ich irgendwas mutwillig zerdeppert hatte. Und das hatte ich des Öfteren getan. Heute ist irgendwas zerdeppern ja kein Ding mehr, da lacht man drüber. Aber damals? In einer Dreiraumwohnung in

Berlin-Treptow, in den Siebzigern? In einer Zeit, als die Dinge noch einen Wert hatten! Das gute Geschirr. Glaubte Frau Trautwein wirklich, ich könnte bei meiner eigenen Mutter nicht zwischen echter Misshandlung und Verzweiflung unterscheiden? Ich wusste, was Frau Trautwein jetzt gern von mir hören wollte, und ich hätte es ihr aufsagen können. Aber ich wollte nicht. Ich war bockig. Von mir aus konnte Frau Trautwein mich jetzt selbst übers Knie legen, mir den Hintern versohlen, und dabei rufen: «Man sagt nicht: ‹Ich war böse!›» (Klatsch!) «Wenn ich das noch einmal von Ihnen höre, werde ich aber richtig sauer!» (Klatsch!) «Sie waren ein unschuldiges Kind, verstanden?» Ich würde trotzdem bei meiner Meinung bleiben.

Ich war kein unschuldiges Kind gewesen. Ich hatte die dicke Petra von der Schaukel geschubst, nur weil ich mal sehen wollte, wie das aussieht, wenn die in den Sand fliegt. Sie hatte mir nichts getan. Kinder sind nicht unschuldig. Kinder sind manchmal böse, nur um zu erforschen, wie sich das anfühlt, böse zu sein. Die Erforschung des Bösen gehört zum Kindsein dazu. Und dann gab es damals eben Arschvoll. Herzlich und direkt. Meine Mutter war kein Liebesautomat, sie war ein Mensch. Mit Prinzipien.

Frau Trautwein wartete bestimmt darauf, dass ich ihr als Nächstes erklärte, es hätte mir nicht geschadet. Aber das tat ich nicht, denn ich wusste, Frau Trautwein war die Expertin, die Einzige in diesem Raum, die sagen durfte, ob und wie jemandem was geschadet hätte oder nicht. Deshalb ergänzte ich grinsend:

«Das hätten Sie erleben sollen. Meine Mutter war Köchin, die hatte Kraft, das hat ganz schön gezwiebelt.»

Frau Trautwein presste jetzt die Lippen aufeinander und nickte so, wie man nickt, wenn man sich lieber nicht einfühlen möchte.

«Herr Blume, glauben Sie, dass körperliche Züchtigung ein Mittel der Erziehung sein kann?»

«Nein, glaube ich nicht. Es ist nicht effektiv.»

«Nicht effektiv», wiederholte Frau Trautwein für ihr inneres Protokoll und setzte endlich die Kaffeetasse ab. Ich wollte ihr nachschenken, aber sie wehrte es mit einer kleinen, scharfen Geste ab, die Hand über die Tasse haltend. Vielleicht stand in den geheimen Anweisungen für psychologische Gutachter, dass eine zweite Tasse Kaffee schon als Verbrüderung galt und befangen machte.

Aus Timmis Zimmer orgelte ein Tetris-Tusch nach dem anderen. Es klang wie ein Level, in dem eine höhere Macht mit Kinderfingern spielte.

«Haben Sie Timmi jemals geschlagen?»

«Ja, einige Male. Aber es wird weniger.»

«Ihre Ehrlichkeit ehrt Sie. Und ich will Ihnen auch glauben, dass Sie sich bemühen, es nicht mehr zu tun», lobte mich Frau Trautwein berührt. «Bei welchen Anlässen haben Sie Timmi denn geschlagen, wenn wir schon mal dabei sind?»

«Beim Schach», antwortete ich, «ausschließlich beim Schach.»

«Timmi spielt schon Schach?»

«Besser als Sie und ich», sagte ich stolz.

**W**ie immer hatte abends Schäfchen seinen Auftritt. Schäfchen war müde und wollte sich unbedingt setzen, ohne vorher gelesen zu haben, was doch an jedem der auf dem Teppich herumliegenden Bauklötze stand – dass es sich bei ihnen um Schleudersitze handele. Dementsprechend explosiv schoss Schäfchen an die Decke. Timmi trommelte vor Vergnügen ins

Kissen. Wieder ganz der Alte. Ich war glücklich, und in diesem Glück legte ich mich neben meinem Sohn ins Bett.

«Sag mal, was habt ihr da heute mit den Tieren gebastelt?», fragte ich ganz beiläufig die Decke über mir.

«Ach, ich sollte sagen, was du und Mama und Oma, Opa, Oma als Tiere seid.»

«Und? Was ist Mama?»

«Ein Fuchs.»

Hätte ich auch gewählt: rotblond, elegant, schmale Augen.

«Und Oma und Opa?», erkundigte ich mich mit falscher Zurückhaltung.

«Eine Gazelle und ein Hirsch.»

Nicht so überraschend, dass die Langpapps edle Tiere waren.

«Und Oma Gundel?»

«Ein Affe! Weil sie so eine breite Brust hat und so kurze Beine.»

«Okay. Kann man so sehen. Und ich?»

«Ein Tyrannosaurus Rex!»

«Ein Tyrannosaurus? Du hast Frau Trautwein gesagt, dass ich ein Tyrannosaurus Rex bin?»

«Aber Papa, der Tyrannosaurus ist mein Lieblingstier. Er ist total stark. Alle fürchten sich vor ihm. Er hat keine Feinde», sagte Timmi und versuchte mit einer Hand vor der Bettlampe einen Monster-Schatten auf die Wand zu zaubern.

«Ich weiß ja nicht», sagte ich, «Neuere Erkenntnisse besagen, dass er ein Aasfresser war. Wahrscheinlich roch er sogar aus dem Mund. Meilenweit.»

Ich machte kurze Arme wie ein Tyrannosaurus und hauchte gewaltig ins Zimmer.

«Vielleicht hat er sogar die Tiere mit seinem Atem getötet», flüsterte Timmi aufgeregt.

«Das ist sogar sehr wahrscheinlich», bestätigte ich meinen Sohn. «Der Tyrannosaurus Rex war das größte Landhauchtier, das jemals gehaucht hat. Niemand konnte gegen ihn anstinken.»

Dann versuchten wir uns gegenseitig «tot zu hauchen», bis mir einfiel, dass man im Bett liegende Kinder nicht aufputschen sollte, wenn man noch einen ruhigen Abend haben will.

«Und hast du denn wenigstens Frau Trautwein gesagt, dass der Tyrannosaurus dein absolutes Lieblingstier ist?», fragte ich und entspannte mich wieder.

Timmi verneinte. Wir sangen noch ein Partisanenlied, dann stand ich auf. Ich wollte die Tür schon hinter mir zumachen, als mir noch etwas einfiel.

«Wusstest du, dass sich die Tyrannosaurier mit Hauchzeichen verständigt haben?»

«Ja, genau», rief Timmi begeistert. «So konnten sie sich helfen, wenn einer mal Hauchschmerzen hatte.»

«Schlaf gut!»

Ich ging in die Küche, um mir mein Vaterfeierabendbier aufzumachen. Wenn Quatschmachen ein Kriterium des Kindeswohls wäre, dachte ich, hätte ich das Ding schon gewonnen.

RA Witte wiegte den Kopf unzufrieden hin und her, als ich vom Besuch der Gutachterin berichtete.

«Wenn Sie mich fragen, ist diese ganze Psychotesterei nur Spuk unterm Riesenrad. Aber die Richter lieben Gutachten. Deswegen müssen wir das ernst nehmen. Das mit dem Tyrannosaurus Rex ist natürlich etwas suboptimal. Der Vater als hässliches Riesenraubreptil aus der Urzeit. Das lässt nur

wenig Deutungsspielraum. Aber dass Sie bei der Bindungs-
arithmetik vor Ihrer Ex rangieren, ist ein heller Streifen am
Horizont. Sie haben eine um 0,6 Punkte bessere Bindung als
die Kindsmutter. So was ist natürlich völlig bescheuert, aber
auch superprima. Vielleicht verbessert sich Ihre Bindung ans
Kind sogar noch von 6,2 auf 6,2874 Pünktchen. Dann hätten
wir eine ganz klare Tendenz! Von Tendenzen sind Richter
immer sehr beeindruckt. Ach nein, geht ja nicht. Die machen
pro Gutachten immer nur einen Test. Passen Sie aber auf!
Beim nächsten Mal wird man Sie wahrscheinlich provozieren.
Irgendwas knifflig Pädagogisches. Bleiben Sie immer ruhig.
Werfen Sie nicht mit Gegenständen, schubsen Sie nie die Gutachterin.»

Bei ihrem zweiten Besuch, zwei Wochen später, meinte
Frau Trautwein unvermittelt im Gespräch, wir sollten Timmi
einen gemeinsamen Spaziergang vorschlagen. Ich entgegne-
te, dass ihn das vermutlich nicht begeistern würde. Irgendwie
hatte ich den Verdacht, dass Frau Trautwein genau das be-
absichtigte. Man muss kein Kinderpsychologe sein, um zu
wissen: Wenn man alle Fünfjährigen dieser Welt in einem
Park aussetzte, würde kein einziger auf die Idee kommen, spazieren zu gehen. Schon gar nicht Timmi, der mit dem Gameboy zu einer biomechanischen Einheit verschmolzen war und
nun entsprechend ungnädig reagierte. Er wollte ihn nicht
weglegen.

«Wir wollen spazieren gehen. Leg ihn jetzt bitte weg!», verlangte ich. Timmi drückte die Pausentaste, schloss den Gameboy in seine Arme wie einen Teddybär und sah mich böse an.
Frau Trautwein stand mit den Händen auf dem Rücken in

der Tür und beobachtete meine Reaktion so intensiv, dass es warm wurde auf der ihr zugewandten Gesichtshälfte.

«Gib bitte her!», sagte ich mit erzwungener Ruhe und hätte beinahe angefangen «Eins! Zwei! Und die letzte Zahl heißt ...» zu zählen, wäre mir in dem Moment nicht klargeworden, dass ich auf Drei keinerlei Drohung wahr machen konnte. Hinter mir lauerte die Gutachterin. Drohen war ja wahrscheinlich so was wie Hauen ohne Hände.

Ich stand da und kramte in meinem pädagogischen Notfallkoffer. Timmi bestechen? Den Gameboy tauschen gegen Süßigkeiten oder Eis? Willkommen auf dem Basar des Teufels! Das wäre die Bankrotterklärung jeder elterlichen Autorität. Oder sollte ich Timmis Schuldgefühle anspielen? In der Art von: Wenn du nicht mitkommst, ist der Papi ganz traurig!? Keine Chance. Timmi würde den Gameboy nicht mal rausrücken, wenn ich mich in Weinkrämpfen auf dem Fußboden wälzen würde. Ihn interessierte jetzt einzig das Spiel. Was sollte ich tun? Ich war nahe dran, mich umzudrehen und zu Frau Trautwein zu sagen: «Scheiße, er will ihn nicht hergeben. Was machen wir denn jetzt?»

Ich konnte förmlich spüren, wie Frau Trautwein im Geiste abschließende Sätze für ihr Gutachten formulierte.

«Beim Frustrationstest versagte der Vater kläglich. Er verhielt sich, als hätte er es nicht mit einem Vorschulkind zu tun, sondern mit dem Kaiser von China. Gegenüber der Weigerung des Sohnes agierte der Vater sichtbar konzeptlos und resignativ. Die gesamte Situation war von einer Art pädagogischer Paralyse gekennzeichnet. Zusammenfassend kann man die Einschätzung geben, dass es für die Entwicklung von Timotheus besser wäre, keinen Vater zu haben als diese Spottfigur ...»

Ich hockte mich hin. Hinhocken war immer gut. In Filmen

hockten sich alle Erwachsenen hin, wenn sie Kindern etwas Wichtiges sagen wollten. Sie machten sich klein, um die Kleinen nicht durch ihre schiere Größe herauszufordern. Sie verhandelten auf Augenhöhe. Ich hockte so lange, bis meine Oberschenkel sauer wurden. Dann fiel mir etwas ein.

«Timmi, auf welchem Level hast du jetzt gespielt?»

«27», sagte Timmi und sah mit flirrenden Augen zu mir her. Wahrscheinlich bestand ich für ihn in dem Moment nur aus bunten Klötzchen, die rasend durch eine Matrix stürzten.

«Glaubst du, dass du es auf Level 28 schaffen kannst?»

«Wenn mein Daumen richtig zittert, dann schaff ich es. Aber ich darf nichts merken. Wenn ich was merke, ist es vorbei.»

«Was darfst du denn nicht merken?»

«Nichts. Nicht das kleinste bisschen Nichts. Wenn ich nur merke, dass ich gleich das nächste Level schaffe, schaffe ich es nicht. Wenn ich merke, dass ich sitze, dann auch nicht. Oder wenn ich merke, dass mein Fuß juckt oder dass ich pullern muss, dann ist es aus. Ich darf nichts merken.»

«Ich hab das gesehen, Timmi. Du hattest Merkhunger.»

«Was ist ... Merkhunger?»

«Wenn dein Körper lange Zeit nichts zu merken hatte, bekommt er Merkhunger. Dann musst du ihm was zu merken geben. Wenn er genug gemerkt hat, gibt er Ruhe.»

«Aber wenn ich dauernd was merken muss, dann schaff ich das Level nie.»

«Doch. Du musst deinem Körper nur erst genug zu merken geben. Dann ist er merksatt und will nichts mehr merken. Dann kannst du wieder spielen. Wollen wir rausgehen und uns ein bisschen was merken? Vielleicht finden wir schnell was Merkwürdiges.»

Timmi nahm den Gameboy hervor, speicherte ab und gab

ihn mir. Ich drehte mich um und zeigte Frau Trautwein eine Na-wie-habe-ich-das-gemacht?-Grimasse. Sie nickte gütig. Ohne die Grimasse wäre sie wahrscheinlich wirklich beeindruckt gewesen.

Wir gingen durch den Park.

«Nehmen Sie sich jedes Mal so viel Zeit, um Ihren Sohn von gewissen Notwendigkeiten zu überzeugen?», fragte Frau Trautwein halb skeptisch, halb freundlich, als wir über den Kiesweg unter Platanen liefen.

Ich erklärte, dass mit Druck bei Timmi gar nichts zu erreichen sei. Nicht, weil es stimmte – ich hatte große Erfolge mit Druck erzielt –, sondern weil es gerade passte.

Frau Trautwein meinte, dass sie noch nie einen Fünfjährigen gesehen habe, der mit Stützrädern Fahrrad fährt. Ich hätte beinahe erwidert, dass er bis vor einem halben Jahr noch in die Windel gekackt hatte, wurde mir aber noch rechtzeitig klar darüber, dass ich Frau Trautweins Bild von Timmi nicht gerade um dieses Puzzleteil ergänzen sollte.

«Halten Sie Timmi eigentlich für altersgerecht entwickelt?», fragte sie weiter.

«Was ist altersgerecht? Gibt es eine Checkliste?»

«Allerdings, Herr Blume. Die gibt es.»

«Fahrrad fahren ist ihm nicht so wichtig. Dafür kennt er schon zwanzigtausend Wörter. Timmi hat andere Prioritäten.»

«Glauben Sie nicht, dass es zu Konflikten kommt, wenn er in die Schule geht?»

Timmi, zehn Meter vor uns, lag quer über dem Lenker und trampelte gelangweilt in die Pedale, während das Fahrrad zwischen den Stützrädern hin und her kippte. Ich blieb stehen, um ihn etwas Abstand gewinnen zu lassen.

«Das glaube ich nicht», sagte ich, «ich weiß es. Er wird es schwer haben.»

Frau Trautwein, die ebenfalls stehen geblieben war, runzelte die Stirn.

«Ich kann ihm nur den Rücken stärken. Mehr kann ich nicht tun. Timmi ist ein sonderbarer Mensch. Er ist kein Genie, falls Sie glauben, dass ich das denke. Er ist einfach nur sonderbar, er kümmert sich nur um sich selbst. Dafür wird es Gründe geben. Ich kann nichts tun, außer aufzupassen, dass ihm dabei nichts passiert.»

«Halten Sie sich eigentlich für den besseren Elternteil?»

Fangfrage. Wer sie beantwortet, egal wie, ist raus. Wer sich für den Besseren hält, ist offenkundig der Schlechtere. Ich tat, als würde ich über die Antwort nachdenken, aber dabei dachte ich: Was erwarten Sie eigentlich von mir? Glauben Sie, dass ich darauf eine ehrliche Antwort gebe? Dass ich Ihnen hier ins Gesicht sage, warum ich das Sorgerecht für Timmi will? Glauben Sie denn, dass seine Mutter Ihnen die Wahrheit sagt? Hier geht es um unseren Sohn – und der ist wie jedes andere Kind in einem Sorgerechtsstreit eine Waffe, um dem anderen wehzutun. Larissa bereut es, dass sie sich mit mir gepaart hat. Und ich bereue es ebenso. Wie soll man mit so viel Reue umgehen? Larissa will das Sorgerecht, um sich an mir zu rächen. Sie will mich zu etwas machen, das stundenlang unten im Regen warten muss. Und genau deswegen halte ich an Timmi fest. Damit das nicht geschieht. Und glauben Sie nicht, dass ich nicht weiß, dass ich Larissa damit wehtue. Sie ist seine Mutter, und sie liebt ihn. Auch wenn sie sich ihr Muttersein vielleicht «ganzheitlicher» und «harmonischer» vorgestellt hat. Und Larissa weiß auch, dass ich Timmi liebe. Auch wenn ich ihn nur mit der langen Gabel der Ironie füttere. Aber das alles werden Sie nie erfahren. Sie werden niemals auch nur einen Blick in diesen dunklen Abgrund aus Hass, Verstellung und Taktik werfen.

Nein, dieser Fall ist wie jeder andere beschissene Sorgerechtsstreit ein einziges Lügenkarussell! Und wenn Sie glauben, Sie könnten hier mit Ihren lächerlichen zwei Besuchen die Wahrheit herausfinden, dann trauen Sie sich und Ihrer psychologischen Halbwissenschaft eindeutig zu viel zu! Was Sie heute als liebevolle Geste zu sehen glauben, kann in Wahrheit die Umarmung einer Würgeschlange sein. Und die Ruppigkeit, die sie kritisch vermerken, ist womöglich tatsächlich nichts anderes als der Nackenbiss, mit dem der Löwe sein Junges in Sicherheit bringt. Es sind alles nur Momentaufnahmen, die, für sich genommen, gar nichts bedeuten.

Hinzu kommt:

Meine Frau kommt aus der High Society. Da ist Lügen so was wie Blinzeln! Bei denen zählt Lügen zur natürlichen Intelligenz. Und ich – ich bin Schauspieler! Ich bin vielleicht kein guter Schauspieler, aber ich bin es durch und durch. Es gibt in mir nichts, was nicht schauspielert. Manchmal ertappe ich mich dabei, wie ich im Bett liege und das Einschlafen nur spiele, verstehen Sie? Sie haben es mit Menschen zu tun, bei denen Verstellung zum Alltag gehört.

Was Sie hier also treiben, ist nichts als Anmaßung. Sie haben überhaupt keine Chance, die Wahrheit herauszubekommen! Aber es kann Ihnen auch egal sein. Für Sie geht es um nichts. Sie tun Ihren Job, aber Sie müssen nichts entscheiden. Und die Richterin, die entscheidet, die kann sich auf Sie berufen. Sie sind beide fein raus! Beide ein Teil der organisierten Verantwortungslosigkeit im Angesicht völliger Ohnmacht!

«Das weiß ich nicht», antwortete ich schließlich. «Aber ich weiß, was Timmi wichtig ist: ein stabiles Zuhause und dass er regelmäßig Kontakt zu seinen beiden Eltern hat.» So hatte RA Witte es mir gesagt, und so gab ich es wieder.

Ich wusste nicht, ob ich es gut finden sollte oder nicht, aber die Dinge spitzten sich zu. In der Einschätzung, die die Kindergartenleiterin verfasste, fanden sich Bedenken, ob Timmi schon die emotionale Reife für den Schulbesuch besäße. Larissa nahm dies zum Anlass, um zu fordern, dass Timmi noch ein Jahr zurückgestellt werden solle. Ich widersprach. Also wurde eine richterliche Entscheidung erforderlich. Dies aber, da die Einschulung drängte, noch vor dem abschließenden Bescheid zum Sorgerecht. RA Witte fand das wunderbar: Je mehr man ein Gericht mit Einzelentscheidungen belästige, umso eher neigten die Richter dazu, alldem ein für alle Mal ein Ende zu machen; und so ein kleiner, fieser Streit zwei Monate vor der Auswertung des Gutachtens, der sei hier genau das Richtige.

## MUSS MAN SIE IRGENDWOHER KENNEN?

Im Juni, drei Wochen vor dem Gerichtstermin zur Einschulungsfrage, wurde Timmi sechs. Ich war zu dem Entschluss gekommen, dass es besser sei, die Feier gleich direkt am Geburtstag zu machen und nicht erst am folgenden Samstag oder Sonntag. Erstens, da ich dann nicht um zwei oder drei Uhr nachmittags, sondern erst um vier anfangen musste, und zweitens, weil die Erwartungen an Spiel und Spaß an einem gemeinen Wochentag vielleicht nicht so hoch waren. Diese Entscheidung brachte es leider mit sich, dass ich auf Marta verzichten musste, die mittwochs ein Tutorium hatte. Ich überlegte mir einen Plan, denn nichts ist gefährlicher, als planlos in einen Kindergeburtstag zu starten. Wir würden also aufgetaute Mini-Windbeutel und Benjamin-Blümchen-Torte essen, dazu gäbe es Cola. Timmi durfte drei Jungs einladen, was sich schon schwieriger gestaltete, da Timmi sich nicht entscheiden konnte. Nicht, weil er zu viele Freunde hatte, sondern weil er unter denjenigen wählen musste, mit denen er sich noch nicht bis aufs Blut gezofft hatte. In diesem Zusammenhang ging mir auf, dass Timmi noch nie anderswo zum Geburtstag eingeladen worden war. Und wennschon, dachte ich. Machen wir den Anfang.

Schließlich standen am Geburtstagnachmittag drei Knaben vor unserer Tür. Zwei hatten neben ihren Geschenken noch extra Plastiktüten mit. Für die ganzen Preise, die sie bei den Spielen zu gewinnen dachten.

Ich hatte ein Seifenblasen-Set gekauft, mit dem man riesengroße Seifenblasen machen konnte. Seifenblasen groß wie Wasserbälle. Eine Stunde launiges Herumseifen hatte ich dafür berechnet, aber während wir die Torte aßen und beim Cola-Trinken einen spontanen Rülps-Wettbewerb veranstalteten, begann es zu regnen. Und zwar ausgiebig. Wir probierten das Seifenblasenmachen im Flur, aber Riesenseifenblasen, lernte ich schnell, hinterlassen beim Zerplatzen auch riesige schmierige Pfützen, und nach drei Versuchen war der Flur vor Glitschigkeit nicht mehr sicher begehbar.

Ich schickte die Jungs ins Kinderzimmer, wo sie als nächsten Party-Punkt die Kampfkreisel-Arena aufbauen sollten, und wischte den Boden trocken. Als ich fertig war, hörte ich ersten Unmut. Timmi, der beim ersten Kampf der Kreisel verloren hatte, weil sein Kreisel nach einigen Zusammenstößen als erster ausgetrudelt war, bestand darauf, dass er noch mal wettkreiseln dürfe, weil er ja Geburtstag habe. Er verlor wieder und erneuerte seine Forderung ungeachtet des Vorteils, den er schon genossen hatte. Auch diesmal wurde sie ihm gewährt. Der eine Junge begann aus Desinteresse am Spiel in einer von Timmis Kinderzeitschriften zu blättern. Timmi warf grimmig seinen Kreisel in die Arena, und die Kämpfer schlugen drehend gegeneinander. Timmis begann schnell zu eiern und langsamer zu werden. Beim dritten Mal weigerten sich die Gäste, Timmi eine Vorzugsbehandlung zu gewähren. Was tat er?

Er rastete aus. Schrie, er hätte den schlechten Kreisel bekommen, er wolle jetzt den Superzacken-Kreisel. Einer seiner Gäste beschied, dass Timmi doof sei wie immer, und der stürzte sich auf ihn. Ich trennte sie und redete beruhigend auf beide ein, was schwierig war, weil Timmi den anderen anspuckte, was eigentlich eine Extrabehandlung erfordert hätte, die ich aber jetzt nicht leisten mochte. Als sich die zwei wieder beruhigt hatten, entdeckte ich, dass der dritte, bislang in der Zeitschrift blätternde Gast fehlte.

Ich fand ihn im Flur, wo er sich gerade die Schuhe anzog.

«Wo willst du hin?»

Er erklärte, er wolle bei diesem Geburtstag nicht mehr mitmachen und seine Eltern sollten ihn jetzt abholen kommen. Vergeblich versuchte ich ihn umzustimmen, er blieb dabei und bestand darauf, dass ich Mama und Papa anrufe. Als seine Eltern, die sich auf einen entspannten Einkaufsbummel gefreut hatten und etwas verstimmt auf meinen Anruf reagierten, vor der Tür standen, verlangten auch die beiden anderen Jungs, nach Hause gefahren zu werden, auch sie hätten keine Lust mehr. Ich lockte, dass ich zum Abendessen Wiener Würstchen und Pommes im Angebot hätte, aber das interessierte sie nicht. So ergab es sich, dass die Party zum sechsten Geburtstag meines Sohnes, die um 16 Uhr begonnen hatte, um 17 Uhr 30 schon wieder zu Ende war.

Larissa kam eine halbe Stunde später. Ich wusste nicht, was besser war. Dass sie den peinlichen Zusammenbruch dieser Geburtstagsfeier nicht mitbekommen hatte oder dass sie mich jetzt mit einem Bier in der Hand vorfand, während Timmi in seinem Zimmer Gameboy spielte, als hätte es überhaupt nie eine Geburtstagsfeier gegeben. Sie gab ihm ein paar Süßigkeiten und einen Gutschein für eine Reise nach Legoland.

«Zu Hause», sie meinte natürlich ihres, würden auf Timmi noch ein paar Spielzeuge warten, unter anderem die Strax-Carrera-Vierfach-Kreuzung, die er sich so sehr gewünscht habe. Ich fragte mich, ob ein Kind normal bleiben könne, das in zwei Haushalten zwei identische Spielzeugsortimente besaß.

Dann trat Larissa in die Küche.

«War wohl nicht so toll?», fragte sie.

«Gab Streit. Timmi wollte immer gewinnen. Da sind die anderen gegangen», sagte ich, weil ich für diesen Tag keine Lust mehr hatte, mir irgendetwas Beschwichtigendes oder Erklärendes zum offenkundigen Charakterschaden unseres Sohnes auszudenken. Wenn Larissa das jetzt gegen mich verwenden würde, dann sollte es eben so sein.

Aber sie gab nur ein kurzes Tsss von sich, einen Schmerzlaut des Mitfühlens, dann setzte sie sich auf die andere Seite des Küchentisches. Ohne sie anzusehen, machte ich meinem Unmut Luft.

«Timmi ist einfach nicht wie andere Kinder. Einerseits ist er total klug und hat Sachen drauf, die andere erst im Gymnasium checken, andererseits ist er sozial ein kompletter Vollidiot.»

Das war herber gesprochen als gewollt, aber zu meiner Überraschung sagte Larissa in einem Ton echter Betroffenheit:

«Ich weiß. Bei mir ist er nicht anders.»

Ihre Stimme weht so süß herüber wie am ersten Tag. Klar und einfach, frei von jedem Sarkasmus.

«Er lässt manchmal überhaupt nicht mit sich reden. Er schreit sofort los, wenn er seinen Willen nicht kriegt», fuhr sie fort. «Was glaubst du, was ich schon erlebt habe mit ihm. Wir mussten von Partys weggehen, weil er völlig durchgedreht ist.»

Und dann tat Larissa etwas, mit dem ich nicht gerechnet hätte. Sie nahm mein Bierglas, trank einen großen Schluck, stellte es zurück und wischte sich mit dem Handrücken den Mund ab. Mir wurde weh ums Herz. Eine schöne Frau ist ja nicht dann schön, wenn sie in schönen Kleidern schöne Gesten in schöner Umgebung macht. Wahrhaft schön ist eine schöne

Frau, wenn sie fix und fertig mit ausgestreckten Beinen in einem Küchenstuhl fläzt und sich ein halbes Bier eingluckert.

«Ich weiß, dass es dir wichtig ist, dass Timmi endlich in die Schule kommt», sagte Larissa mild. «Er ist ja auch ein kluges Kerlchen. Aber, Jannek ...» Sie sprach nicht weiter. Von mir aus hätte sie auch nichts mehr sagen müssen. Es war ein «Jannek», wie sie es früher kurz vorm Einschlafen geflüstert hatte. Ein zusammengekauertes, zusammengeschmiegtes Kuschel-«Jannek». Vielleicht war es mit HaP Tielicke vorbei? Vielleicht hatte sie sich mit ihren Eltern zerstritten? Vielleicht war sie enterbt und geerdet? Vielleicht ...

«Kennst du eigentlich die Sonnenring-Schule?», unterbrach sie mein Sinnen.

Hatte schon davon gehört. Im Gesumm der Eltern über Einschulung und Schulsuche war der Name wohl mal gefallen. Aber mir war, als wenn es eine Option begüterter Menschen sei. Der Satz «Lorraine und Luis gehen auf die Sonnenring-Schule» klang in meinen Ohren wie «Lorraine und Luis werden nie wieder etwas mit euch zu tun haben».

«Kleine Klassen, maximal fünfzehn Schüler», erklärte Larissa, «extra ausgebildete Lehrer, die sich wirklich Zeit nehmen, wenn ein Kind mal Probleme hat. Das ist was anderes als eine dieser Volksgrundschulen.»

Sie ließ etwas Platz für eine Vorstellung von lärmenden Schulhöfen, in denen gewaltaffine Unterschichtkinder unseren Sohn zur Belustigung anderer in Pfützen tunkten, während hundert Meter abseits psychisch abgenutzte Lehrer betont desinteressiert das Fernsehen vom Vorabend beredeten.

«Jannek, ich würde zustimmen, dass Timmi jetzt schon eingeschult wird, wenn wir ihn auf die Sonnenring-Schule schicken.»

Sie lehnte halb über dem Tisch und hatte wieder diese mädchenhafte Begeisterung im Blick, die ich mal so gemocht hatte, bevor sie sie an diesen Uhu-Imitator verschenkte.

«Larissa, das ist doch eine Privatschule. Ich kann das nicht bezahlen. Nie und nimmer.»

«Hälfte, Hälfte», schlug Larissa vor.

«Larissa, ich kann das nicht. Du kennst meine finanziellen Verhältnisse.»

«Gut», sagte sie sehr betont, «ich würde es zu zwei Dritteln bezahlen. Vorausgesetzt, du schlägst es dem Gericht vor.»

Wenn deine Exfrau mit dir in der Küche sitzt, fast so als wäre sie noch deine Frau, vereint im Elend der Erziehung eines problematischen Knaben, dann fällt es schwer, solche Fragen zu stellen, aber ich rang mich dennoch durch:

«Warum solltest du das tun?»

«So ein Sorgerechtsprozess kann lange dauern!», antwortete Larissa. «Aber Jahre in der falschen Schule kann man nicht wiedergutmachen!»

Dann ging sie zu Timmi und verabschiedete sich.

Und ich dachte: Vielleicht hat sie recht. Vielleicht werden wir ja alle reifer und vernünftiger, je länger dieser Streit dauert.

**W**ir haben einen neuen Richter», sagte RA Witte ernst, als wir am Prozesstag die weiße Gerichtsbaracke betraten. «Die alte Richterin ist erkrankt. Kann gut sein, kann schlecht sein. Jedenfalls ist dieser hier noch nicht lange dabei. Junge Richter sind immer etwas unberechenbar. Ich weiß jedenfalls nicht, wie er tickt. Die Einschätzung des Kindergartens haben Sie gelesen? Ist nicht so prickelnd. Wenn man böswillig sein möchte, könnte man es als mangelnde Schulreife interpretieren.»

«Ich weiß, aber ich werde denen den Wind aus den Segeln nehmen.»

«Ach so?»

«Ja. Ich werde vorschlagen, dass er in die Sonnenring-Schule eingeschult wird.»

«Das ist doch eine Privatschule. Wann ist Ihnen die Idee denn gekommen?»

«Gestern. Als ich die Kindergarteneinschätzung gelesen habe.»

«Vielleicht hätten wir darüber sprechen sollen.»

«Tut mir leid. Aber bedenken Sie: kleine Klassen, motivierte Lehrer, Rundum-Betreuung.»

«Ja, aber Privatschule. Wo wollen Sie das Geld hernehmen?»

«Das schaff ich schon», erwiderte ich. «Entscheidend ist doch, wie das heute hier ankommt. Das Gericht wird sagen: Der Vater hat die Lage im Blick, er sorgt und reagiert angemessen und vorausschauend auf die Probleme des Kindes.»

RA Witte verzog skeptisch den Mund.

«Ich hätte es drauf ankommen lassen. So schlecht ist unsere Position nicht …»

Er wirkte das erste Mal wirklich verärgert, entschuldigte sich und ging nach draußen, um zu telefonieren. Ich blieb zurück und betrachtete mit großem Interesse die Scheuerleisten im Barackenflur, weil es sonst nichts zu betrachten gab. Das wohlzelebrierte Theater der Blickvermeidung, das sofort beginnt, wenn überaus feindselige Parteien drei Meter voneinander entfernt vor dem Gerichtssaal so tun, als kenne man sich nicht.

Der Richter kam dynamisch wie ein Sportlehrer den Gang entlang, die Akten fest unter die Achsel geklemmt, schloss uns auf. Er ging zu seinem Tisch und legte die entscheidenden Dokumente in einer bestimmten Reihenfolge vor sich ab. Er war wirklich jung. Vielleicht dreißig. Konnte er solche Dinge überhaupt bewerten? Ein Weintester, der noch nie Alkohol getrunken hatte. Ein Übersetzer, der die Fremdsprache nicht kannte. Ein blinder Schiedsrichter. Er lächelte vorsätzlich entkrampfend in die Runde, erkundigte sich bei mir, wo mein Rechtsbeistand sei, entschuldigte sich für den feuchten Geruch in der Baracke, kam aber dann doch, nach kurzem Blick in die Akte, gleich auf mich zurück.

«Verzeihen Sie: Sie sind Schauspieler, nicht wahr?», fragte der Richter. «Muss man Sie irgendwoher kennen?»

«Ich bin Schauspieler in einem Kinder- und Jugendtheater, im Theater am Park.»

«Mir ist nämlich, als wenn ich Sie schon mal ...»

«Vielleicht waren Sie mit Ihren Kindern schon mal in einer meiner Vorstellungen?»

«Nein, ich habe keine Kinder», sagte der Richter, «aber ist ja auch egal.»

RA Witte kam endlich, bat um Verzeihung und nahm Platz.

Der Richter eröffnete die Sitzung nun offiziell, ging den Zwist um die Einschulung noch mal kurz durch, fasste die Einlassungen des Kindergartens zusammen und fragte mich, was ich dazu meine. Ich sagte, dass ich das nicht so dramatisch sähe, bei bestimmten Punkten allerdings zustimmen könne, und schloss:

«Mein Vorschlag ist daher, Timmi nicht in eine staatliche Schule, sondern in die Sonnenring-Schule einzuschulen, ein privates Institut im Prenzlauer Berg, das auf höherbegabte und unorthodox agierende Kinder eingestellt ist. Das scheint mir besser, als ihn noch ein weiteres Jahr im Kindergarten zu unterfordern.»

Der Richter sah Larissa auffordernd an. Sie tat, als müsse sie sich zu etwas durchringen.

«Wenn das wirklich dein Ernst ist, Jannek ...»

«Mein vollster Ernst!»

«Gut, dann gebe ich meine Zustimmung, dass Timmi im Herbst in die Sonnenring-Schule eingeschult wird.»

Der Richter drehte mit überraschter Zufriedenheit die Handflächen nach oben.

«Nanu, das ging ja schnell. Habe ich das alles richtig verstanden? Ja? Gut, dann halte ich das mal fest. Die Parteien sind sich einig, dass ...»

«Ganz kurz», sagte RA Witte plötzlich, «ich muss mal unterbrechen. Es gibt da eine kleine Verwirrung.»

Er zeigte mir unter dem Tisch eine SMS im Display seines Telefons. Die Antwort auf sein Telefonat vor der Tür.

«Direx Marion Heidtm. geb. Tielicke, Schwester» stand da.

«Die Schulleiterin der Sonnenring-Schule im Prenzlauer Berg heißt Marion Heidtmann», erklärte RA Witte flüsternd, «aber das ist der Name, den sie mit der Heirat angenommen hat. Vorher hieß sie Tielicke. Marion Tielicke ist die Schwester von Hans-Peter Tielicke, dem zukünftigen Mann Ihrer Exfrau. Sie schicken Ihr Kind gerade in die Höhle des Löwen.»

Ich wurde blass und schaute fassungslos zu Larissa. Sie lächelte mich milde an. Ein kleines Dankeschön für meinen brav aufgesagten Vorschlag.

«Vergessen Sie es!», rief ich laut.

«Was jetzt, bitte?», fragte der Richter verdutzt.

«Vergessen Sie die Sonnenring-Schule. Timmi wird nicht in diese Schule gehen. Ich habe es mir eben gerade anders überlegt.»

Der Richter runzelte die Stirn.

«Aber Sie haben es eben selber vorgeschlagen! Mögen Sie mir vielleicht den Grund für Ihren plötzlichen Sinneswandel nennen?»

«Nein, möchte ich nicht. Ich will es einfach nicht mehr.»

«Von jetzt auf gleich? Einfach so? Ohne Begründung? Ihr eigener Vorschlag?», fragte der Richter konsterniert zurück.

«Richtig», antwortete ich.

Was sollte ich auch sagen? Dass ich Timmi nicht auf eine Schule gehen lassen wollte, in der meine Exfrau per angeheirateter Verwandtschaft sozusagen mit im Klassenzimmer saß? Das würde ja Manipulationen jeder Art Tür und Tor öffnen! Larissa guckte ratlos abwechselnd zwischen mir und ihrem Advokaten hin und her, der kam jedoch schneller und professioneller mit der abrupten Wendung des Geschehens klar.

«Herr Vorsitzender», sagte Larissas Rechtsanwalt mit einer hingeworfenen Ehrerbietung, die er dem jungen Mann in der Richterrobe nicht wirklich zugestand. «Ich denke, wir sehen an dieser Stelle noch einmal die völlig psychische Instabilität und Sprunghaftigkeit des Kindsvaters, die ohne Zweifel ein Grund für die Verhaltensprobleme von Timotheus Nepomuk sind. Vielleicht versteht das Gericht jetzt die Sorgen, die sich die Mutter macht, und warum sie sich so vehement für die Übertragung des Sorgerechts ausspricht.»

Ich lachte bitter auf und wedelte mit beiden Händen vor dem Kopf herum, um ihm zu bedeuten, dass er nicht ganz sauber sei.

«Mäßigen Sie sich bitte!», sagte der Richter zu mir.

Ich war Larissa in die Falle gegangen. Wieder mal. Deswegen war Timmi so gut in Schach. Es waren ihre Gene. Ich war der Trottel. Sie hatte recht, wenn sie mich und die Erinnerung an mich vollständig aus ihrem Leben tilgen wollte. Der Hass, der mich nun in seine Klauen bekam, war der schlimmste Hass von allen. Es war Selbsthass.

«Ich hätte niemals mit dir sprechen sollen», sagte ich, während ich merkte, wie meine Stimme diesen seltsamen, metallischen Klang annahm. «Ich hätte dich niemals zu Timmis Geburtstag einladen sollen. Aber darauf kannst du dich verlassen. Ich werde auch nie wieder mit dir sprechen. Nie wieder! Kein einziges Wort! Nicht in diesem Leben und auch in keinem anderen!»

Larissas Rechtsanwalt drehte sich mit einem Wird-ja-immer-besser!-Gesicht zu ihr, und sie hatte ebenfalls Mühe, ihr Erstaunen nicht in Frohlocken übergehen zu lassen.

«Das nehmen wir doch mal zu Protokoll, Herr Vorsitzender: Der Kindsvater bricht ohne jeden Grund die Kommunikation mit der Mutter von Timotheus ab! Das spricht nicht gerade für Bindungstoleranz! Ich denke, hier ergibt sich langsam ein Bild ...»

«Hier ergibt sich überhaupt kein Bild!», ich sprang auf, obwohl mich RA Witte die ganze Zeit schon an der Hose zupfte, um mich zur Selbstbeherrschung zu mahnen, und dann rief ich: «Du bist ein falsches Aas, Larissa! Du wirst Timmi niemals bekommen!! Eher werde ich ...»

Beim Wort «eher» fiel mir RA Witte buchstäblich in den Rücken und rief:

«Hier wird überhaupt nichts ‹eher›! Setzen Sie sich wieder hin!»

Er hielt mich jetzt mit aller Kraft an der Schulter zurück, um zu verhindern, dass ich über den Tisch sprang. Doch in dieser fatalen Geste, dem Zurückhalten eines Wütenden, entdeckte der Richter etwas, das seiner Erinnerung nachhalf.

«Ha, jetzt weiß ich's wieder», rief er. «Ich weiß, wo ich Sie gesehen habe. In der Bar. In der Rosella Bar. Sie sind der Typ, der die Frau belästigt hat!»

Er wandte sich an Larissas Verteidiger.

«Das können Sie nicht wissen. Aber ich spiele da hin und wieder Poolbillard.»

Dann drehte er sich wieder zu mir und rief:

«Ja, genau, Sie sind das. Ich wusste doch, dass ich Sie kenne. Da war so ein kleiner Mann, der Sie aufgefordert hat, die Frau in Ruhe zu lassen. Mit dem Sie sich dann prügeln wollten. Aber da hatten Sie die Rechnung ohne den Wirt gemacht, mein lieber Herr, der hatte Ihnen eine auf die Zwölf gegeben.»

Larissa konnte ihr Glück gar nicht fassen. Sosehr sie es auch versucht hatte: In den vielen kleinen Scharmützeln, die wir seit dem ersten Prozesstag ausgefochten hatten, war es ihr nie gelungen, mich zum Ausrasten zu bringen. Und sie hatte es wirklich ausgiebig und trickreich versucht, denn sie wusste, dass die Schlappe, die ihre Familie gleich zu Beginn hatte einstecken müssen, nur zu überwinden war, wenn ich – möglichst vor Zeugen – völlig ausflippte. Und jetzt geschah es! Und auch noch vor Gericht! Sie feierte diesen unvermuteten Triumph denn auch in gebührend hanseatisch-edler, wohlkalkulierter Weise. Sie schüttelte ganz langsam den Kopf, zog die Brauen in einfühlsamst-sorgenvollster Weise zusammen und sprach deutlich in die entstandene Pause hinein:

«Jannek, bitte! Du musst eine Therapie machen!»

RA Witte, der sich beim Zurückhalten meiner Person sichtlich von seinen persönlichen Vorgaben zu Distinktion und Kaltblütigkeit entfernt hatte, nahm wieder Platz und befahl in schärferem Ton, als ich je von ihm vernommen hatte:

«Setzen! Sie! Sich! Hin!»

Das konnte Larissa nicht zulassen, und deswegen rief sie in fast schon echt wirkender Verzweiflung:

«Mach endlich eine Therapie! Tu es für unser Kind!»

Das war der Gipfel der Perfidie. Niemand kann ermessen, was dieser Satz in mir auslöste. Meine Hände krallten den gelben, zentimeterdicken Hefter voller Schriftsätze und Anträge zu einem knüppelähnlichen Papierbündel zusammen. Larissa und ihr Anwalt sahen sofort, in welcher Gefahr sie schwebten, und rückten beide im selben Moment mit ihren Stühlen vom Tisch zurück. Und ums Haar wäre dieser Ersatz-Gerichtssaal in der weißen Leichtbaubaracke neben dem erhabenen wilhelminischen Justizpalast Schauplatz einer wahnsinnigen Bluttat geworden ... doch RA Witte war nicht bereit, die Dinge ihrem Lauf zu überlassen.

Er sperrte mir den Weg mit seinem rechten Arm, griff herzhaft in meinen Hosenbund und presste ihn so schmerzhaft zusammen, dass ich dem Gebot dieser Faust folgen musste und mich wieder niederließ.

«Von mir aus versauen Sie sich Ihr Leben, wie Sie wollen. Aber das hier ist nicht nur Ihr Prozess! Es ist auch mein Prozess!», zischte er erregt, während seine Faust um meinen Hosenbund noch ein paar Millimeter enger zusammenging. Dann wandte er sich an den Richter.

«Mein Mandant möchte sich entschuldigen wegen der stattgehabten Missachtung des Gerichts, Herr Vorsitzender.»

Der Richter, der den Ausbruch mit einer gewissen, nervöser werdenden Anspannung verfolgt hatte, nicht ganz schlüssig, ob er Hilfe rufen müsse oder die Situation sich von allein beruhigen werde, hatte sichtlich zu tun, das Drama zu verdauen. Dann klappte er seinen Aktendeckel zu.

«Kann er gerne machen, aber wissen Sie, was ich jetzt mache? Ich vertage! Der ganze Vorgang hier wirft doch ein paar Fragen auf. Ich entscheide das heute nicht! Ganz einfach! Ich vertage die Sitzung, und diese Schulsache wird zusammen mit dem Sorgerecht nach den Gerichtsferien im August entschieden. So, hatten wir noch was? Die Mutter will einen Tag mehr Umgang? Gut, soll sie haben. Ich seh keinen Grund, ihr das zu verweigern. Und Sie, lieber Kindsvater, bringen mir mal beim nächsten Termin ein polizeiliches Führungszeugnis mit. Vielleicht war das ja kein Einzelfall in der Bar ... Ach, und ich lasse das Kind anhören. Wie alt ist er jetzt? Sechs? Na, das geht dann schon mal.»

**D**as war schlimm.

Aber noch schlimmer war, dass ich nach dem Ende der Sitzung draußen vor der Baracke RA Witte gestehen musste, dass das alles keineswegs meine Idee gewesen, sondern dass ich Larissas Einflüsterungen gefolgt war. RA Witte schob sich böse die Maulwurfsbrille auf der Nase hin und her.

«Was habe ich Ihnen gesagt? Ich habe Ihnen gesagt, Sie sollen nicht mit der Kindsmutter reden!», knurrte er. «Ich denk mir doch so was nicht aus! Das sind jahrelange Erfahrungen! Und was haben Sie noch gerufen? ‹Du falsches Aas!›? Sind Sie noch bei Trost? Das war exakt das, was Ihre Exfrau wollte. Und Sie haben es ihr geliefert. Auf den Punkt.»

Er lehnte sich gegen das weiße Profilblech der Baracke und stocherte ungehalten mit seinen hellbraunen Budapestern im Kies.

«Wir hätten diesen Sorgerechtsstreit vor der Einschulung erfolgreich abschließen können. Stattdessen wird jetzt das Kind gehört. Mit sechs! Das machen Richter normalerweise nicht. Das machen Richter nur, wenn sie jemanden wirklich in Schwierigkeiten bringen wollen! Und das haben Sie sich allein zuzuschreiben! Jetzt sitzen Sie nämlich dumm da, und Ihre Ex spielt mit ihrem neuen Mann heile Welt. Raten Sie mal, wie lange es dauert, bis Ihr Sohn darauf kommt, dass er im größeren Kinderzimmer auch größeren Spaß hat? Glauben Sie, dass Sie da mithalten können? Jetzt, wo Ihre Ex dem Richter schon fast einen drittel Monat Umgang aus dem Kreuz geleiert hat.

Und Sie haben nicht mal eine Stiefmutter in spe für Ihren kleinen Racker, die emotional in dieser Liebesschlacht mithalten kann ...»

Dann ließ er mich stehen. Er war wirklich sauer.

Ich schlurfte vom Gerichtsgelände, die Hände in den Hosentaschen, als wäre ich ein Spaziergänger, der an einem freundlichen Sommertag ein bisschen die Seele baumeln lässt. Aber meine Seele baumelte an einem Strick. Denn es war doch so: Ich hatte schlechte Karten und keine Stiefmutter für Timmi. Nicht morgen und nicht übermorgen, und wie es aussah, auch nicht in einem Vierteljahr. Überhaupt, was war das für ein Mist? Musste ich nun mein persönliches Lebens- und Liebesglück davon abhängig machen, ob jemand mit meinem Sohn klarkam? Wo doch sowieso niemand mit Timmi klarkam? Nicole würde es niemals, und selbst Larissa tat ja nur so, als würde sie mit ihm klarkommen. Allenfalls seine Babysitterin, dieses auf Krawall gebürstete Gendermoppel, kam mit ihm zurecht. Aber Marta war ja gleich mehrfach keine Option. Der könnte ich den Verlobungsring gleich an den Stinkefinger stecken! Und dann diese grob romantische Schicksalshaftigkeit unseres Zusammentreffens! Ich hatte mich doch nicht mit der einen Spinnerin angelegt, um mit der nächsten weiterzumachen!

Wie man es drehte, es ging vorn und hinten nicht. Ich war ja bereit, einiges für meinen Sohn aufzugeben, aber nicht alles! Wenn der Preis für das Sorgerecht war, dass ich das letzte bisschen Selbstbestimmung in meinem Leben aufgeben musste, dann war er vielleicht zu hoch!

Als ginge es nur noch um Timmi. Plötzlich hasste ich mein

Leben. Ich hasste es so sehr, dass ich mich auf eine Bank setzte und eine Minute lang ein paar positive Affirmationen vor mich hin flüsterte, damit mir der Hass nicht noch im Gesicht stand, wenn ich bei meiner Mutter aufkreuzte. Es war eh schon nicht einfach, sie zu besuchen. Ich musste mich jedes Mal mehr dazu zwingen. Die Gespräche mit ihr irrlichterten vor sich hin. Peinliche Pausen entstanden und dauerten immer länger. Eigentlich fuhr ich nur hin, weil ich gucken wollte, ob es noch ging.

**W**as ist eigentlich mit meinem kleinen Jannekchen. Wie geht es dem?», fragte Mutter, als ich uns Kaffee auf den Tisch stellte.

«Mutter, Jannekchen steht vor dir. Wen du meinst, das ist dein Enkelsohn Timmi.»

Mutter lächelte, überhaupt lächelte sie in letzter Zeit etwas mehr.

«Mein ick doch.»

«Dem geht es gut.»

«Und Larissa?»

«Larissa und ich lassen uns scheiden und streiten gerade um das Sorgerecht für Timmi», sagte ich etwas lauter, weil, wenn man jemandem etwas schon öfter gesagt hat, und ich hatte es meiner Mutter weiß Gott schon vier-, fünfmal gesagt, dann versucht man es irgendwann mit größerer Lautstärke, obwohl das bei Demenz natürlich nicht hilft.

«Na, da habta euch aber wat vorjenommen», sagte Mutter. Wenigstens blieb ihre Reaktion gleich. Hoffentlich ein Zeichen der Stagnation.

«Es ist jedenfalls zurzeit alles sehr kompliziert», begann

272

ich den Versuch, mit meiner Mutter ein normales Gespräch zu führen. Ich hatte immer noch Erwartungen, mit irgendwelchen Inhalten zu ihr durchzudringen. Also erzählte ich dieses noch einmal, jenes erneut und ergänzt um Neueres, nämlich dass Timmi jetzt bei mir sei und ich eine Babysitterin für ihn hätte. Marta. Ohne sie ginge das alles ja gar nicht. Marta sei zwar ein bisschen durchgeknallt, aber Timmi liebe sie über alles. Marta würde viel basteln und backen, Pfannkuchen mit Wodka machen und mit Timmi die schärfsten Themen diskutieren. Marta sei zudem mollig und eine Dickenrechtlerin. Was so weit gehe, dass sie Timmi habe einreden wollen, die fette Meerhexe Ursula aus «Arielle, die kleine Seejungfrau» bestehe aus lauter fiesen Stereotypen, woraufhin Timmi im Kindergarten Ärger bekommen habe. Aber die beiden hätten ihren Spaß, und ich könne am Nachmittag und am Abend eben viel leichter arbeiten gehen. Außerdem sei Marta ziemlich klug, sie sage manchmal Dinge, die ich sonst so nie gesehen hätte. Dinge über Timmi oder mein Verhältnis zu ihm, und das sei fast rätselhaft, denn so lange würde sie uns ja gar nicht kennen. Überhaupt sei unser erstes Zusammentreffen ganz verrückt gewesen, ich hätte mein Fahrrad mit Martas Fahrrad zusammengeschlossen, vor der Uni. Wo wir hingefahren waren, um Zettel anzuhängen wegen einer Babysitterin. Und ich würde heute noch seltsame Anwandlungen kriegen, wenn ich daran dächte, dass Timmi ohne diesen Zufall niemals so eine perfekte Babysitterin bekommen hätte. Ohne Marta jedenfalls könnte ich auch nicht abends mal weggehen Und das sei momentan sehr wichtig, denn im Sorgerechtsprozess stünde es Spitz auf Knopf. Da sei einiges schiefgelaufen, und deswegen hinge jetzt alles davon ab, ob ich eine neue Frau für mich bzw. eine Stiefmutter für Timmi «auftreiben» könne. Da gäbe es meine aktuelle Favoritin Nicole, eine Sachbearbeiterin bei der

Senatsverwaltung. Sie sei sehr hübsch. Mindestens so hübsch
wie Larissa. Sie habe allerdings keine Ahnung davon, dass ich
alleinerziehender Vater sei. Und ich hätte echt ein bisschen
Schiss, sie zu fragen, ob sie sich mehr vorstellen könne. Weil,
wenn sie nein sagen würde, wäre es wohl vorbei.

«Was meinst du? Soll ich es riskieren? Soll ich sie fragen,
ob wir beide zusammen und mit Timmi ... oder soll ich noch
warten? Lange kann ich nämlich nicht mehr ...»

Ich sah Mutter an, die überhaupt nicht reagierte. Stattdessen drehte sie sich auf dem Stuhl nach hinten und langte
ächzend zum Küchenbord, um das Kaffeesahnepäckchen zu
greifen. Ich hätte das alles auch meiner Kaffeetasse erzählen
können.

«Wenn ick du wär, würdick allet so lassen», meinte sie
dann aber doch.

«Mutter, hallo? Du verstehst offenbar nicht, worum es
geht. Larissa heiratet ihren Liebhaber, und sie ziehen so ein
Familiending auf. Timmi nennt den schon beim Vornamen,
der sagt Hapi zu ihm, stell dir das mal vor, also nicht Onkel
oder so was. Hapi ist nicht mehr weit von Papi. Wenn ich in
den nächsten drei Monaten keine Frau vorweisen kann, die zu
Timmi passt, werden sich meine Aussichten verschlechtern.»

«Deswegen würdick allet so lassen.»

«Okay, Mutter, jetzt reiß dich mal kurz zusammen», sagte ich blödsinnigerweise, als wäre Demenz eine Art geistiger
Schlendrian. «Was soll ich denn so lassen? Ich bin ein alleinerziehender Vater!»

Ich begriff allerdings schon beim Aussprechen, dass das
meine achtzehn Jahre lang alleinerziehende Mutter nicht groß
beeindrucken würde.

«Ach, wat du immer erzählst. Abba so warste schon imma.
Bist halt ein bisschen wehleidig.»

«Es ist sinnlos mit dir. Du hörst mir überhaupt nicht zu.»

«Ick höre dir zu. Ick höre dir schon die janze Zeit zu. Imma höre ick zu. Abba du hörst dir nich zu. Du müsstest dir ma zuhören. Denn wüssteste Bescheid.»

Geplapper. Früher hatte ich es gemocht, meiner Mutter was zu erzählen. Sie musste gar keine Meinung dazu haben. Eine Mutter ist ja die einzige Frau, die einen liebt, ohne dass man was dazutun muss. Bei allen anderen Frauen muss man sich die Liebe verdienen. Das Zuhören sowieso. Schade, dass das jetzt bei Mutter wohl langsam vorbei war.

«Du weißt nicht, wie verfahren alles ist. Und das nur wegen Timmi. Manchmal denke ich, diese Sache mit Larissa ist der größte Scheiß, den ich jemals gemacht habe. Ohne Timmi wäre ich wahrscheinlich besser dran.»

Und dann sagte meine Mutter:

«Dit kenn ick. Ick wollte dir och wegmachen lassen.»

«Was?»

«Ick wollte dir nicht. Ick hatte schon 'nen Termin beim Doktor.»

Ich suchte in Mutters Gesicht nach Zeichen, ob sie flunkerte, aber es gab keine. Sie sah mich mit ihren Schildkrötenaugen an und hob kurz die Schultern.

«Wat sollte ick mittem Kind? Allein. Mir lauter dumme Fragen anhören?»

Das klang so logisch, dass meine schließlich doch stattgehabte Geburt das eigentliche Rätsel zu sein schien.

«Und warum hast du mich dann doch gekriegt?»

«Ick hatte mir vertan. Ick hatte jedacht, dass es erst nächste Woche war. War aber die Woche davor. Und denn war ick schon drüber über'n Termin.»

Nun gut, was hatte ich erwartet? Dass sich an einem stürmischen Tag voller Seelenkämpfe der Himmel über meiner frühschwangeren Mutter geöffnet und wärmende Strahlen in ihr Herz gesandt hatte? Dass sie angesichts rüschenbezogener Korbkinderwägen vor der Poliklinik plötzlich von Liebe zum Leben durchflutet worden war? Mutter hatte es einfach nur vermasselt. Ich verdankte mich Mutters Dusseligkeit.

Wir saßen in ihrer kleinen Küche am blauen Sprelacart-Tisch, an dem ich als kleiner Steppke morgens meinen Mekorna-Brei aus einem Duroplastschälchen gelöffelt hatte, und meine Mutter, die sich gerade aufmachte ins Nebelreich der Demenz, um nie mehr meine Mutter zu sein, sondern nur noch so auszusehen, langte mit ihren kurzen, dicken Fingern nach meiner Hand und berührte sie nur so ein bisschen, fast, als dürfe sie das jetzt eigentlich nicht mehr.

«Und denn musste ick dich kriejen, ging ja nicht anders. Und denn wurdste imma größa und immer hübscha und imma lustija. Und ick hatte Schuldjefühle, weil ick dir beinah hätte wegmachen lassen. Und nun guckste auch noch so traurig.»

«Ick gucke gar nicht traurig», sagte ich trotzig und sah doch plötzlich ein, dass die seltsame, verdruckste Zuneigung meiner Mutter zu mir, eine Zuneigung, bei der jede Zärtlichkeit vom schlechten Gewissen gebremst wurde, sicher an dieser Geschichte lag, die sie mir gerade noch erzählt hatte, bevor sie sich im Hirn meiner Mutter auflöste. Weil Kinder nicht wollen, dass ihre Eltern leiden, sagte ich mit schlimm berlinernder Erregung: «Du kennst mir vielleicht, aber ick kenne dir ooch. Du hast dir nicht im Datum vertan. Du wolltest dir vertun! Sowat vajisst man nicht einfach. Du hast dit vajessen wollen. So war dit nämlich in Wirklichkeit, Mutta.»

Vielleicht war es nicht ganz die Wahrheit, aber manchmal ist die Wahrheit auch herzlich überflüssig. Ich packte meine Hände auf ihre, und wir heulten ein bisschen. Wir hatten noch nie zusammen geheult. Es war das erste Mal, und es war, warum soll ich es verschweigen, auch das letzte Mal. Danach zupfte Mutter ein bisschen am Kragen ihrer Bluse herum, als ob ihr der auch schon wieder zu lang erschien und demnächst eingekürzt werden müsste. Und dann fiel ihr noch was ein.

«Der Mann von früher war übrigens da», schnupfte Mutter. «Er hat nach dia jefracht. Er hat jesacht, jetzt oda nie. Weil et irgendwann zu spät sein kann. Und ihr hättet ja schon jesprochen. Ick hab ihm jesacht, wode wohnst.»

Als ich am nächsten Tag nach Hause kam, stand der Mann von früher vor meiner Haustür. Ich sah ihn schon von weitem. Ich sah ihn sogar schon, bevor ich ihn richtig erkannte. Es gibt ja Männer, deren Positur ihre einstige Position noch Jahre danach zuverlässig aufbewahrt. Und der Chef des kleinen Protokolls, Lothar Buddenhage, stand, die Hände auf dem Rücken verschränkt, auf dem Bürgersteig der Görschstraße, als warte er nicht auf mich, sondern auf die Wagenkolonne, die einen Staatsgast vom Flughafen Berlin-Schönefeld durch jubelndes Spalier direkt vor seine Füße kutschieren würde. Er stand da, als stünde er hier seit 1972, und die Welt um ihn herum färbte sich ein bisschen in Orwo-Color. Seine Augen schützte eine kurios altmodische Sonnenbrille vor der Helligkeit, und über den Brillenrand hoben sich nun seine buschigen grauen Augenbrauen, als er mich entdeckte.

«Herr Blume!», sprach er mich mit ergreifender Vertraulichkeit an. «Ich habe was für Sie.»

Er erklärte, unser Gespräch habe ihm keine Ruhe gelassen. Er wäre ja sozusagen eidbrüchig geworden gegen die Genossen in Kuba. Auch wenn er gerne glauben wolle, dass ich mit dem Geheimnis kein Schindluder treibe, hätte er sich verpflichtet gefühlt, die auf der Insel damit Befassten und Betroffenen des Vorfalls von damals – falls ich verstünde – in Kenntnis zu setzen. Es habe eine Weile gedauert, wie alles da drüben unter der karibischen Sonne etwas länger dauere, aber nun sei die Reaktion eingetroffen, und er fühle sich offen gestanden erleichtert. Beim Wort «erleichtert» sackte er regelrecht zusammen, so sehr hatte ihn das Schreiben wohl von Sorgen und düsteren Gedanken befreit.

«Dies ist jedenfalls für Sie!», sagte er und übergab mir einen dicken Briefumschlag.

«Eine Einladung von allerhöchster Stelle. Von ihm selbst! Das ist etwas ganz Besonderes! Er ist sonst nicht so sentimental. Vielleicht haben ihn das Alter, die Krankheit milder gestimmt.»

«Ich soll nach Kuba fliegen?»

«So ist es! Hier in diesem Kuvert ist alles drin. Die Einladung, ein paar Fotos von ihm mit dem Küchenpersonal von damals, Ihre Mutter ist mit dabei, des Weiteren eine Liste mit Telefonnummern, unter denen man Ihnen bei allem behilflich sein wird. Hüten Sie alles wie Ihren Augapfel. Vor allem die Nummern! Glauben Sie mir, es gibt nur zwei Sorten von Menschen: die, die in der Zentrale anrufen müssen, und die, die die Durchwahl haben.»

Die unvermutete Aussicht, meinem Erzeuger in die Augen zu sehen, mich sozusagen in meinem Ursprung zu spiegeln, endlich Auskunft über das Verhältnis meines ausschließlich leiblichen Vaters zu meiner Mutter bekommen zu können, machte mich entschlossen. Hatte Vater in der Raketenkrise nicht auch alles auf eine Karte gesetzt? Irgendwann muss ein Mann die Entscheidung suchen. Am Donnerstag nach der Vorstellung würde ich zu Nicole fahren, mit ihr essen gehen und sie einfach fragen. Direkt und ohne Umschweife. Du willst ein

Kind von mir? Okay, würde ich sagen, hier ist es! Es heißt Timmi und ist sogar schon sechs Jahre alt. Gleich morgen können wir ihm zusammen coole Sachen kaufen, und danach ab ins Spaßbad. Es kackt nicht mehr in die Windel und löffelt seinen Brei von allein. Wie findest du das? Ich bleckte probeweise meine Zähne und strahlte eine imaginäre Nicole an. Unwiderstehlich. Vielleicht würde ich eine Zigarre rauchen und mit meinen geraden, dunklen Augenbrauen herüberwinken.

## ACHTUNDZWANZIG FRAGEN

Doch als ich an jenem denkwürdigen Donnerstag ins Theater kam, fing mich Gottfried mit einem «Warte mal, Jannek» auf dem Weg zur Garderobe ab.

«Du bist meine Rettung. Geht es dir gut? Ja? Wunderbar! Die Grippewelle hat uns voll im Griff. Den ‹Gestiefelten Kater› hab ich abgesagt. Alle Hauptdarsteller sind krank. Wir müssen umdisponieren. Wir spielen ‹Schneewittchen›, und dafür brauche ich dich.»

Ich schluckte die kleine Beleidigung herunter, die sich in dem schlichten Satz «Alle Hauptdarsteller sind krank» verbarg. Im «Gestiefelten Kater» spielte ich den Zauberer, der am Ende vom Kater gefressen wird. Für mich jedenfalls war das eine Hauptrolle gewesen.

Dennoch. Ich mochte Notsituationen wie diese: Man wird gebraucht. Man verdient sich Dank. Was bedeutet: In Notsituationen kann man sich Leute verpflichten, bei denen man dann später einen Gefallen gut hat.

Ich antwortete Gottfried also, er könne voll auf mich zählen, und eine Rolle wie den Jäger in Schneewittchen könne ich mir in einer Stunde raufziehen. Gottfried grimassierte verlegen.

«Den Jäger spielt Rudi. Rudi ist gesund. Ich brauche die böse Stiefmutter.»

Okay, das war eine Hauptrolle.

«Eine Frau. Ich habe noch nie eine Frau gespielt. Ich weiß nicht, ob ich das kann.»

Gottfried hakte mich unter.

«Du bist ein Mann, aber du bist ein schöner Mann. Und Schönheit ist, wie soll ich es sagen, etwas Übergreifendes. Mann oder Frau, egal. Das ist für wahre Schönheit nur eine Frage der Maske.»

Er boxte mich kumpelhaft in die Rippen. Ich murrte.

«Ich habe heute Abend eine Verabredung. Das Abschminken dauert mindestens eine Stunde. Haste nicht was anderes?»

«Also, ich nehm dich beim Wort, ich zähl auf dich. Und noch mal vielen, vielen Dank!», rief der Intendant und bog ab.

Ich ging in die Garderobe, wo tatsächlich schon der aus Rumänien stammende Garderobier wartete und mir grinsend ein giftgrünes Paillettenkleid samt zwei turmhohen Pumps entgegenhielt. Offenbar traute mir hier niemand ein Nein zu. Auf dem Tisch vor dem Spiegel lag eine Kiste mit glitzernden Karfunkelringen und Ohrgehängen, daneben ein Textbuch. Marta hatte schon recht. Geschlecht war nichts Biologisches. Es war völlig verhandelbar. Und in meinem Falle sogar noch schlimmer: Ob ich ein Mann oder eine Frau oder nur eine Birne war, entschied mein Arbeitgeber.

«Ah», sagte der Garderobier, als er mich ins Kleid geklemmt hatte, «du hast eine viel mehr schöne Hintern als Giselle.» Und klappste mir eins drauf.

«Ich geh dich melden, mein Freund», warnte ich ihn.

Aber ich ging in die Maske und ließ mir eine kiloschwere schwarz-violette Perücke aufmontieren, während ich «Bring er das Kind hinaus in den Wald, ich will's nicht mehr vor meinen Augen sehen. Er soll es töten und mir Lunge und Leber zum Wahrzeichen mitbringen!» in zwei Dutzend verschiedenen Tonlagen probierte.

«Lunge und Leber!», sagte ich in den Spiegel zu Vanessa,

der Maskenbildnerin, die mir, mit fünf Haarnadeln im Mund, meine Perücke festklemmte. «Also die Hellste isse ja nicht, die Stiefkönigin! Lauter lappige Innereien. Völlig ungeeignet zur Mordkontrolle. Und eine Riesenschweinerei! Erst mal das ganze Schneewittchen aufbrechen, den Brustkorb knacken und dann die Lunge entfernen! Das ist ein Gezerre, sag ich dir. Und dann das Schneewittchen-Gedärm rauskrempeln, um an die olle Leber zu kommen. Das ist doch Leuteschinderei, so jung ist der Jäger ja nun auch nicht mehr. Also, ich hätte mir die Augen mitbringen lassen. Zweimal zehn Gramm. Und gut ist.»

Vanessa sagte, dass es Wissenswertes und weniger Wissenswertes gäbe. Ich memorierte also den Text weiter, sprach ihn schließlich mit geschlossenen Augen, als mir Vanessa sorgfältig die Kunstwimpern aufklebte.

«Wow!», sagte Vanessa, als sie ihr Werk im Spiegel bemusterte. «Diesmal hat das Schneewittchen schlechte Karten!»

«Seien wir doch ehrlich: Frauen sind einfach keine besonders guten Frauen!», sagte ich und schmatzte ihr ein fettglänzend-kirschrotes Küsschen hin.

Als ich nach der Vorstellung in die Garderobe kam, meinte der Garderobier, mein Handy hätte dauernd gesummt. Ich zog es aus der Jacke. Marta hatte zwölfmal angerufen und vier SMS mit der Bitte um Rückruf geschickt. Nicht gut. Vom Anrufbeantworter sprang mich die verzweifelte Stimme Martas an: Bei Timmi komme es oben und unten raus, sie habe keine Ahnung, was sie tun solle, und sie könne keinesfalls weiter mit Timmi allein bleiben. Ich simste im Gehen «Komme sofort!», weil mir schon der Anruf zu lange gedauert hätte.

Ich warf meine Jacke, Schuhe und Hose in die Tasche und

stöckelte auf meinen grünen Glitzerpumps die Treppe hinab zum Parkplatz. Quetschte mich mit dem Kleid und der hohen Perücke in den Fiat Panda, ließ die quälende, aber nötige Viertelminute den Anlasser laufen, dann knallte es aus dem Auspuff, und der Motor sprang an. Jetzt rief ich Nicole an, erklärte mit glaubhafter Qual, dass ich krank geworden sei und wir unser Treffen verschieben müssten. Sie fragte, ob sie zu mir kommen solle, aber ich gab mich infektiös. An einer Kreuzung starrte mich ein Spremberger Eigenheim-Paar entgeistert aus seinem Mittelklasse-Toyota an. Dit jibtet och nur in Berlin, dit riesige Dreck-Queens in winzjen Rostlauben durch die Nacht knattern. Na ja, habta wieda wat zu erzählen, wenner zurück in Spremberg seid.

Marta zuckte erschrocken zusammen, als ich in die Wohnung kam. Erstens wegen meines Aufzugs und zweitens, weil sie gerade dabei war, ihre Nerven mit dem Rest aus der Wodkaflasche zu beruhigen. Ich entschuldigte mich, dass ich mich nicht abgeschminkt hatte, aber es hätte wirklich nicht gut geklungen, was sie mir da auf den Anrufbeantworter gesprochen hätte.

«Ich hatte voll die Angst», sagte Marta, «der hat sich die Seele aus dem Leib gekotzt. Ich dachte, der stürzt kopfüber ins Klo. Denn war aber irgendwann gut, kam ja auch nix mehr, und jetzt schläft er. Ich war eben noch mal drin.»

Ich sah nach Timmi, Marta kam hinterher.

Er lag kraftlos in den Kissen, kratzte sich hin und wieder, atmete aber ruhig. Ich küsste ihn sanft auf die Stirn, weil man mit den Lippen besser Fieber misst als mit der Hand. Maximal erhöhte Temperatur.

Und mit einem Mal wurde mir ganz mild ums Herz, weil ich in einem völlig unkriegerischen Sinn verstand, warum ich Timmi nicht hergeben wollte. Ich wollte kein Umgangskind. Ich wollte seinen Alltag. Ich wollte den Trott, das endlose Einerlei. Das Angetreibe am Morgen. «Los, trödel hier nicht rum, drei Happse noch!»-Floskeln. «Flotte Füße!» Winzige Rituale. Die Art, wie Timmi die Luft anhielt und die Brust rausdrückte, wenn ich den letzten Knopf an seiner Jacke schloss. Die Art, wie Timmi mit der Zunge in der Wange herumfuhrwerkte, wenn er auf dem Boden saß und etwas ausschnitt. Das Bild zweier unterschiedlich großer, nebeneinanderstehender Schuhpaare an der Eingangstür. Ich wollte ihn gesund und krank. Verschwitzt und blass. Ich wollte ihm keine Zuckerwatte kaufen, ich wollte ihm Tee machen und eine Stulle schmieren.

Dann ging ich lieber, bevor er noch erwachte und Schneewittchens böse Stiefmutter vor sich sah.

«Das geht gerade rum im Kindergarten», sagte ich, in die Küche zurückgehend. «Da geht eigentlich dauernd was rum. Müsste eigentlich Seuchengarten heißen.» Ich kratzte mich unwillkürlich an der riesigen Perücke.

Marta konnte den Blick nicht von mir lassen und setzte sich beinahe neben den Stuhl.

«Sprich mal weiter! Und steh nicht so rum», befahl sie, «beweg dich mal ein bisschen.»

«Was soll ich denn sagen? War 'ne schöne Vorstellung heute. Das halbe Haus voll.»

Ich ging zum Kühlschrank, um mir ein Bier zu nehmen.

«Ich meine, beweg dich mal wie ein Mann», forderte Marta.

Ich zog die Schublade auf, griff nach dem Flaschenöffner, ließ den Kronkorken extra lässig von der Bierflasche springen und trank einen Schluck. Dabei warf ich die Schublade mit einem kurzen Beckenschwung zu, während der Kronkorken auf der Arbeitsfläche austrudelte.

«So etwa?»

«Nein, nein», Marta schüttelte entsetzt den Kopf, «du bewegst dich überhaupt nicht wie ein Mann.»

«Wie auch? Ich habe ein enges Kleid an.»

«Also gut. Ich habe ein bisschen was getrunken auf den Schreck, deswegen labere ich wahrscheinlich nur Scheiße. Aber echt jetzt mal. Du siehst aus wie der helle Wahnsinn. Wie diese böse Fee aus meinem Märchenbuch.»

«Das liegt vermutlich daran, dass ich eine böse Fee bin.»

Marta nickte überbegeistert.

«Jajajajaa! Findest du nicht auch, dass die bösen Feen immer viel besser aussehen als die guten? Jedenfalls, die böse Fee war die erste Frau, die ich so richtig heiß fand … Und jetzt du in diesem Aufzug, das hat mich gerade echt geflasht.»

Marta sah mich an, wie sie mich noch nie angesehen hatte. Ich lachte ein theatralisch-boshaftes Cruella-De-Vil-Lachen, warf mein Perückenhaar stolz nach hinten, streckte meine Hand mit geflügelten Fingern dramatisch in die Luft und marschierte mit großartig entsicherter Hüfte in der Küche auf und nieder, während ich schmetterte.

«I am what I am
I don't want praise
I don't want pity
I bang my own drum
Some think it's noise
I think it's pretty
And so what if I love each sparkle and each bangle
Why not try to see things from a different angle?
Your life is a sham
Till you can shout out

I am what I aaaaaaaaam!»

Marta hatte die Füße auf den Stuhl gezogen und biss vor Vergnügen auf ihren Fingerknöcheln herum. Schließlich blieb ich, die Hand in der Hüfte, vor ihr stehen und blinkerte sie verführerisch durch meine Anderthalb-Zentimeter-Peitschen an. Der Effekt hielt drei phantastische Sekunden. Marta wurde rot.

In einem Haus auf der anderen Straßenseite wurde ein Fenster aufgerissen, und eine Männerstimme rief:

«Wer hat das eben gesungen? Wo wohnst du, Süßer?»

Ich rollte mit den Augen wie eine Diva, stöckelte an Marta vorbei und schloss das gekippte Fenster. Marta befreite sich mühsam aus ihrem Ergötzen.

«Du kannst ja richtig singen», meinte sie, als ich den nächsten Schluck Bier nahm.

«Schlechte Schauspieler können alle gut singen», sagte ich gelassen.

Marta, die beinahe geseufzt hätte, stand abrupt auf und versuchte, sich zu konzentrieren.

«Ich muss jetzt gehen. Weil du so schö–, ähm, weil es so spät ist. Das ist das Problem. Als Mann finde ich dich maximal ganz nett. Aber als Frau bist du … umwerfend. Sage ich mal so. Also, dann. So long und goodbye. Und, nein, danke. Ich finde raus.»

Als Marta in den Flur trat, musste sie sich kurz mit beiden Händen im Türrahmen festhalten. Sie lehnte sich vor, als müsse sie sich übergeben, aber es war nur, um Schwung zu holen. Denn dann stieß sie sich zurück und drehte sich mit einem Ruck um. Mit entschlossen gekreuzten Pupillen sah sie mich an. Ich hatte fast vergessen, wie klein sie wirklich war. Sie sah aus wie ein Spatzenjunges, das aus dem Nest in die Luft glotzt.

«Mach die Augen zu», sagte sie verzweifelt.

«Bitte sehr», sagte ich und schloss die Augen.

Dann konnte ich riechen, wie sie näher kam. Erst ein Fähnchen Wodka, dann der Duft ihrer Haut. Millionen winziger, superselbstbewusster Marta-Moleküle rieselten heran, dazu schob sich eine leichte Wölbung von Wärme in die schrumpfenden Millimeter zwischen uns. Sie hatte sicher noch nie und schon gar nicht betrunken ein so filigranes Manöver im erdnahen Raum riskiert. Ihr Atem fauchte kleine Steuerstöße. Dann glitt ihre Unterlippe mit schwereloser Unausweichlichkeit auf meine Oberlippe, und ich dachte noch, verrückt, was für harte Worte diese weichen Lippen sprechen konnten. Ich hatte mit einem Küsschen gerechnet, aber nach drei Sekunden fasste Marta mir so fest an den Hinterkopf, dass mir die Perückenklammern in die Kopfhaut stachen, und saugte sich in mich hinein, als wäre ich eine Sauerstoffmaske. Ich musste aufpassen, dass ich nicht umkippte.

Zungen schmecken ja alle irgendwie nach Zunge, aber Marta schmeckte echt gut. Richtig lecker. Hätte ich früher gewusst, wie gut sie schmeckt, wäre sicher alles viel komplizierter geworden. Das wäre ja gewesen, als wenn man weiß, dass man noch irgendwo Süßigkeiten im Haus hat …

Marta stand hochgereckt da und trampelte plötzlich einmal kurz mit beiden Füßen auf den Boden wie ein bockiges Kind. Ich verstand es erst nicht, aber dann begriff ich, dass sie wütend wurde. Wütend darüber, dass ich nicht wirklich die böse Fee aus ihrem Märchenbuch war. Dann lösten sich unsere Lippen, sehr langsam, wie Haftnotizen.

«Schade», sagte Marta schlicht.

«Du könntest dableiben», meinte ich und begann mich sofort zu schämen. Schließlich hatte ich diese Nacht mit Nicole verbringen wollen, und plötzlich klang ich, als würde ich Marta überreden wollen, Nicoles Ersatz zu sein. Das Irritierendste dabei war allerdings der Gedanke, dass irgendetwas offenbar in mir überhaupt kein Problem damit hatte, Marta anzumachen. Sackmantel-Marta. Speckhaar-Marta. Muffin-Marta. Die Willendorfer Venus unter den RauteFettaktivist-SternchenLeerzeichenInnenSchrägstrichDickenrechtlerUnterstrichInnen. Aber warum sollte ich sie nicht fragen? Timmi schlief sich gesund, Marta schmeckte wie ein Dessert, und ich hatte ein Paillettenkleid an, das ihr offenkundig den Verstand raubte. Beste Voraussetzungen.

«Vergiss es.»

«Bist du lesbisch?», fragte ich.

«Das geht dich einen Scheiß an», sagte Marta. Sie schüttelte fassungslos den Kopf, aber nur sachte, wegen des Alkohols.

«Du bist echt unterirdisch!»

«Nun mal langsam», sagte ich und stemmte meine Hände in die grüngold beflitterten Hüften. «Ich habe dich mit allergrößtem Respekt behandelt. Was ist denn unterirdisch daran, dich zu fragen, ob du dir vorstellen könntest, mit mir zu schlafen?»

«Weil du mich zwingst, mir etwas vorzustellen. Ohne Triggerwarnung.»

Sie hielt sich kurz den Mund zu, weil sie beim Wort «Trigger» schlimm aufgestoßen hatte.

«Ich zwinge dich gar nicht.»

«Doch, weil du weißt, dass ich der heteronormativen Kultur kritisch gegenüberstehe. Und mit dir zu schlafen ist ja wohl das Heteronormativste, was es gibt. Mit dir in einem Raum zu sein, ist schon heteronormativ. Und dann noch: Schlaf mit mir! Das ist ja keine subtile Bemerkung, wo unten noch was Kleingedrucktes steht. Das ist voll der Kartoffeldruck! Jawohl, heteronormativer Kartoffeldruck!»

Sie lehnte sich nach vorn wie ein Sumo-Ringer. Ich schlug

meine schwer bewimperten Augen nieder, seufzte genervt und schlug sie wieder auf.

«Komm mal raus aus deiner Wärmestube. Bloß weil du drei Vokabeln mehr gelernt hast als ich, hast du noch nicht alle Welträtsel gelöst. Wer weiß schon, wer er-sie-es selber ist? Vielleicht bin ich ein Mann, vielleicht eine Frau. Vielleicht irgendwas dazwischen oder nur von elf bis zwölf. Scheiß auf Identität. Identität ist böse. Identität macht aus Menschen Christen und Moslems, Serben und Kroaten, Mütter und Väter. Was ein Mensch ist, das ist doch nicht halb so spannend wie das, was er alles sein könnte. Gib mal ein bisschen Kontrolle ab. Lern uns beide doch mal kennen.»

Marta, die immer noch im Türrahmen stand, als wolle sie mir den Weg versperren, bewegte ihren Kopf während meiner Rede hin und her, als wäre ich ein Vexierbild, das mit jeder Bewegung eine andere Gestalt zeigt. Verständlich, man wird ja auch nicht jeden Tag von einer schönen bösen Fee mit sonorer Männerstimme belehrt.

«Na gut», sagte Marta, «ich bleibe. Ich hätte eh übernachtet, wenn du nicht gekommen wärst.»

Ich zeigte mit beiden Zeigefingern auf mein Gesicht.

«Soll ich so bleiben? Hat vielleicht was!»

«Nein, kannste dir abschminken.»

«Aber so was von?»

«Das habe ich nicht gesagt.»

Marta lächelte mit verschränktem Blick, und ich wurde etwas süchtig danach.

**M**arta hatte einen kleinen blauen Koffer mit, in dem sich ein Necessaire, eine schon ziemlich abgenutzte Zahnbürste, ein rosa Frotteebademantel und ein kurios geblümtes Nachthemd befanden – ein epochenübergreifend unmodisches Flatterhemd, wie es fahrende Vietnamesen Mitte der Neunziger in ostdeutschen Kleinstädten im Angebot hatten.

«Ich möchte dir etwas sagen, Jannek», Marta stellte sich am Fußende meines Bettes auf, «es ist nämlich so: Ich bin hochsensibel, und du bist es wahrscheinlich nicht.»

Ich guckte so wenig beleidigt, wie ich nur konnte.

«Das heißt: Ich habe eine ganz schmale Komfortzone», fuhr Marta fort, «und wenn du dich nicht an meine Anweisungen hältst, dann wird das heute nichts mit uns.»

Sie begann, an ihren Fingern abzuzählen:

«Erstens: Ich hasse Komplimente. Wenn du irgendwas an mir schön findest, behalt es für dich oder schreib es meinen Eltern. Zweitens: keine Eigenmächtigkeiten. Wenn du etwas tun willst, fragst du vorher. Drittens: Es wird nicht gerammelt. Unter keinen Umständen. Kein Sportficken.»

Sie schien nicht sicher, dass ich alles genauso verstanden hatte, und deswegen formulierte sie noch einmal sehr, sehr deutlich:

«Ich werde nicht objektiviert! Ist das klar?»

«Das passt alles wunderbar», meinte ich mit hinterm Kopf verschränkten Armen daliegend. «Angst vor Fehlern ist das Fundament meiner Erotik.»

«Und ich hasse Ironie», sagte Marta, zog ihren Bademantel aus, trat mit feiner Würde im verschossenen Nachthemd auf die andere Seite des Bettes und stieg hinein. Draußen im Hof balgten sich Katzen und schrien wie Babys.

Es gibt Sex, und es gibt Sex, wenn ein krankes Kind zwei Türen weiter schläft. Sex, wenn ein krankes Kind zwei Türen weiter schläft, dauert deutlich länger, weil alle drei Minuten einer keuchend innehält und fragt: «Psst! Hörst du? Ich glaube, er ist wach!»

Einmal klopfte Marta mir sogar wild auf die Schulter und sagte: «Doch, jetzt, aber echt. Er hat irgendwas gerufen!», und ich hob den Kopf und sagte: «Ich kann nichts hören, wenn deine Schenkel auf meinen Ohren sind!» War dann aber doch nichts. «Gut», sagte Marta ungeduldig nach zehn Sekunden Lauschen, «dann mach weiter! Und zwar genau in dem Winkel, klar?»

Achtundzwanzig Anweisungen später drehte sich Marta verschwitzt von mir weg. Sie ließ nicht zu, dass ich meinen Arm um sie legte, was unbequem war, weil ich dadurch stramm wie ein Soldat mit Händen an der Hosennaht hinter ihr liegen musste. Mit böser Genauigkeit strich sie an ihren vom Schweiß an die Stirn geklebten Haaren herum.

«Darf ich deinen Nacken küssen?», fragte ich, obwohl die Zeit des Fragens um war.

«Wenn du es brauchst», murrte Marta.

Ich hatte meinen Mund noch nicht ganz am Flaumhaar ihrer Haut, als sie herumfuhr und mein Gesicht mit beiden Händen packte.

«Das war eine Ausnahme, klar?»

Ihr Ton war wieder der alte. Aber sie hatte nicht nur den Kuss gemeint. Sondern das alles hier.

«Eine Ausnahme oder ein Fehler?»

«Eine Ausnahme. Und du wirst das nicht kommentieren. Nicht jetzt, nicht morgen, nie. Nicht mir gegenüber und niemandem sonst.»

Sie ließ mich los, und wir lagen eine Weile nebeneinander und starrten an die Decke. Plötzlich wurde mir heiß im Gesicht. Ich verstand auf einmal, was meine Mutter mit «Ick würde allet so lassen!» gemeint hatte. Als die Sache mit Marta vorhin begonnen hatte, dachte ich selber noch, dass es eine Ausnahme bleiben würde und sollte. Aber im Laufe der letzten achtundzwanzig Fragen hatte sich das geändert. Ich wollte jetzt nicht mehr, dass das eine Ausnahme blieb. Aber das konnte ich Marta in keiner, geschweige denn angemessenen Weise kommunizieren. Ich war am Arsch. Warum zum Teufel verliebte ich mich immer in so schwierige Frauen? Warum lösten Mathematiker gerne knifflige Rätsel? Warum stiegen Bergsteiger in eisige Höhen?

«Bildeste dir jetzt was drauf ein?», fragte Marta scharf.

«Nein», verteidigte ich mich verblüfft. «Wie kommst du darauf?»

«Ich geh jetzt», sagte Marta in einem gequetschten Ton, als hätten wir uns eben wild gestritten. Dann setzte sie sich auf die Bettkante, die Arme um ihre Brüste, als würden sie frieren. «Das war echt eine blöde Idee.»

Sie fischte am Fußboden nach ihrem Nachthemd, aber in diesem Moment ertönte ein Geräusch in Timmis Zimmer, gleich darauf klappte seine Tür und dann die zu meinem Zimmer. Marta schaffte es gerade noch, wieder unter die Bettdecke zu schlüpfen.

«Kann ich bei dir schlafen?», fragte Timmi schlapp. «Ich hab was Schlimmes geträumt», sagte er und marschierte, ohne eine Antwort abzuwarten, auf Martas Seite und hob die Decke. Marta floh rückwärts an mich heran und raufte meine Arme noch zu ihren dazu, um sich zu bedecken. Aber zu spät.

«Hä? Papa? Ich dachte, Marta schläft heute ... Wieso seid

ihr nackt?», wunderte sich Timmi, als er unter die Decke spähte.

«Is so warm hier», sagte ich.

«Ich will auch nackt schlafen», rief mein Sohn, schlüpfte aus seinem Schlafanzug, kroch zu Marta unter das Bettzeug und kuschelte sich an sie. Starr vor Schreck lag Marta zwischen mir und Timmi, sie atmete kurz und sehr, sehr bewusst. Timmi hatte noch keine drei Sekunden in Martas warmer Polsterung verbracht, als er schon wieder eingeschlafen war.

«Tut mir leid», flüsterte ich ihr ins Ohr.

Marta wurde etwas weicher, rekelte sich in eine halbwegs erträgliche Position zwischen uns beiden nackten Männerwesen, dem schuldigen und dem unschuldigen, und irgendwann streichelte sie sogar unbeholfen Timmis Haarschopf. Schließlich drehte sie ihren Kopf zu mir.

«Das geht nicht, Jannek», flüsterte sie kaum hörbar, «das geht so alles gar nicht.»

Ihre Ohren standen ein bisschen ab. War mir bisher nicht aufgefallen. Aber ich hatte sie ja auch noch nie aus der Dusche steigen sehen ... Auf einmal spürte ich ein leises, warmes Interesse in mir, Marta einmal aus einer Dusche steigen zu sehen.

«Ich brauche die Adresse deiner Eltern», flüsterte ich nach einer Weile. «Ich möchte Ihnen eine Karte schreiben, dass du schöne Haut hast!» Quasi im selben Augenblick rammte Marta mir ihren Ellenbogen in die Magengrube. Keine Komplimente. Timmi rekelte sich auf der anderen Seite in Marta hinein, schnaufte und sagte schläfrig:

«Das stimmt. Du hast total kuschelige Haut!»

Marta stöhnte.

«Oh Leute, Ruhe jetzt. Schlafen!»

Um halb sieben, der Morgen leuchtete schon unter den Gardinen ins Zimmer, befreite sich Marta aus dem Armgebälk, das sie bedeckte, stand vorsichtig auf und ging fort. Ich hörte, wie sie sich anzog, mit dem Sackmantel raschelte und die Tür hinter sich schloss. Weg war sie. Aber was hätte ich denn tun können?

Traurig stand ich eine halbe Stunde später im Badezimmer und putzte mir die Zähne, Timmi lehnte verschlafen neben mir an der Wand und strullerte in einem souveränen Andert-halb-Meter-Bogen in die Kloschüssel, als hätte er es geübt. Plötzlich klappte jemand im Vorbeigehen die Badezimmertür zu und rief entnervt: «Hinsetzen!»

Timmis Strahl brach ab, und mein Sohn rutschte die Wand herunter, bis er am Boden saß. Er justierte seinen Schniepel kritisch in die Richtung Schüssel, sah mich dann an.

«Im Sitzen treff ich, glaub ich, nicht!»

«Du sollst dich auf die Brille setzen, Kerl!», sagte ich so streng, wie man nur streng sein kann, wenn man in Wirklich-keit sehr glücklich ist.

Marta stand in der Küche, nun wieder wie gewohnt in ihren wüsten Klamotten, die aussahen, als hätte sie fünf verschie-dene Penner bestohlen. Sie machte Rühreier mit gebratenen Tomaten. Ein Paket vom Fleischer lag auf dem Tisch. Was für ein Hintern, dachte ich, aber ich dachte es ganz leise, damit sie es nicht mitbekam. Marta wickelte eine Krakauer aus dem Papier, schnitt sie auf und aß dann den Zipfel, damit der nicht «umkam», wie meine Mutter gesagt hätte. Ich trat zu Marta, die innehielt, mit dem Messer zu hantieren, was irgendwie be-drohlich wirkte, und strich ihr mit zwei Fingern leicht über die Wange. Eine Am-Morgen-danach-in-der-Küche-Geste. In

Filmen drehen sich Frauen dann immer um und schmelzen dem Mann in die Arme, nicht so Marta.

«Wenn du jetzt anfängst, romantisch zu werden, ist es gleich schon vorbei», sagte sie langsam, starr über Messer und Brett gebeugt. «Wenn du dich zusammenreißt und mich behandelst wie immer, gibt es eine Chance.»

Eine Chance auf die Klapsmühle, dachte ich. Sex mit achtundzwanzig Ansagen, aber ohne Schmusen. Frühstück machen wie Mutti, vorher aber noch 'ne Eisdusche. Ich fand das unangemessen. Ich war ein netter Kerl, handsome und handzahm. Ein Coverboy für Partnerbörsen. Ich konnte mich völlig danebenbenehmen und trotzdem noch Punkte bei den Ladys sammeln. Warum verfing das bei Marta nicht?

«Marta, hör jetzt mal auf mit dem Quatsch. Ich mag dich. Wirklich. Ich mag dich sogar, obwohl du ...»

«Obwohl was?», fragte Marta und stach das Messer ins Brett. «Ich fett bin? Ich hässlich bin? Obwohl ich schiele? Willst du diesen Satz wirklich zu Ende sprechen?»

Ich zog das Messer aus dem Brett und legte es in die Spüle. Sicher war sicher.

«Du verwandelst alles in Scheiße, Miss Gnadenlos. Das Einzige, was ihr Frolleins euch von den Männern abgeguckt habt, ist aggressiv sein. Das ist aber nicht emanzipiert, das ist nur fies.»

«Ich bin nicht fies zu dir. Ich bin ehrlich zu dir. Und das mache ich übrigens, weil ich dich eben nicht nur scheiße finde. Aber Männer wie du wiegen sich schnell in Illusionen. Bloß, weil ich mit dir ins Bett gegangen bin, wächst mir nicht gleich ein Brautschleier.»

«Okay, danke. Dann war es eine Illusion. Ich hatte das Gefühl, dass du dich wohl fühlst bei uns. Nicht nur im Bett, sondern ... so allgemein.»

«Das war ja auch nicht falsch gedacht, nur vielleicht zu kurz. Sieh mal Folgendes: Ich hatte früher immer den krassen Nachmittagsblues. Die Uni ist vorbei, und es schiebt sich so tote Zeit vor einem her. Ich finde es voll gut, dann zu Timmi zu gehen und den Laden zu schmeißen. Dreimal, viermal die Woche. Das ist der richtige Rhythmus. Mehr wäre zu viel. Ich habe auch noch andere Sachen in meinem Leben vor. Und ja, auch andere Beziehungen. Außerdem bin ich pärchenkritisch. Das heißt, selbst wenn ich mich auf so einen heteronormativen Kram einlassen würde: Mich gäbe es nicht exklusiv. Nun guck nicht so bedröppelt. Rund-um-die-Uhr-Kleinfamilie mache ich nicht. Frag also gar nicht erst danach. Ich will auch keine Kinder. Jetzt sowieso nicht. Höchstens irgendwann mal. Und von dir vielleicht gern, aber nicht mit dir, falls du das raffst. Das mit Timmi ist schön. Können wir also nicht alles so lassen?»

Ich brauchte eine Weile, um diese sehr komprimierte Ansage zu verkraften.

«Du bist eine Teilzeit-Spießerin!», entlarvte ich sie. «Das hast du dir ja hübsch ausgedacht!»

«Ich studiere Gender Theory», sagte Marta und rührte ungerührt die Eier in der Pfanne. «Das hier ist alles Feldforschung. Erkundungen im Feindesland.»

«Wer hat hier wohl wen erkundet? Gestern Nacht!», höhnte ich.

«Lächerlich. Du warst mein Werkzeug», gab Marta zurück und konnte sich ein Grinsen nicht verkneifen.

Ihr Ton war plötzlich wieder anders. Und von mir aus hätte es ewig so weitergehen können.

«Guckt mal», sagte Timmi an der Tür.

Er hatte sich, etwas schief, die Kunstwimpern angeklebt und blinzelte mühsam. Marta schob mich beiseite und deutete mit Pfanne und Rührholz zum Tisch.

Als wir vor den Tellern saßen, sagte ich:

«Was haltet ihr davon, wenn wir drei im Juli, August schön Urlaub am Meer machen?»

Timmi schrie natürlich: «Oh ja!»

Marta zeigte mir einen Vogel.

«Ich habe Verwandte in der Karibik», fuhr ich fort. «Bei denen könnten wir wohnen. Baden, Angeln. Segeln. Für umsonst. Und völlig unverbindlich. Jeder hätte ein eigenes Zimmer.»

Marta hörte auf, mir einen Vogel zu zeigen.

«Für umsonst? Auch der Flug?»

«Ja, klar. Auch der Flug.»

«Schwöre!», sagte sie.


Mit Nicole habe ich noch vor dem Urlaub Schluss gemacht. Es hat nicht wehgetan. Es war eher so, als wenn ich aufhören würde, ihr die Zeit zu klauen und an dem Platz herumzuliegen, an dem besser ein anderer liegen sollte. Sie meinte, sie hätte auch schon bemerkt, dass ich nicht so richtig engagiert war. Dass ich Vater eines Sechsjährigen bin, habe ich ihr nicht verraten.

Über diesen Urlaub möchte ich nur wenig sagen, weil er zu viele Eindrücke bereithielt. Außerdem gibt es private Vergnügungen, die ihren Reiz nur behalten, wenn sie privat bleiben. Es ist eine Unsitte unserer Zeit, das Private öffentlich zu machen, um sich sein Menschsein zu beweisen. Darum nur diese kurzen Notizen:

Marta trug am Strand einen weißen, enorm breitkrempigen Hut, was ihr etwas ungewohnt Damenhaftes gab. Sie las Judith Butlers «Das Unbehagen der Geschlechter» und ließ sich währenddessen von mir eincremen. Timmi wurde es zwischen Sand und Sonne schnell zu heiß, dafür entwickelte er eine Leidenschaft für leere Hotels und Neubauruinen. Häuser, die man nur gebaut hatte, um sie dann verwahrlosen zu lassen. Als hätte man zwar die Kraft gehabt, sie zu errichten, aber nicht mehr, sie zu bewohnen. Leben ist ja manchmal nur Aufbäumen.

Das Land, durch das wir fuhren, war stolz und arm, alt und jung, fruchtbar und unfruchtbar zugleich. Es war ein bisschen wie ich. Es war der Traum eines Mannes, der einmal recht gehabt hatte. Eines Mannes, der einmal im Kampf gegen das Böse triumphiert hatte und dann zu einer Geschichte geworden war. Alles, was danach kam, mochte aus lauter Kompromissen, Übergangslösungen und Flickschusterei bestanden haben. Aber das macht eine richtig große Geschichte ja erst aus, dass das reale Leben ihr nichts anhaben kann. Insofern hatte Mutter recht, als sie mir nicht sagen wollte, wer mein Vater ist. Denn meine Mutter ist von einer Geschichte geschwängert geworden, und ich bin das Ergebnis. Das ist noch viel verrückter als das mit Leda und ihrem Schwan.

Mein persönlicher Kompromiss wird in Zukunft so aussehen, dass ich ein Drittel alleinerziehender Vater, ein Drittel Vater und Mann in einer wilden Beziehung mit einer ausdrücklich nicht heteronormativen Gefährtin bin und ein Drittel Single. Das klingt unübersichtlicher, als es ist.

Marta wird im nächsten Jahr mit ihrer Doktorarbeit anfangen. Ihre Doktormutter sieht aus wie Jupp Heynckes. Bloß als Frau. Sie ist sehr nett, ich habe sie schon einmal getroffen.

Da Larissa jetzt auch am Donnerstag Umgang hat, ließ sich Marta von Timmi bequatschen, auch noch am Montag zu babysitten, obwohl ich da gar keine Vorstellung habe. Wir babysitten dann zusammen. Das ist sehr lustig. Marta weiß, wie man aus Haferflocken, Butter und Zucker leckere Crossies herstellt, dann gucken wir einen Trickfilm, und wer als Erster ein gendermäßiges Stereotyp entdeckt, darf sich was aus der Schüssel nehmen. Timmi ist mittlerweile ziemlich gut darin. Was ich sagen will, ist: Wir würden alle mehr Stereotype erkennen, wenn wir dafür Süßigkeiten bekämen.

Marta ist die erste Frau, die ich liebe, die schnarcht. Da macht es schon Sinn, wenn man nur ein Drittel der Nächte miteinander verbringt.

Es waren noch Theaterferien, ich selbst schwebte fast noch in Urlaubsstimmung, als der letzte Prozesstag vor Timmis Einschulung anbrach. Wir waren erst zwei Tage zuvor aus der Karibik zurückgekommen, und umso schwerer fiel es, mit Timmi zum Gericht zu gehen. Im Flur mussten wir Larissa gegenübertreten, die sich vor Timmi hinhockte, ihn zärtlich nach den Ferien befragte und ihm schließlich sagte, dass er, wenn er heute mit der Frau Richterin spräche, nur auf sein Herz hören solle. Dabei weinte sie ein bisschen, und ich überlegte, ob ich mich dazuhocken und auch ein paar Tränen vergießen sollte, um gleichzuziehen.

Aber das war nicht mehr möglich und wohl auch nicht nötig, denn wie ein gutes Omen kam in dem Moment die alte Richterin vom Beginn des Prozesses um die Ecke, glücklich wieder genesen. Ich gab Timmi beim Gerichtsdiener ab, und die Verhandlung begann.

«Wir müssen uns hier nicht noch einmal damit befassen, dass der Streit zwischen den Eltern sich als dauerhaft nachteilig für das Kind erwiesen hat und eine Sorgerechtsentscheidung ratsam erscheint», erklärte die Richterin zum Auftakt.

Dann schlug sie die Akte auf, die durch das Gutachten und die Schriftsätze drum herum mittlerweile Foliantenformat angenommen hatte.

«Wir haben jetzt das psychologische Gutachten. Es erscheint mir aber, den heutigen Stand der Dinge berücksichtigend, nicht ganz aktuell und vollständig …»

Larissas Rechtsanwalt erkundigte sich, was denn daran unvollständig sei, aber die Richterin winkte ihm ab.

«Wir kommen noch dazu, Herr Kollege. Jedenfalls ist es so: Das Gutachten sieht beide Eltern als erziehungsgeeignet an, wenn auch mit unterschiedlichen Schwächen und Stärken. Der Vater mag Mängel in der Bindungstoleranz haben, aber da er sich, was den Umgang betrifft, weitgehend regelkonform verhält, werde ich das nicht weiter in den Beschluss einfließen lassen. Die Mutter hat etwas weniger Bindung ans Kind, bemüht sich aber redlich. Insgesamt ist aber die Bindung des Kindes an beide Eltern nicht berauschend, um Ihnen das deutlich zu sagen. Für nichtalkoholkranke Eltern sind das keine akzeptablen Werte. Der Auswertung im Gutachten zufolge möchte das Kind am liebsten mit seiner Babysitterin leben.»

Ich wollte mich mit einem kurzen «Ich übrigens auch!» zu Wort melden, aber RA Witte bremste mich.

«Darüber sollten Sie mal nachdenken, Frau Langpapp und Herr Blume. Die Einschätzung der Verfahrenspflegerin erkennt Mängel in der kindgerechten Wohnungsausstattung beim Olaf …», las die Richterin routinemäßig vor, stutzte kurz bei dem Namen, woraufhin Frau Gerlach erschrocken ausrief:

«‹Beim Vater› soll das heißen! Beim Vater! Ich habe mich vertippt! O mein Gott!»

«… sieht dafür aber auch manipulative Spielzeugkäufe der Mutter», fuhr die Richterin etwas langsamer und kritischer fort. «Und dann wäre da noch die separate Einschätzung des

Kindergartens zur Erziehungsfähigkeit des Vaters, die bekanntermaßen kritisch ausfällt ...»

Larissas Rechtsanwalt warf ihr einen professionellen Blick zu.

«... sowie eine weitere, allerdings rundum positive Einschätzung dazu, die heute Morgen per Fax kam», sagte die Richterin und reichte Larissas Anwalt das Fax weiter.

«Die beiden Beurteilungen sind vielleicht sehr unterschiedlich, aber für mich heben sie sich trotzdem ein bisschen gegenseitig auf», meinte sie.

Larissas Rechtsanwalt las das Fax, und Unglaube begann, seinen Kopf zu schütteln.

«Das ist ein Scherz.»

«Nein, nein. Keineswegs», sagte die Richterin. «Das ist alles gesiegelt, und Sie haben da die beglaubigte Übersetzung eines vereidigten Dolmetschers. Ich lese das mal vor. Fürs Protokoll.»

Sie las:

«‹Ich habe Timoíto während seines Urlaubs kennengelernt und habe mich sehr daran erfreut, was für ein aufgeweckter, wissbegieriger, unerschrockener Knabe er ist – was ich allerdings auch nicht anders erwartet hatte. Timoíto lernt für sein Alter ungewöhnlich schnell, auch Fremdsprachen, und ich konnte mit ihm schon nach zwei Wochen einfache Fragen aus Wirtschaft und Politik auf Spanisch erörtern. Er ist kräftig und gewandt und konnte beim Baseball einige echte Treffer erzielen. Er angelt gerne, und wenn sich seine Fähigkeiten beim Schwimmen in den nächsten Jahren noch verbessern, so steht der Einführung in den Tauchsport nichts entgegen. Timoíto hat einen guten Appetit und isst sogar alte Klamotten ...› Na», unterbrach sich die Richterin, «das ist anscheinend nicht wörtlich zu verstehen, das soll wohl eine Art Gericht sein. Aber weiter: ‹Timoíto muss allerdings noch lernen, gegenüber Älteren nicht belehrend aufzutreten und Ruhepausen zu akzeptieren. Insgesamt jedoch scheint mir Timoíto für sein Alter in einem Entwicklungszustand, der zu den schönsten Hoffnungen berechtigt. Es steht fest, dass sich diese wundervollen Eigenschaften der starken und vorausschauenden Führung durch seinen prachtvollen Vater verdanken, meinen lieben Sohn, und seiner Gefährtin, einer Revolutionärin von echtem Schrot und Korn, und Vorkämpferin für die Rechte der Frauen auf der ganzen Welt, auch wenn ich ihre Meinung hinsichtlich der abscheulichen Bolleras nicht teile.

Hochachtungsvoll

Fidel Alejandro Castro Ruz›

So weit die Einschätzung des ... Großvaters ... väterlicherseits ... von Timotheus ... Nepomuk», endete der Vortrag der Richterin.

Ich sah Larissas Blick aufgehen in völligem Erstaunen, als würde der Film unserer Beziehung noch einmal vor ihr ablaufen, in ganz neuen, nie gesehenen Farben. Ein Film, in dem sie nun vielleicht doch plötzlich gerne eine Hauptrolle gespielt hätte.

Larissas Rechtsanwalt erkundigte sich nun überaus höflich, ob er nach dem Ende des Verfahrens eine Kopie des spanischen Originalbriefes für seine Kanzlei bekommen könne. Er schien jetzt am Ausgang des Prozesses nicht mehr wirklich interessiert.

«Also, ich spreche jetzt mit dem Kind», sagte die Richterin. Und sie ging dahin in ihrer schwarzen Robe und öffnete die Tür zum Flur, wo Timmi mit dem Gerichtsdiener saß. Timmi hatte dem Mann offensichtlich gerade unaufgefordert seine liebsten hundertsechsunddreißig Pokémon samt aller Entwicklungsstufen aufgesagt, denn der Gerichtsdiener wirkte benommen und starrte überinformiert vor sich ins Linoleum. Doch Timmi brauchte ihn jetzt ja auch nicht mehr. Im selben Moment, in dem die Richterin auf ihn zutrat, kam jemand den Flur herunter. Timmi rutschte von der Bank und schrie: «Marta!»

Er rief es mit einer lodernden, unverfälschten Begeisterung, die ich, wie mir in diesem Augenblick bewusst wurde, noch nie von ihm gehört hatte. Nicht, wenn er seine Mutter, nicht, wenn er seinen Vater gerufen hatte. Als hätte er schon immer ganz frei gewählt, wem er seine Liebe schenken wolle. Als brauche er seine leiblichen Eltern, die sich immer nur stritten, gar nicht mehr. Die Gutachterin hätte es wohl Bindungsstörung genannt.

RA Witte hingegen nahm es wohlwollend zur Kenntnis, lehnte sich zurück, pfiff lautlos vor sich hin und sagte schließlich:

«Ich habe ein gutes Gefühl.»

Das für dieses Buch verwendete Papier ist FSC®-zertifiziert.